长篇历史小说

河岳英灵 2

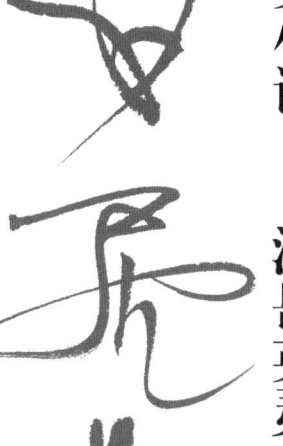

伊沙 著

青海人民出版社

图书在版编目（CIP）数据

白居易 / 伊沙著 . -- 西宁 : 青海人民出版社，2024.1
ISBN 978-7-225-06639-4

Ⅰ . ①白… Ⅱ . ①伊… Ⅲ . ①长篇历史小说—中国—当代 Ⅳ . ① I247.5

中国国家版本馆 CIP 数据核字（2023）第 210525 号

## 白居易

伊 沙 著

| | |
|---|---|
| 出 版 人 | 樊原成 |
| 出版发行 | 青海人民出版社有限责任公司 |
| | 西宁市五四西路 71 号 邮政编码：810023 电话：（0971）6143426（总编室）|
| 发行热线 | （0971）6143516 / 6137730 |
| 网　　址 | http://www.qhrmcbs.com |
| 印　　刷 | 青海雅丰彩色印刷有限责任公司 |
| 经　　销 | 新华书店 |
| 开　　本 | 890 mm × 1240 mm　1/32 |
| 印　　张 | 12.125 |
| 字　　数 | 300 千 |
| 版　　次 | 2024 年 1 月第 1 版　2024 年 1 月第 1 次印刷 |
| 书　　号 | ISBN 978-7-225-06639-4 |
| 定　　价 | 56.00 元 |

**版权所有　侵权必究**

文场供秀句,

乐府待新词。

天意君须会,

人间要好诗。

——白居易

缀玉联珠六十年,

谁教冥路作诗仙。

浮云不系名居易,

造化无为字乐天。

童子解吟长恨曲,

胡儿能唱琵琶篇。

文章已满行人耳,

一度思卿一怆然。

——唐宣宗 李忱

白居易一生

恰恰不是

谨小慎微的

烂好人一个

他最大限度地

实现了身心的自由

——伊沙

## 第三卷 贬

第十一章　不死会相逢 … 一五一

第十二章　此中是汝家 … 一六〇

第十三章　人间要好诗 … 一七九

第十四章　松经雪后贞 … 一九七

第十五章　蛮鼓声坎坎 … 二一一

## 第四卷 官

第十六章　且求容立锥头地 … 二二五

第十七章　宦途气味已谙尽 … 二三八

第十八章　与君展覆杭州人 … 二五〇

第十九章　留一湖水救凶年 … 二六五

第二十章　欲立功名命不来 … 二七七

## 第五卷 隐

第二十一章　广大教化主 … 二八九

第二十二章　不如作中隐 … 三〇四

第二十三章　皮亡而毛存 … 三二一

第二十四章　夜深知雪重 … 三三九

第二十五章　人间事了人 … 三五七

# 目次

## 第一卷 飘

第一章 心头感恩血 ... 三
第二章 离离原上草 ... 一一
第三章 十五胜天仙 ... 二五
第四章 一巢生四儿 ... 三八
第五章 擢第未为贵 ... 五〇

## 第二卷 泊

第六章 此花开尽更无花 ... 六七
第七章 但是诗人多薄命 ... 八〇
第八章 此恨绵绵无绝期 ... 九九
第九章 月照藤花影上阶 ... 一一六
第十章 曾经沧海难为水 ... 一三一

# 第一卷 飘

# 第一章　心头感恩血

## 1

在后来漫长的岁月中，一定有人问起过："长平之战"的缔造者、战国时代四大名将之一、秦国战神武安君白起的后人后来怎样了？

至唐有了答案。

回到当年，秦昭襄王嬴稷以三尺白绫将功高盖主的一代名将白起赐死，随即不无心痛地赐给其子白仲一块太原的封地，"白起后人"便安居于此，一代代繁衍下来。至唐白温这一辈，举族迁往陕西同州，后来定居下邽，也算是迁回到了祖居地，在千年以后。

至中唐，白温之子白锽，科举明经出身，官至巩县县令，又将白家迁往河南新郑；其子白季庚，亦是明经出身，时任宋州司户参军，距家六百里，官不足七品……

"白起后人"，穿朝过代，历经千年，官高不过五品，声名不及先祖，到了白锽才有了一点薄名——来自唐人崇尚的诗——白县令擅长五言诗，自编有诗集十卷，诗名已达长安……而这只是一个小小的铺垫罢了。

这个名将之家的一切，将会因为一个人的出生而产生巨大的改变！

而在当时，所有当事人还无法预知到这一点。

大历七年（壬子，公元772年）正月二十日，一名男婴诞生于新郑县白府东郭宅。当此之时，一家人刚刚过完大年，为等这个孩子的出生，其祖父白锽、其父白季庚、其外祖父陈润——这些大唐低级官员全都顺延了年后返岗上班的时间……然后便是全家大喜，为这个好年画上一个圆满的句号。

白锽之喜在于：此为长房次孙，比长房长孙晚生了整整20年！

白季庚之喜在于：这是他的次子，比长子晚生了20年，是其叫人嚼舌头的第二段婚姻所产生的头一个孩子！令其有出了一口恶气之感！

诗名比白锽大些的陈润之喜在于：这桩在当时被人嚼舌头，在历史中更是饱遭非议的婚姻，是他与好友白锽联手缔造的，女儿诞下一名男婴可以大大提高她在白家的地位……

2

好端端一桩婚姻，何以被人嚼舌根？何以在历史中饱遭非议？

一言以蔽之：白季庚第二任妻子陈娟的母亲，是白锽的亲生女儿，即是说白季庚娶了自己的亲外甥女！白陈氏嫁给了自己的亲舅舅!

尔等定会惊呼:我的天啊!

而联手撮合这门亲事的白锽与陈润都是读书人、士子、五品官员、中唐知名诗人,他们何以做出这等有悖人伦有失体统的糊涂事来?被人嚼了舌根子,更在历史中饱遭非议、诟病,甚至被怀疑:这个家族压根儿就不是什么"白起后人",甚至不是华夏文明之士,而是归化的胡人,家庭伦理观念淡薄……

大家忘了:这是在唐朝,当时所谓"乱伦"仅涉及直系亲属。白、陈撮合儿女,只是赶上了白季庚发妻早死,急待续弦,陈润觉得将待字闺中且年岁不小的女儿嫁给大她26岁的舅舅也不失为一种不错的选择,没落的名门也是名门呀,便腆着老脸主动提了出来,白锽一听,觉得是亲上加亲的好主意,便欣然应允……

婚姻大事父母做主,白季庚和陈娟是没有资格做选择的。

在背后嚼舌根的只是同僚中一些典型性儒生,这在当年构不成太大的烦恼……

由于年已过完,两位延迟上班的地方小吏不准备为新生儿大办喜酒,只是家族内部和和美美、喜气洋洋地吃了一顿饭,但最让两位老人操心的是孙儿的名字:他生下来以后,其生母陈娟随口给他取了一个乳名阿连。当务之急(入籍之需)是要有一个大名、正名:经过几番讨论,终被确定下来,当众宣读出来——

祖父白锽从《礼记·中庸》语"故君子居易以俟命,小人行险而徼幸"中取"居易"二字为其名;外祖父陈润从《易经·系词上》语"旁行而不流,乐天知命故不忧"中取"乐天"二字为其字。

白居易,字乐天。

名取人立。

名正言顺。

两位老人对自己极富文化含金量的命名也是啧啧满意——

陈县令道:"亲家公,俺有一种预感,这个娃儿有名堂,白门中兴的指望没准儿就在他身上!"

白县令道:"兄是说令女为俺白家生了一个将门虎子?"——看来,"白起后人"此心未死!

陈县令道:"在武学上,您那位先祖,成就太高,做得太绝,恐未给子孙后代留有余地,我说的是仕途、文章……"

白县令道:"那敢情好,不指望他文动天下名垂青史,只要把俺白家多少代都迈不过去的五品官向上提一提,便是造化啦。"

陈县令道:"亲家公太容易知足了,俺感觉这个娃儿不限于此,恐怕会有更大的名堂!"

同为小吏,皆是五品;同为诗人,都算知名,不过在诗才上,陈润是高于白锽的,后者尤其钦佩前者的这首代表作:

阙 题

丈夫不感恩,感恩宁有泪。

心头感恩血,一滴染天地。

白愿意相信陈的预言……

两位诗人,联手为其孙儿做了命名——

白居易,字乐天。

3

陈润的预言对于白锽只是起到了生命末年心理上的安慰作用，他没有时间见证什么了，次年五月，孙儿白居易一岁四个月时，他在进京述职时猝死于长安，从临终症状看像是酒后心梗发作，终年68岁。他的遗体被运回新郑安葬。

现代医学证明：人在4岁以前的记忆不会留到尔后，所以祖父白锽对于白居易来说，并无真实可靠的记忆，只是外祖父、父母常常念及的一个名字以及"爷爷"这个概念罢了。

陈润感觉自己的外孙不一般、有名堂，他对谁念叨得最多呢？除了亲家公白锽，便是自个儿的爱女陈娟，这直接导致了一个善果：那便是陈娟对于自己宝贝儿子教育的高度重视，关键是她教得了，她自己便是父亲陈润一手调教出来的，现在她要亲手调教她的儿子了。

这孩子从生下来就让她操碎了心！费尽了神！

他明显比别人家的孩子哭得更多、生病更频，渐渐地她不得不面对自己儿子"自幼体弱多病"的事实，只是在那个时候不会有人（包括最好的郎中在内）能够指出这极有可能是近亲繁殖带给孩子的先天不足！

不仅"体弱多病"，而且"多愁善感"：这是一个听着母亲哼唱摇篮曲都能听哭的孩子！似乎不大像个男孩子，缺少一点阳刚之气……

毕竟是白起的后人，依照家风:白家的男孩都是要打小习武的，可是这个小阿连却是死活不肯练，躲在屋子里坚决不出来，父亲白季庚见状直摇头："唉！白门中兴指望他？恐怕是指望不上。"

对此不以为然的是外祖父陈润，他对自己最初的预言反而愈加坚信，因为证据接踵而至：对孩子教育的重视往往意味着超前教育的到来，其母陈娟已经急不可待地开始着手了。孩子两岁才开口说话（据说说话晚的孩子更聪明），3 岁便开始识字，五六岁便开始学诗识声韵。母亲是其启蒙老师，外祖父是其特别辅导，在学习上，他不光一点即通、聪慧过人，而且小小年纪愣是能够坐得住……

这孩子似乎真的不一般。

他 5 岁时，母亲为他生了个弟弟，取名行简，与其居易相对应。一个 5 岁的小男孩，特别知道疼爱弟弟，帮妈妈照看弟弟……

他 6 岁时，这个世界上最爱他的女人之一——他的祖母白薛氏去世了，享年 70 岁。在祖母的葬礼上，他大放悲声、长哭不已，在场者无不为之动容……

正是在这个现场，有精通观相术者自暗中倒吸一口凉气：此 6 岁小儿，竟已面呈官相，这是得靠多少代才能修出来的！

4

大历十四年（己未，公元 779 年），当朝皇帝李豫病逝于长安，享年 53 岁，殁后庙号为代宗。太子李适即位。

次年改元，年号"建中"。新皇下诏：废"均田制"改"租庸调"赋税，行"以亩定税，敛以夏秋"之"两税法"。

该年，9 岁的白居易已经谙识声韵，出口成章。他对声音有着天生的敏感，对古琴、笛子等多种乐器一学即会。此时的他，已经过了去上官学的法定年龄（7岁），本来他作为小吏之子（其父时任彭城县令），搞到一个进入官学的名额并不是什么难事，但是他的外祖父和母亲（父亲忙于工作无暇管他）做了一个十分大胆的决定：既不入官学，也不请私塾，他们在家教。

安史之乱后的大唐帝国，就像一个身患癌症的病人，动了一次大手术就像捅了一下马蜂窝，癌细胞已经扩散到全身：陷于藩镇混战的乱局之中……

建中二年（辛酉，公元781年），正月，朝廷发兵讨成德节度使李惟岳、魏博节度使田悦。六月，讨襄阳节度使梁崇义。九月，讨徐州节度使李纳……此战将白季庚推上了风口浪尖：徐州节度使李纳抗拒朝廷，以图割据，彭城县令白季庚，力劝徐州刺史李洧不可同流合污，招来李纳兵发两万围攻无兵之徐州。白季庚、李洧临时组建民团千余人，武装起来走上城墙英勇抗敌，白季庚身先士卒，日夜坚守在城头，与敌酣战42天，力保徐州不失守，终于等到援兵，一举击溃李纳叛军。白季庚的英雄事迹被报奏朝廷，天子赞其无愧于"白起后人"，当即予以嘉奖：升任徐州别驾，赐绯鱼袋，充徐泗观察判官。

这或许是"白起后人"在战场上最热血的一次表现，难怪这位当爹的对他体弱多病的次子不甚满意！

此后两年，大唐帝国的癌细胞越生越多，扩散得越来越快：朱滔、田悦、王武俊、李纳纷纷称王；李希烈自称天下大元帅；长安发生兵变，天子逃至奉天；眼看家园新郑就要被战火吞噬……

白季庚连忙赶回欲将家人接往徐州……

这是阿连——少年白居易平生头一回离开家园，他生长于斯，虽然随其家族一直自认为是太原人，但他却一生不曾踏足那里，他就是中原人,他就是河南人,他就是新郑人!

此次随家避难迁徙,既是地理上的东移,又是文化上的南迁,对其成长意义非凡,将在其日后的文学创作中得以充分彰显……

陈润尚未退休,还有新郑县令的工作岗位需要坚守,将白季庚一家四口送上大路,他对自己偏爱并器重的大外孙叮嘱道:"阿连,记住,在任何情况下都不要放松读书,突破五品官是你对家族的责任,不仅如此,以你之才,是可以成为下一个李太白的,不是随便谁都有这样的条件的……"

阿连似懂非懂,点点头,然后便泪如雨下……事后证明他该哭,这是他生下来之后经历的又一个生离死别,爱他的老人都在离开人世,而他的人生才刚刚开始!

历史证明:陈润成功预言了外孙的未来,可他预言不了他与最爱的外孙将会在未来有一次重要的重逢——那是在清朝编订的《全唐诗》中,成为千古佳话!

# 第二章　离离原上草

## 5

　　从新郑到徐州，七百里陆路，穿越部分战区，一家人坐着马车，沿着黄河，一路颠簸，走得十分辛苦……

　　有道是：一个人第一眼看到的世界将决定他的世界观——此话不孬，12岁以前的白居易，只是一个小吏之家里长大的阿连公子，生性好静不好动，几乎连宅门都不出，他的世界只是眼前的诗书、身边的家人和满脑子对世界的臆想……如今，他被战乱逼出来了，被迫走出家门，不得不睁大眼睛看世界……

　　他第一眼看见的是什么？

　　黄土路上，满目难民，如行尸走肉一般随时倒毙路旁，他看见大群野狗在啃食路边的尸体！

知识多于见识的孩子总是习惯用书本里的东西为其所见做注解，眼前的一切让他想起了一句诗——只想起了这一句："路有冻死骨"——继而拓展到两句："朱门酒肉臭，路有冻死骨"——他虽宅于朱门之内，但也不过是克勤克俭的清官小吏之家，不至于"酒肉臭"，但眼前，这"冻死骨"却是实实在在的……

　　白居易出生时，李白已经去世十年，杜甫已经去世两年，前者的存在对于他来说，是整个启蒙教育的开始，在母亲的亲授下，他平生所学的第一首诗便是李白的《静夜思》，李白也是外祖父和母亲口中念叨最多的诗人，并且常常以李白的标准来要求他；而后者只是一个名不够大的诗人，是初唐—盛唐诗人这个豪华阵容中一个不起眼不讨喜的异数，他之所以能够读到杜诗，只说明身为当代知名诗人的外祖父为他编的家学教材范围比较宽。现在，他第一眼看到的世界，眼前的现实将这位诗人在他眼中放大了！

　　他忽然想跟人聊聊杜甫！

　　尤其是跟十二年来对他陪伴甚少，他又敬又怕的英雄父亲！

　　可是，他刚说出杜甫的名字便被父亲泼了一盆凉水："你姥爷和你娘是咋教你的，咋连杜甫都教上了，别说他了，李白也学不得，这二位咋说呢？一个是一辈子没当上官，一个是给官做也做不大；一个写得像疯子，一个写得像呆子，都不是正常人，啥是正常人？王维、高适——你应该好好学学他俩，官也做得，且是高官；诗也写得，且是好诗。"

　　母亲则笑而不语，后来，瞅着父亲下车探路的空子，凑近儿子悄悄说："别听你爹的，在诗上，必须学李白，只有学李白，才能攀高峰！"

　　母亲的看法正是当下这个时代大唐人民的主流看法。然而，日益恶化的现实逼得紧,正如12岁的阿连——少年白居易所感受到的那样:杜甫的诗才是当下现实的印证,这个时代的史诗,只是人们还来不及认识到这一点,继"李白时代"之后悄悄开启的"杜甫时代"在此时是不被认知的……

从新郑到徐州,七百里陆路,一家人走了半个月,也许走再久走得再艰难也是值得的,这是诗人白居易的第一堂现实课:生动、冰冷、残酷!上罢之后,这位面目清朗的少年平生第一次皱起了眉头:山河破碎,生灵涂炭,大人们挂在嘴上的"大唐盛世"在哪里?!

6

为自己专心工作和家人安全起见,徐州别驾白季庚没有将新家安在徐州城中(可怕的围城之厄令其心有余悸),而是安在了他精心选择的符离乡下——之所以安在这里,有一个很重要的因素:为次子白居易、三子白行简的教育考虑,平素陪伴少,路上一交流,他发现儿子的教育还是有问题的,让其母来教、外公辅导的方法毕竟是不行的,属于野狐禅,还是要入官学,而符离这个地方,素以重教著称。贞观五年(辛卯,公元631年),该地曾有过五学子同中进士的壮举,轰动长安,名闻遐迩。这个地区的官学便设在山脚下的流沟寺中,白季庚便将自己的两个儿子都送了进去,老二读甲班,老三读乙班。

也必须送去上学了,因为转过年来,他们的母亲又为他们生了弟弟,取名幼美,小字金刚奴,无暇再管教他们了。

不是居易爱江南,而是他的中原时光几乎都宅在家中,与大自然甚少亲近，所以他的自然课是从江南的碧水青山开始补的。寄宿官学的集体生活也在改变他，他开始学习与人相处，适应周边环境。生性善良与人为善的他做好这一点似乎并不困难，很快便在同学中建立起很好的人缘，交到刘五、二张、二贾等一众朋友，他们常常翻墙出去爬山。他乖孩子的气质中开始注入有限的野性，连多病的身体都开始向好；在流沟寺，对佛经的学习和与僧人的相处，让他开始对佛教生发好感和兴趣，佛教对其一生何等重要……

他生下来最开心最惬意的这一段时光，两年不到便终止了，起因是他在自己的作业本上写下了一首诗：

乱后过流沟寺
九月徐州新战后，悲风杀气满山河。
唯有流沟山下寺，门前依旧白云多。

妙哉！是真宝刀总要出鞘，这把宝刀自己弹了出来，在他13岁这一年……

下课后，专授诗歌课的宋秀才将他叫到自己住的那间僧舍，一进屋便直截了当地问道："这首诗是你写的吗？"——难怪他会这样问，因为这个姓白的学生往常上课并不显山露水，以往上交的作业中规中矩也并未显示出多少过人之处，怎么突然就交上来这么一首惊人之作？

"是我写的。"白生十分淡定地回答。

"那你为什么要写'乱后过流沟寺'？你不就住在流沟寺内吗？"

"我写的是寺门前的景象,从寺外路人或过客的角度来写比较合适,而且……"

"而且什么?"

"'乱后过流沟寺'——这么写,显得比较老练,摆脱了书生气学生腔……"

"有道理,你有没有借鉴谁的诗吗?"

"没有。"

"哦,那就太好了!写出这么一首诗,你就可以提前毕业了,事实上,我也教不了你了……这样吧,我给你父亲去封信,约他来寺里谈一谈,一起谋划一下你的下一步该如何走。"

然后,当着白生的面,用蝇头小楷规规矩矩地给白别驾写了一封信……

由于白居易在13岁时就知道装老练,就知道诗之标题起得要照应诗之正文,让老师怀疑此诗非为其所作,让后世学者误以为此诗是其成年后重访故地所作,让这个早熟天才的证据的产生不得不延后了两年……

在这民风淳朴、尊师重教之地,官学老师的一封信犹如一道圣旨,徐州别驾白季庚接信后便放下工作快马加鞭地跑来了,还以为自己儿子犯了什么错误,老师找家长去训话,不料一见面却被这宋秀才一顿夸得晕乎乎的:"恭喜白大人,你生了一个天才,一个不亚于李白的天才!"并且说得有鼻子有眼:"李白写《上楼诗》的年龄是14岁,令郎写《乱后过流沟寺》的年龄是13岁,你把两诗对比一下,恐怕也是难分高下,反正本师是教不了他了,恕我直言:他在这里学下去纯粹是浪费时间,浪费生命!"

哪个做老师的不希望自己摊上一位旷世之才?宋秀才既已认

定白居易是李白级别的天才，他给白季庚的建议便是十分经验主义的，他认为：如今13岁的白居易，诗已达到李白14岁的水平，所学知识已经达到李白在大明寺官学毕业的水平，下一步，应该为他请一个像赵蕤那样的世外高人做师傅，先闭门苦修几年，然后再四海闯荡一番……

白季庚提醒宋秀才：李白是贱商之子，没有资格参加科举考试，只能走干谒——求人推荐这条路。我儿是中下层官宦之子，可以堂而皇之逐级参加科举考试来求仕，没有必要搞得那么复古、那么江湖……宋秀才根本不听，他是想让白生成为李白，白季庚是想让儿子早日当官，最终当上大官……

当然，最终的决定权还是在父亲手中。

7

天下有哪个父亲会将儿子的教育当儿戏？或许有，但绝对不会是徐州别驾白季庚。

他没有急于将次子白居易从流沟寺官学中带走，而是在看望了于乙班读书的三子白行简之后，只身回到徐州。

回去之后，他给尚在交战区坚守工作岗位的岳父陈润去了一封信，专门讨论白居易的下一步该如何走……兵荒马乱，邮路时断，他没有把握能够收到回信……

顺风顺水的是，陈润的信很快来了：外祖父为白居易制订了一个明显带有李白色彩的游学计划——先去苏杭，再去长安。想当年李白一年散尽三十万，是因其来自巨商之家，即便是省吃俭用不事挥霍，这也是一笔不小的开销，这笔费用如何解决？投亲靠友，多方化缘……陈润随信附上一张一万铜钱的银票，作为"外公的心意"。

岳父信一回，白季庚心里有数了，他马上想到几个可以依靠的亲戚：白家到底是名门，名门子弟最大的特点便是荣誉感强、向心力强，都以先祖白起为骄傲，彼此之间愿意互相帮助，大家都有一个共同的目标——早日中兴白门！

一直等到这年年底，两个儿子放寒假回家，他才对白居易说："过完年，你就别回流沟寺了，去溧水。"

"为啥要去溧水？"白居易不解地问道。

"我的弟弟、你的叔叔白季康在溧水当县令，你去投奔他，他会为你安排苏杭之行——你从那里开始你的游学，终点是长安。"白季庚说。

然后，一家五口在符离乡下朴素的家中过了一个团圆年——他们想不到由于白居易的离家游学，他们再次的团圆要在多年以后，那时已是战乱之年，离家避难，一切都变得不可知……

前一年，出逃奉天的皇帝李适回归长安；这一年，再次改元，年号"贞元"……

贞元元年（乙丑，公元785年），白季庚加检校大理少卿，依前徐州别驾、当道团练判官。白居易过完年、过完正月里自己14岁的生日，告别工作辛劳的父亲、持家辛苦的母亲，告别年纪尚小的三弟、襁褓里的四弟，踏上了自己的游学之路。古人云：读万卷书，行万里路——应该说，对此前的他而言，前者已经做得很好，后者还有很大的欠缺，他必须出发了……

告别时哭得最凶的是白居易和他的母亲，母子二人简直是在引吭对哭！父亲又在摇头了，他实在想不出一个爱哭的男孩能有什么大出息，由于此子在性格、气质上不随他，与一代名将之祖传家风也是严重不合，他对这个别人夸奖多多的儿子反而是持有怀疑的……

8

白居易在江南一带一漂就是四年。

他以叔父白季康在溧水的家为落脚点、大本营，不断出发到江南各地，几乎游遍了江南的州州县县、山山水水，而苏州、杭州两大繁华之城去得最多，住得最久……

叔父白季康暂时尚未生子，将其视若己出，每次白居易出门，只给一万铜钱的银票一张，让他花完了再回来取，如此一来便将这只初放飞的风筝的线始终攥在自己手中……

江南，是这位游学少年的"国风课""国情课"，中原战乱区黎民图带给他的信心沦丧，被大唐帝国最富庶的繁华江南找补了回来，这才是诗书与传说中的盛唐啊！

江南，又是他的"山水课""体育课"，这位生在中原的北方少年，对于自然的最初认识竟然全都来自江南，多年以后，当他老了，如此写道："江南好，风景旧曾谙"——说得可真是大实话啊！而这山山水水，也是他用自己的脚板踏遍的，日常化的足够的体育锻炼让他充分地长个儿，原本多病的身体越来越好……

江南，还是他的"诗人课""理想课"，多年以后，他在一篇名为《吴郡诗石记》的散文中夫子自道："贞元初，韦应物为苏州牧，房孺复为杭州牧，皆豪人也。韦嗜诗，房嗜酒，每与宾友一醉一咏，其风流雅韵，多播于吴中，或目韦房为诗酒仙，时予始年十四五,旅二郡,以幼贱不得与游宴,尤觉其才调高而郡守尊,以当时心,言异日苏、杭苟获一郡足矣。"李白是他的人生参照,他知道孟浩然是李白青年时代所遇到的第一位真正的诗人,给李白上了平生第一堂"诗人课",从此李白便知道诗人是什么样子了,自己要做什么样子的诗人了:"吾爱孟夫子,风流天下闻。"——韦应物就是白居易的"孟夫子",有意思的是:都是山水田园派诗人,给他们上了最初的"诗人课"。时至中唐,孟浩然、王维早已仙逝,托体神州山水,接过山水田园派大旗的便是这韦应物,在盛唐与中唐的过渡期,韦是大唐最火的诗人。母亲和外祖父教白居易时,他便学到了韦诗,一读便喜欢,尤其是那首《滁州西涧》,尤其是那句"野渡无人舟自横",进入官学之后,他学到了更多……现在终于有机会见到自己喜欢的诗人,还是走了一个在苏州县衙当差的亲戚的后门,准其进入官方雅集宴会场地,但是不得近嘉宾之身,远远地望一眼,他便满足了;远远地望一眼,他便得到了他所想要的……

四载江南岁月的收获,作品是最好的总结,因其是诗人!

《江南送北客,因凭寄徐州兄弟书》《赋得古原草送别》《王昭君》(二首)等佳作相继写出。这四年里,一位中原少年在江南的山水间悄然成长为一位优秀的青年诗人,只是世人不知晓,与李白当年下江南的张扬高调不同,他太低调,太安静了……

贞元五年(己巳,公元789年)对白居易来说不可谓不重要,这一年他年满18岁。对于天生体弱的他来说,成个年也这么不容易,似乎要比别人多扒掉一层皮似的:他从头一年入冬染上风寒,到这一年开春才痊愈,病中最大的收获,是这样一首诗:

病中作

久为劳生事，不学摄生道。

年少已多病，此身岂堪老。

第一个读者自然是白季康，他读完之后没说什么，只是默默地开始做一件事：亲自从侄儿手中搜集其诗并加以誊抄、整理、编辑、装订成册，取名为《白居易诗初录》——这是这位诗人平生第一次结集。然后，等他病愈，恢复如初，将此诗集，交付到他的手中："贤侄，《病中作》一出，你可以去长安了，什么都别带，就带上这个小册子，去了什么人都别见，只求见顾况一人，你初到苏州时不敢让韦应物读你的诗，现在应该敢于让顾况看看了，看他怎么说。"

于是便在一个春光明媚的日子上路了，18岁仍然不会骑马的白居易，乘坐官府的驿马车，先北上，再西行……向其游学生涯的终点站——大唐帝国那天下闻名的国都长安而去……

9

正如李白当年在繁华的金陵、扬州，却想象不到长安的繁华一样，白居易在今日繁华的苏州、杭州还是想象不到长安的繁华，关键在于：规模、格局、气派完全不在一档，经历过安史之乱的长安，依然是地球上的第一大城市，城市人口比盛唐时更多，是地球上第一个超过两百万人口的城市，东西两市的国内、国际贸易比盛唐时更发达，商品种类更为丰富……

青年白居易惊呆了！

李白当年说："西入秦海，一观国风。"——是的，不到长安，焉知大唐！焉知世界！

如果只看中原的战乱，他只会成为一个哀号不止的愤青诗人；如果只看江南的繁华，他只会成为一个小富即安的逸乐诗人；现在他来到了长安，便拥有了无限的可能性！

他在驿马车的终点站——东市附近找了一家便宜驿站安顿下来，先不管什么顾况，要将好大一座长安城玩够再说，这一课该叫什么呢？"国都课""物质课"……

半个月后，他确立了自己此生一个有形的奋斗目标："我要在这里生活！我要在长安安家！"

半个月后，他想起顾况来了。

这是哪路神仙，值得大老远赶来专程一拜呢？白居易未必像白季康那么清楚:此人进士及第，现任著作郎，正六品上，官虽不大，却是一个赫赫有名的传奇人物，"下池轶事：红叶传情"就不表了，关键他是个爱才如命的伯乐，向朝廷举荐人才的成功率极高，天下才子，趋之若鹜，传说其府上，天天有人排长队……

不论头四年在江南，还是此次来长安，白居易的目的都与李白当年迥异，李白是无他途可走，求人举荐是唯一的路；白居易的目的是通过游学增长见识做强自己再回去参加科考……但是在这个草长莺飞的春天，为爱侄的前途殚精竭虑的溧水县令白季康发现此中有一条捷径——这条捷径是一个人，这个人叫顾况！于是他便让自己的爱侄直奔捷径，直捣黄龙！

虽说任何事情恐怕都离不开运气相助，但白居易去顾府拜见顾况的这个早晨，刚巧顾府门前无人排队，刚巧顾况无公干在家休息。至于阅人无数的顾况第一眼瞧见这个身长刚过七尺，生就一张清朗的国字脸，衣着朴素却十分干净的后生，便心生好感，这恐怕就不是运气所能说清楚的……

后生立于堂下拱手道："晚生白居易见过顾大人！"

那时顾况正在作画，随口问道："哪个举荐你来的呀？"官话中流露出软软南音，他正是苏州人。

白居易如实禀告："溧水县令白季康大人举荐我来的。"

"白季康？溧水县令？哦，我有所耳闻，但并无交集……他和你什么关系？"

"他是我叔父。"

"哦，叔父举荐侄儿，他也不晓得避嫌，不过举贤不避亲……你说你叫什么来着？"

"白居易。"

"哪三个字？"

"白起的白，居住的居，容易的易。"怕对方未听明白，白居易便将手中一册《白居易诗初录》呈了上去，指着封面上的字说："就是这三个字。"

顾况口中念道："白——居——易。米价方贵，居亦弗易。这诗你写的？"

"嗯，敬呈顾大人！"

到底是诗人，诗人本色，顾况立即逐页翻读起来，再也不管面前的画作，也完全忘记了眼前这位后生的存在。好在这本手抄小书不厚，未过几时便读完了，他又翻回到卷首诗，以自己款款的南音将之吟诵出来：

### 赋得古原草送别

离离原上草，一岁一枯荣。

野火烧不尽，春风吹又生。

远芳侵古道，晴翠接荒城。

又送王孙去，萋萋满别情。

诵毕，他又反复念叨着头四句："离离原上草，一岁一枯荣。野火烧不尽，春风吹又生。"然后冲后生道："道得个语，居即易矣。"

顾况真是个爱才之人，当即便将白居易留宿家中，上朝便举荐这位惊世之才，带着白居易出席长安城夜夜笙歌的各种雅居、吟诗会，还将这本小册子推荐给出版过李白名著《大猎赋》《李翰林集》《草堂集》，殷璠名编《河岳英灵集》等经典诗集的皇家所开的长安书肆，更名为《草》得以出版。立时，此书风行长安，畅销一时，"开元诗王"王维、"天宝诗王"李白几乎同时仙逝之后，大唐诗歌的王位便空了，虚位以待；那时唐人依旧不识杜甫，死了也不识，他们只盯着活人，看有没有下一个诗王诞生。于是，人们从这位来自江南的青年诗人的诗中看到了潜质与希望！

大唐诗坛，从此有了一个白居易。出名要趁早，他在 18 岁时做到了！

好事不能让你都占全，朝廷方面却是无果——在当朝天子眼中：顾况举荐的人才多了，这一个年纪轻轻资历浅浅，诗作得是不错，但不至于马上就给个官做。真有本事，就走国家选拔人才的严格程序……

顾况将上意转告给白居易，并明确告诉他下一步该如何走：回去再苦读个两三年，然后参加乡试、州试，逐级向上考，不走明经走进士,就像当年贺知章与李白所做的十年约定一样,顾况跟白居易约定:五年后,长安见!

在自己家中住了将近一年,顾况已经十分了解白居易的禀赋、德行、学识、才华,他实在想不出来:有什么能够阻挡这个后生重返并进驻长安?

# 第三章　十五胜天仙

## 10

贞元六年（庚午，公元790年）过年前夕，离家在外游学五载的白居易回到符离家中，赶上了家中近些年来难得一遇的大团圆。

62岁的父亲白季庚迁官大理少卿兼衢州别驾，过完年便要远赴大理上任，他已经走到花甲之年，仕途虽未青云直上，但也稳扎稳打。他对次子白居易这五年的游学收获是很满意的，无论如何，年纪轻轻便名动长安，对其未来的科考之路会有极大帮助。

母亲死后一直住在外公家的39岁的同父异母的长兄白幼文经过多年苦读、游学，厚积薄发，这两年顺利通过乡试、州试，过完年准备赴长安赶考。他比白居易整整大了20岁，到此时才初见面，但却还是很亲。他知道自己的这位弟弟天赋异禀，乃非常人，少年便已成名，日后必成大器……

14岁的三弟白行简已在流沟寺官学从乙班读到甲班，且生得眉清目秀、聪明伶俐，一看就会成长为科场高手，前途无忧……

6岁的四弟白幼美眼看到了学龄，却比白居易少时还要体弱多病，母亲准备将其留在身边自己调教……

五年未见，在白居易眼中，比父亲年轻26岁的母亲陈娟永远年轻美丽，而今年也才36岁，五年中却仿佛老去了10岁，像个四十来岁的家庭妇女，显然全都是为儿子、为家庭辛苦操劳所致，她自己却对眼前的一切——丈夫升迁、继子赶考、三子同在十分满意似的。对她来说，正值豆蔻年华之际，却莫名其妙地嫁给了自己的亲舅舅，这桩被人（包括家族里的闲人）在背后嚼舌根的婚姻，给其本人心理蒙上了一层阴影，精神上背负着不小的压力，廿年下来，她一连给白家贡献了三个儿子，不但生养还自己亲自启蒙、亲手调教，头一个已经名动京城……她能不得意吗？在大年三十的家宴上，吃了丈夫和儿子们轮番敬的米酒，吃到微醺时她说："这一眼望去，全都是光葫芦，咱老白家阳气过重。老白，阳气过重也不好吧？不行，我得给你们兄弟四个领个妹妹回来，生不动了我给你们领回一个。"

白氏父子听了，以为是酒话，便没有在意。

## 11

华夏人，过大年，从三十，到十五，一头一尾，最为重视。

白家此次大团圆，究竟有多难得多重要，不出几年，他们自己就会认识到。

正月十五元宵节，又是隆重的大庆，因为第二天就会有人启程：白季庚向西南赴大理上任、白幼文奔西北赴长安赶考——这天的夜宴也是为家中的父兄饯行。

白天里陈娟便提及"晚上来的客人"云云，白居易心系诗书未在意，白行简正值对什么都好奇的年纪，反复追问道："到底是谁呀？到底是谁呀？"陈娟打发儿子道："上了饭桌便知晓。"

果真是到了暮色四合油灯初上，准备了一天的菜肴摆了满满一桌，主妇陈娟这才去请客人——好奇心重的白行简看母亲并未走远，也就是去了一趟邻居家，带回来湘灵母女，行简心说："这算啥客人呀，这不就是邻居嘛！"

但是湘灵母女的到来，在年前才迟归的白居易眼中就不一样了：他忽然感到眼前一亮，他感到自己家的竹屋里有了蓬荜生辉的感觉……一对佳人驾临寒舍，年长的有三十来岁，年少的也就十几岁样子，她们像是从天上下凡的仙女，气质与四周环境不甚相合……

她们还用蒸屉带了菜来，几样精致的小菜更进一步丰富了元宵节夜宴的餐桌，等所有人都围桌坐定，白家主妇陈娟清清嗓子讲了一段开场白："俺们白家一屋子光葫芦，吃年夜饭时我瞅着他们哥儿四个怪闹心的，就说给他们领个妹妹回来，怎么样？俺这当娘的说话算话吧？是不是领了个妹妹回来？"

一直待在家、挟爱自重的老三白行简敢说话："湘灵不是妹妹，她还比我大一岁呢！"

"大一岁也是妹妹！"陈娟继续说，"你们几个外面回来的不晓得，湘灵母女俩是去年才搬来的，人家可是京都长安人，避难迁居到此，跟咱家做了邻居，俺跟湘灵妈年纪相仿，特别投缘。

她们娘俩一来,俺这日子过得就不那么憋闷了……今晚,咱们趁着过十五,两家人一起聚一聚,来,咱们都举起酒来,干一杯!"

众人吃了一杯酒,尝了一遍菜之后,白家元宵节夜宴的大局还是牢牢掌握在主妇陈娟口中,她将自己的丈夫和四个儿子向湘灵母女二人正式介绍了一番,介绍到她最偏爱、最器重的儿子白居易时说:"居易小名叫阿连,打小身体不好,老是生病,但就是书读得好,书上的东西一教就会,他今年一十九岁,已经从江南、长安游学回来,他写的一首诗《赋得古原草送别》,写的就是咱们这儿,可是让他在长安出了大名,你们娘儿俩要是晚点出来,兴许就能知道……"

"咋能不知道呢?"这个时候,湘灵妈插话道,"我们离开前,《草》已经开始在红楼流行了,我的一些姐妹已经会唱了……"——一语暴露了她自己先前的身份。

陈娟刚感到一丝尴尬,却被湘灵的柔声细语冲散了:"阿连哥哥,你最喜欢长安的哪个去处?"

白居易第一时间没有反应过来,当他意识到眼前的这位小天仙是在对他说话,他选择了如实作答:"当然是东、西两市。"

"啊,我也是!我也是!"湘灵兴奋地说,"真是要什么有什么,你想到的有,你想不到的也有!"

"对呀,东市是九州,西市是世界。"

"今儿晚上元宵节,那里一定很热闹,一定有好多特别漂亮的花灯!"

……

有的人,乍一见,便有没完没了的话要说,就像是彼此上辈子欠下的,白居易与这湘灵便是如此,关键在于:他们原本都不是爱说话的人。

这天晚上，白家元宵节夜宴的气氛好得不能再好了：每个人都找到了一个合适的交谈对象——白季庚与白幼文，围绕着进京赶考的种种细节；陈娟与湘灵妈，围绕着主妇操心的柴米油盐；白居易与湘灵，围绕着他们离开未久，心心念念的长安；白行简与白幼美，前者对后者的各种幼稚提问给予耐心回答……

气氛到达高潮时，湘灵妈趁热打铁，提出要湘灵认陈娟为干妈，陈娟也不推辞，还举行了跪拜仪式……

小弟白幼美的四仰八叉酣然入睡，提醒大家该散了。陈娟嘱白居易送湘灵母女二人回家，居易欣然从命……

来到屋外，但见漫山遍野都有月亮下凡般的灯笼游弋，那是村里的孩子们的元宵节才刚开始……

"真好啊！"湘灵感慨道，"可惜我没有舅舅，没人给我送灯笼。"

居易听在耳里，记在心头。

## 12

次日上午，送父兄上路，是最大的事。

湘灵母女俩也来了。都说是不是美人得早晨看，这两位绝对是了，尤其是湘灵，完美得无可挑剔……当着母亲新认的这个干女儿的面，当二哥的白居易强制自己不哭，可还是流下了两行清泪，年逾花甲的老父亲不满地瞟了他一眼……

居易和行简兄弟俩一直将父兄送到符离县城，然后看着他们踏上各自的征程……

居易问行简："还想要灯笼吗？"

行简道:"十五都过了,算了吧。"

居易说:"想要就要呗,我送你一个。"

"你又不是我舅舅,咱妈说咱们没舅舅。"

"哪那么多穷讲究,想玩咱就买去!"

居易拉着行简来到县城中心的集市,虽然十五已过,还是有人在卖灯笼,居易一口气买了三只红灯笼……

"二哥,你咋有那么多钱?"行简问。

"卖诗赚的。"居易道。

"写诗也能赚钱吗?"

"当然啦,为兄不打诳语!"

居易此言是真。离开长安前夕,长安书肆跟他结算了他的处子诗集《草》的版税,于是他带着上万铜钱回到符离,没有上交给父母,而是几乎全都给了进京赶考的长兄幼文。这孩子有心思,他知道谁最需要帮助。

兄弟俩又在县城转了转,吃了午饭,哥哥请弟弟吃了本地最有名的烧鸡,兄弟二人分食了整只鸡……回到家已是下午,一进院子,面对跑出来迎接他们的小弟幼美,行简立马递上一只红灯笼(自己已经留了一只),嘴里嚷嚷着:"舅舅给外甥送灯笼来喽!舅舅给外甥送灯笼来喽!"

话音未落,只听一声厉喝:"什么灯笼?哪来的灯笼?谁是舅舅?谁是外甥?什么乱七八糟的!"——这厉喝来自厨房冒出头来的母亲陈娟……

"是……是二哥……给我们仨……买了灯笼……"行简支支吾吾解释着。

陈娟这才把头缩回厨房。

一定是母亲的过敏症又犯了,她简直听不得这些词汇:舅舅、外甥、外甥女……这一幕,行简看不懂,居易则不然:家里的这块疮疤他已有所风闻,是在江南游学时从叔父白季康家知道,他并不觉得这有多么可耻……

一看母亲不高兴,几个孩子都老实了,行简带幼美到堂屋去找火镰点灯笼,居易则拎着最后一只红灯笼来到自己独居的房间,打开窗子眺望邻家,他想望见一点什么,而他果真就望到了什么——

首先是听到了什么:邻家竹屋廊下挂着一只虎皮鹦鹉,正在咿咿呀呀学人说话,逗她的是窗子里的美少女——正是他的干妹妹湘灵……

窗含少女戏鹦鹉。

居易到底是诗人胚子,面对眼前这一幕,他的第一反应竟是拿起案头毛笔直接在灯笼上题写了一首诗——

### 邻 女

娉婷十五胜天仙,白日姮娥旱地莲。
何处闲教鹦鹉语,碧纱窗下绣床前。

题写完毕,他向湘灵挥手道:"湘灵,过来!"

那只鹦鹉也学语道:"湘灵,过来!"

湘灵嫣然一笑,巧笑倩兮,精灵一般跃出窗来,来到他的窗下,接过他送上的灯笼,喜不自禁……

怕鹦鹉再学,他压低声音说:"晚上咱们点了灯笼上山!"

这天晚上,山上有三只点亮的灯笼,像三只红月亮坠落人间,十五的灯笼十六亮……

居易问湘灵:"灯笼上的诗你看了吗?"

湘灵说:"我识字太少看不懂,不过我娘给我讲了,她还弹着琵琶唱给我听……阿连哥哥,你学问大,诗写得好,教我识字好吗?我可不想当睁眼瞎!"

居易兴奋作答:"好啊,没问题!"

## 13

富有天命的人,老天爷自会安排得妥妥的:此后两年,在符离白家所发生的,确实需要白居易守在家里。

先说好事儿:待到万物复苏春暖花开之际,长兄白幼文的特大捷报自长安传来,大雁塔下,金榜题名,进士及第——让好几代人老考明经的白家从仕途起点上有了一个重大突破,看来官超五品在这一代人有望实现了!幼文荣归符离,在家精心准备次年的吏部拔选,到了次年如愿过关,出任饶州浮梁县主簿……比其还小3岁的继母陈娟高兴地说:"这下咱们白家喝茶不愁了!"——因为浮梁是著名的茶乡,大唐帝国的茶叶基地。斯年,一家之主白季庚64岁了,已经走入宦游生涯的晚期和生命的暮年,是该有人站出来替他分担一点养家的重担,这时候长子站出来也是应该的……

再说坏事儿:先是头一年从新郑老家传来诗人县令陈润的死讯,对陈娟来说是亲生父亲死了!对白居易来说是偏爱他、器重他,为其最早做出人生规划的亲外公死了!母子不胜悲痛,而更憋屈的是:这么些年过去了,新郑竟然还是战区(说明他们当年从那里逃出来是多么对),无法回去给亲人下葬,白居易冲动地想回,硬被陈娟给拦住了。为了寄托哀思,他们在竹屋后的小山上,给陈润修造了一个衣冠冢,陈娟将陈润送给他的礼物挑了两件、白居易将陈润写给他的亲笔信选了一封,埋入冢中……

更大的打击还在后面:光知道体弱多病的小弟幼美每到寒冬便不好过,不知道炎热的盛夏也会要其命。经历过夏日的酷暑之后,他的热病一直不见好,终于殁于次年九月,年仅8岁,陈娟当场发疯……

一只短短的薄薄的来不及上漆的小棺材,是白居易心目中最初的死亡意象,那么冰冷,那么刺目!

倘若居易不在家,还在外面游学,谁来给幼弟下葬?谁来照顾疯妈?日后回想起生命中的这两年,他对自己的所作所为是满意的,而让他安心守家像个真正的男子汉一样挑起家庭重担的一个强大动力——明摆着:便是有个天仙一样的干妹妹,总是用一双水汪汪的大眼睛满含崇拜而又充满信任地望着他,让他不能退却……

人心都是肉长的,包括龙子之心,当朝皇帝李适听闻大理少卿兼衢州别驾白季庚年迈体弱老来丧幼子,便将其调任襄州别驾。父亲、长兄不在家,白居易做了一个正确的决定:亲自将疯妈送到襄州去,见到自己丈夫或许有利于她的精神恢复正常,同时也能照顾父亲的日常起居,这对背负骂名的老夫少妻真是没过过几天正常日子……

大弟白行简尚在流沟寺官学寄宿学习,并不需要太多的照顾,白居易将家中的钥匙留给其芳邻——湘灵母女俩,便携母乘驿马车上路了……

## 14

从符离到襄州,一千二百多里路,对白居易来说,是陪母亲,穿州县,看山河……这样的机会并不多。

襄州是古来兵家必争之地,大唐帝国的战略要地,唐军遣重兵把守之城。皇上将老迈的白季庚调任至此,也是念及他于数年前在徐州立下的守城奇功。风尘仆仆,新官上任,妻儿又千里迢迢赶来相聚,同僚们便在襄州城中最豪华的酒楼摆下接风宴。令白季庚感到震惊的是:新同僚们欢迎他虽不假,想一睹英才辈出的大唐诗坛冉冉升起的新星白居易的真容也是真,这令他更感到高兴,在偏远蛮荒的大理,只有个别人问起:白居易是不是令郎?回到中土,在大唐的军事重镇,才知其今日之影响,看来在大唐帝国,永远不可小觑诗文的影响力,"重文尚武"依旧是这个国家的传统……

白居易本人也有点受宠若惊:离开长安时,他只知道自己在京都士子阶层出名了,回到符离后,便掉入一个信息的黑洞,他不知道这两年间,他的诗与名,在全唐士子阶层迅速传播,他的影响已经波及全国。东道主请来当地一位红歌妓助兴,在现场演唱他的名作,于是在场所有人都静静地欣赏了一遍他少年时代最著名的诗篇:

草

离离原上草,一岁一枯荣。
野火烧不尽,春风吹又生。

> 远芳侵古道，晴翠接荒城。
> 又送王孙去，萋萋满别情。

哦，看来诗名已在红楼歌妓的传唱中被修改了，简化了。白居易觉得无所谓，他生来不是一个迂腐的人，懂得变通，随遇而安……就像在酒桌上，他本不善饮，也不好酒，父亲的同僚一一上来敬酒，他甫一推辞，对方便说"诗人怎么能不喝酒呢？李白斗酒诗百篇，长安市上酒家眠"云云，他也就喝了。唉，没办法，用李白的一切特点来定义诗人，正是从这时开始的。酒酣之际，有人提议，请他当场当众赋诗一首，他的表现也叫人十分舒服："襄阳，是孟夫子——大诗人孟浩然的家乡，小生岂敢班门弄斧，在此吟诵一首李太白名作，以谢诸位盛情……"

> **赠孟浩然**
> 吾爱孟夫子，风流天下闻。
> 红颜弃轩冕，白首卧松云。
> 醉月频中圣，迷花不事君。
> 高山安可仰，徒此揖清芬。

此诗诵毕，博得全场一片掌声。席间，有人举酒敬白季庚道："白大人，令郎贵气逼人，知敬畏知进退知分寸，日后前途不可限量，您老等着安享子孙清福吧！"白季庚笑而不语，只默默地把酒干了。这注定是一场儿子抢了老子风头的夜宴，但老子乐得如此，还有老娘——离开符离，一路行来，有儿子的精心呵护，现在又见到了家中的顶梁柱和主心骨，她的精神状态恢复了很多，举座皆夸其子，其子已非泛泛之辈，她还是听得明白且喜在心头的……

## 15

次日一早，白居易便在父亲一位同僚的陪伴下乘坐马车前往鹿门山凭吊孟浩然。青山之中，荒草丛中，一座孤坟，上面刻有"孟浩然之墓"。掐指算来，孟已离世五十三载，相传此墓还是"嘴馋害死友"的王昌龄修造的，并亲自主持了他的葬仪……对于这段江湖传说，白居易是在游学中听说的，他未置可否，对于孟从来不回赠李白诗而造成的两人相忘于江湖，他觉得李白可以理解……他不想过多介入前人的是非曲直。他因为天生喜欢陶渊明，从而喜欢本朝的山水田园派：从孟浩然、王维到韦应物，他无一不喜欢……

这一年，22岁的白居易尚未对佛教迷恋到见庙必进必拜，但已经做到了见到真正的好诗人（不论生死）必拜……他跪在孟浩然墓前连磕三头，然后站起来朗声吟诵他最喜欢的一首孟诗——这或许正是祭奠一位已故诗人的最好方式：

归故园作

北阙休上书，南山归敝庐。

不才明主弃，多病故人疏。

白发催年老，青阳逼岁除。

永怀愁不寐，松月夜窗虚。

此诗完全符合他对一首好诗的认知，就是其中一定要有杀人的句子——"不才明主弃,多病故人疏"就是杀人的句子,杀伤了唐玄宗的心,把自己的仕途彻底杀死了……

陪同者是本地人,介绍说:五十载过去,孟浩然之子已经离世,唯一的孙子一家住在山下的村庄里,作为普普通通的农民……问他要不要去看望一下,白居易叹了口气,摇了摇头。

从初到襄阳之后,到冬天离开之前,有一块大石头一直压在白居易心头,那便是他得拿出一首诗,在盛唐两大诗人的重压之下,最终他经过无数次修改,还是拿了出来——在父亲同僚们为其举行的饯行宴上吟诵道:

游襄阳怀孟浩然

楚山碧岩岩,汉水碧汤汤。
秀气结成象,孟氏之文章。
今我讽遗文,思人至其乡。
清风无人继,日暮空襄阳。
南望鹿门山,蔼若有余芳。
旧隐不知处,云深树苍苍。

此诗诵毕,全场掌声雷动。但作者自知:他完败于李、孟,自己虽在当下初成名,但与盛唐最好的诗人比尚有明显的差距,他准备用自己的一生来追赶,来做这场隔空的决斗……

# 第四章　一巢生四儿

## 16

春天的时候,白居易将其母一送到襄阳便想着回家了——他确实把符离当作自己的家乡了!但是,这身子却未随心走,他一直等到母亲飘忽的精神彻底稳定下来,并且他也十分享受与父母同在一起的难得时光,一家三口同游楚山襄水,不亦乐乎……还是那句话:不消多久,便会明白这么做是多么对!

如此一来,他在襄阳待了半年,冬天到来的时候,貌似完全正常的母亲怕一人在家的行简弟弟自己不晓得换冬装,催他快回,他这才只身返回符离……

他所乘坐的驿马车是在傍晚时分抵达符离县城的,他下得车来,正排队领取行李,只听背后有温婉的女声叫道:"阿连哥哥！"——就这一声，叫得他心都酥了！

他转过身来定睛一看，果然是他半年来多次梦见的湘灵妹妹！

"怎么是你？你怎么知道我今天回来？！"

"我……就知道。"

取了行李，两人便朝城外家的方向急急走去……

一路上，阿连哥哥一直追问湘灵妹妹是如何得知自己今天回来的，最终发现这半年里，她几乎天天跑到这里等，心中一感动，人便很冲动，他在淮北冬日暮色四合的乡路上将她紧紧拥抱在怀，用自己炽烈燃烧的嘴唇去寻觅她渴望已久的芳唇，对他们彼此而言，这是比波斯来的玻璃还要纯洁珍贵的初吻……

他们相识三年了，他越看她越不像妹妹，而是他心目中美丽、灵动、性感的女人的化身，他再也不想让她当妹妹了！而她呢？越看他越是哥哥，是这人间最可爱最值得信任的哥哥，她要嫁给这个亲爱的特别的哥哥！

小别半年，让他们都看清楚了自己心中情感的生长、发酵；等到重逢，便自然而然地捅破了这层窗户纸……

回到家中，两人直接去了湘灵家，湘灵妈已经做好了两个人的饭，似乎不够三个人吃……但这些已经不重要了，两个刚刚享用过对方嘴唇的年轻人，还吃得下别的吗？

17

在昨夜湘灵家的餐桌上，饭菜不够酒来凑，阿连哥哥便喝多了湘灵家精酿的家酿。襄阳半载酒局多，他有点爱上酒了，原本不高的酒量也提高了不少……即便如此，昨夜他也是不胜酒力，喝至断片，后来他是如何回到自己家里的——这一幕在他脑海里完全不存在……

凌晨醒来时他发现自己像一条赤裸的大鱼，在温暖被窝的水中，与一条皮肤丝滑、芳香四溢的美人鱼紧紧相拥，两具胴体仿佛已经长在了一起，他想把她搂抱得更加亲密无间，两具胴体便相互配合着扭动起来，她轻轻的呻吟和一绺秀发撩拨着他的雄性荷尔蒙……

最终，呻吟变成了尖锐的嘶喊、嚎叫！

在透进窗棂的第一缕晨曦中，女人向男人展示她身下的香帕上殷红的血迹，就像新婚之夜，新娘对新郎展示的那样！

淮北冬天，一片萧瑟，这对男女，人间蒸发，没日没夜地躲在这温柔乡中，从最初的生涩、痛楚、血渍斑斑，越来越磨合，越来越交融，仿佛凿开了生命的泉眼，让泉水喷涌而出……

在一个男15岁、女13岁为法定婚龄的国度，22岁的他和18岁的她已经算不折不扣的大龄青年了，在华夏史上最为开放的王朝，他们不会遭到村人的诟病，包括双方的家长，把这一切看在眼里的湘灵妈，眼瞅着自己的女儿不断朝邻家穿梭往返，除了偶尔善意地骂一声"妖精！"也没有横加干涉，甚至还自己跑到县城的药房开了避孕的药方，抓了草药煎给女儿吃……

显而易见，湘灵母女，是一对有故事有来历的人。

湘灵妈年轻时是京城的红歌妓，湘灵爸是三品京官，湘灵之所以叫湘灵，便是因为其父是湖南人，湖南学子荣登进士，仕途上一路走来。这是一对苦命的娘儿俩，就在湘灵妈生下湘灵，眼看着就要脱离红楼嫁入朱门为妾之时，湘灵爸却不幸暴卒了。湘灵妈一人将湘灵拉扯大，国都长安陷入围城危机时又带着她一路逃到淮北，由于随身带着自己前半生的全部积蓄，日子也便这么过了……她发誓不教湘灵弹琴唱歌识字，就是不想让她走自己的路，在她看来，女人这一生，过得好不好，关键在于一点：把自己嫁好。新邻居白家的三个儿子让她看到了希望的曙光：真是嫁给哪个都不错啊！如果急功近利，可以嫁给老大白幼文，大24岁不是事儿（白大哥比陈姐要大26岁呢），因为他是进士并且已经当上了官；老二白居易年纪轻轻便已名声在外，日后前途必然不可限量；老三白行简比湘灵小一岁，只要感情好又有什么不可以的……

随缘！

现在已经水落石出：看来女儿是早就爱上她的阿连哥哥了！

于是，在餐桌上，她向白居易打听其父母的归期——那是她已经决定要主动向白季庚、陈娟夫妻俩提出白居易和湘灵的婚姻大事，对于她这个在红楼里混了半生又遭受过不知多少人间磨难的老歌妓来说，没有什么面子是抹不开的……

白居易生来就善解人意，再加上有湘灵这个卧底传递消息，便马上给襄阳的父母去了封信，问他们是否回来过年——在他看来，这是他们归来的最切近最合适的时间点。

此信一寄出，他便将过年当作父母归来的时间点了——也是自己这一段爱其所爱为所欲为的美好时光的终点。现在，他应该做的就是将这段日子过得尽善尽美，不留丝毫遗憾。是的，这是一个喜欢经常做自我总结的家伙，在其一生的编年史上，贞元九年（癸酉，公元793年）冬天就是用来全情投入爱情的，别的一切全都搁置一边：从襄阳归来后，他没有读一页书，没有写一首诗，没有进一次城，没有爬一次山，变成了一只猫在家里的穴居动物……就像天下所有的处子,在初欢之后所感受到的那样,世界从此不同!以前的人生都白过了!是女孩把男孩变成男人的,是男孩把女孩变成女人的,没有生身母亲杨娟的呵护,白居易不知道自己的身体有多差;没有初恋情人湘灵的见证,白居易不知道自己的身体有多好——身体被证明过的男人才会获得真正的自信:湘灵识字有限,很难独立读懂一首诗(即便是被公认为通俗易懂的白诗),对于他在这个国家已经取得的不小的名声保持无感,她爱的不是诗人白居易,她爱的是男人阿连,她爱他的身长七尺,她爱他的相貌堂堂,她爱他的国字脸,她爱他的好脾气……

这一切,对于一个男人的成长至关重要!这一年他22岁,这才是真正的成人礼!

人生每一段,都会有值得你专心去做的一件事……这也构成了他的一条重要经验,去实践今后广袤浩瀚的人生!

这年冬天,淮北多雪,在那间温暖如春的竹屋里面,金童玉女,风花雪月……

## 18

在身心狂欢中等待过年的白居易,没有等到父母如期归来,只等到一片冰冷雪片般的信,是他所熟悉的母亲娟秀的笔迹,用了那个时代尚且未得其名的"电报体":

居易、行简吾儿:
接信后速来襄,汝父病重,恐时日无多!
母字贞元九年甲戌冬

反复读着此信，居易倒吸几口凉气，但是他并不感到太过意外：春夏在襄阳见到三年未见的父亲，感觉老了一大截子，且有明显的病容，当时就让他心中直打鼓，觉得应该让母亲在身边多陪他多照顾他，只是没有想到这么突然，这么快……接到此信后湘灵的表现让他倍感欣慰，马上表示要与他和行简弟弟一起去，这才是白家二少奶奶该有的样子啊，后被其母晓之以理说服了才作罢。然后，湘灵连夜与母亲一起做了好多好吃的，让白居易、白行简兄弟二人带着上路……

如果仅仅是为了见上最后一面，做最后的诀别，陈娟这封信写早了，白季庚一直熬到转年五月才去世，但是从全家人在一起再过一个团圆年，让三个孩子陪父亲走完生命最后一程这个角度说，她做得完全对，最后老爷子连闻讯赶来的他的亲弟弟白季康也见到了。其他兄弟，通知了没来；从兄弟们，没有通知。

五月的一天，老爷子一早醒来，特别精神，早餐也比往常吃得多些，连他自己都晓得：这是大限已至的回光返照，便招呼所有人来其病榻前，听其最后的遗嘱……

他躺在病榻上，陈娟与季康，妻与弟伴其左右，三个孩子跪于榻前……

季庚先是伸出左手对陈娟伸出四根手指："你我夫妻一场，有四个儿子，不是三个……这辈子，你跟了我，辛苦了！委屈了！我走以后，你好好跟着儿子们享福吧！"

陈娟泪如泉涌，频频点头。

季庚再伸出右手，握住季康的手："兄弟几个，你我最亲，你现在虽然也有自己的儿子了，但对这三个孩子，你要视若己出……"

季康听着哽咽道："那是……自然！哥……你就放宽心地走吧！"

然后，季庚将目光投向病榻前的三个儿子：

"幼文，你要继续孝敬母亲，她虽说不是你的生母，却视你若己出……进士已中，仕途已启，早点娶个媳妇吧，早点给我生个胖孙子……这辈子，没有见着孙子，算是一点遗憾……"

"记住了，父亲！"幼文哽咽应答。

"居易，幼文给你做了榜样，进士及第，入仕为官，下面看你的了……为父一向重武轻文，对你多有慢待。不过，我也看明白了，白氏一族，要再度声名大噪，重建祖上荣光，还得靠你，靠你手中的笔！"

"居易努力不负父亲的重托！"居易的回答像出征的士卒。

"行简，你也要进士及第，入仕为官，不过这辈子，可以过得快乐一点、潇洒一点，顺着自己的天性而为……父母、阿叔都过得太辛苦，你这两个哥哥也注定会很辛苦，你要过得快乐一点……"

行简哭喊着扑向生命垂危的老父亲……

只有最后所做的才是真正的遗嘱，季庚用最后的气力说出了最后一段话："我死之后，归葬何处，听我安排，我们先前的讨论都不作数：一不去符离，那本来就是咱家的临时避难之地；二不回新郑，那边仍不太平；三不回太原，白氏一族出来了，就不要回头，就将我葬在本县东津乡南原唐军军人陵园，白起后人，死后亦当守卫国土……"

然后，再无一言，很快便辞别人间，享年 66 岁。

襄州别驾任所为身死任上的白季庚大人举行了隆重的吊唁活动，安排了庄严的下葬仪式，让家属得以告慰。陈娟对孩子们说：

"我们自己运回去下葬,哪里会有这样的阵势!"

手中握有一支巨笔的青年诗星白居易没有资格为父写墓志铭——这是长兄白幼文主簿的事,他往常活跃的诗思似乎也被这巨大的悲痛堵塞了,一首悼诗也写不出来,只是在葬礼上留下了一个悲伤的形象,明眼人看出来了,私下里议论道:"那个名声在外的老二最伤心,看起来比他娘都伤心……"

诗歌生成的复杂性在于:这段对父对母的情愫须在诗人心中酝酿发酵到17年后——元和六年(辛卯,公元811年)才会喷薄而出:

### 燕诗示刘叟

叟有爱子,背叟逃去,叟甚悲念之。叟少年时,亦尝如是。故作《燕诗》以谕之矣。

梁上有双燕,翩翩雄与雌。

衔泥两椽间,一巢生四儿。

四儿日夜长,索食声孜孜。

青虫不易捕,黄口无饱期。

觜爪虽欲敝,心力不知疲。

须臾十来往,犹恐巢中饥。

辛勤三十日,母瘦雏渐肥。

喃喃教言语,一一刷毛衣。

一旦羽翼成,引上庭树枝。

举翅不回顾,随风四散飞。

雌雄空中鸣,声尽呼不归。

却入空巢里,啁啾终夜悲。

燕燕尔勿悲,尔当返自思。

思尔为雏日,高飞背母时。

当时父母念,今日尔应知。

## 19

依照唐律,朝廷官员,不论年岁,在任期间,倘若父母去世,则从得知丧事当日起,必须辞官返回原籍,为父母守制两年七个月,称之为"丁忧"。此律也影响到民风,尤其是在士子阶层。

时任饶州浮梁县主簿的白幼文显然在此之列。在襄阳安葬完父亲后,他便随继母和两个弟弟一起回到符离,开始丁忧。

对于时任溧水县令的白季康来说,只是死了哥哥,不必丁忧。他与嫂嫂、侄儿一行同时离开襄州,同行一段路途,然后转向溧水。

回到符离的白居易自愿守孝,白行简则回到流沟寺官学继续读书……

人生之路,有时候就这样慢下来,甚至不得不慢,不得不停……按照五年前离开长安时,伯乐顾况给白居易这匹千里马安排的路线图与时间表,他应该已经考回长安了,但是现在,此路尚未开通,他还没有启程。他的户籍在其出生地新郑,长任新郑县令的外公死了,那里又在打仗,那里的乡试、州试已经中断多年。现在就算你去别的州县报考,考官了解情况后也会觉得身为学子,应该在家为父守孝。回到符离之后,白居易忽然接到顾况从饶州寄来的一封信,信中写道:他因作诗嘲讽,得罪权贵,被贬饶州司户参军……哦,如今的长安城里已经没有人在等他了!

他将自己的上述烦恼诉与兄长。父亲已去,长兄如父,开始为其做主，嘱其借此守孝之机，发奋苦读，待到服除，立刻应考，连过三关，一气呵成！居易眼前豁然开朗，顺势拜幼文为师，行拱手礼："大哥，你就是我的赵蕤！"——这可是拿李白自比啊！幼文回答："我哪里有赵蕤的一身本事啊！不过参加科考的经验点滴，我自当毫无保留地教给你！"

长兄如父，还应担当起这一大家子生活的重担，白季庚清官一枚，两袖清风而去，在物质上并未给妻儿留下什么，加上丁忧停薪，这个家庭失去了原本不菲的收入，如何度过剩下的 27 个月？白季康也想到了他们的困难，回到溧水便寄来一张银票，但显然还是不够，白幼文想到了一个营生，他新官上任的浮梁是大唐茶叶之乡，他刚一到任便认识了一位大茶商，写信给他说自己想在符离县城开个茶楼，表面喝茶，实则批发，所有费用等他丁忧期满回到浮梁再结算，对方欣然接受。他这个丁忧中的底层官员不好抛头露面，全家人一商量，准备请在长安红楼见过大场面的湘灵妈出面打点，聪明伶俐的湘灵帮忙招待零散茶客……

什么都慢了下来，甚至停了下来，看这一家人都在守孝，湘灵妈就不好提两个孩子的婚事了，即使对方同意了也不能办啊，如此便搁置了，看这一家人，越来越不把她们母女俩当外人，她还有啥不放心呢？她心里明白：只要白家老二认定湘灵，那就什么问题都没有！

幼文果然没有看错人，符离县城新开的茶楼，被湘灵母女俩经营得有声有色，宾客盈门。此项收入保证了这两家人在白家守孝期间生活无忧；保证了白家老二关起门来，专心苦读——这应该是其一生中学习最为刻苦的一段时光，他在后来的大文《与元九书》中夫子自道：

> 十五六,始知有进士,苦节读书。二十已来,昼课赋,夜课书,间又课诗,不遑寝息矣。以至于口舌成疮,手肘成胝。既壮而肤革不丰盈,未老而齿发早衰白;瞥瞥然如飞蝇垂珠在眸子中者,动以万数,盖以苦学力文之所致,又自悲矣。

学到这种程度,是因其明智:满腹的学识、应考的技能,是其手中唯一的利器,有此便能把握住自己的前途、命运,还有爱情!无此便一无所有!

## 20

贞元十二年(丙子,公元796年),白幼文丁忧期满,服除。

可怜天下父母心,首先跳出来提婚事的是这27个月中劳苦功高的湘灵妈,陈娟的回答却是一枚不冷不热的软钉子:"等阿连中了进士再说,现在说这事儿容易让他分心。"

经过风雨见过世面的湘灵妈可不是好对付的,马上提出茶楼不管了自己要嫁到浮梁去——嫁给谁呢?这两年半,她在符离县城经营茶楼,与供货的浮梁大茶商有了几次接触——也许见一面就够了——对方便看上了这位徐娘半老风韵犹存的老歌妓,想要纳其为妾,她自觉这是个不坏的归宿,准备嫁了女儿再奔浮梁,现在白家这么不爽快,她也要给对方一点颜色瞧瞧,拉上女儿就准备走。湘灵不想走,湘灵妈说:"你留在这儿算怎么回事?自己待着,孤苦伶仃,待在他家,又没过门……"

于是,母女二人便与白幼文一起同赴浮梁,白居易不顾陈娟拦阻非要一路送达，此举至少宽慰了湘灵的心！

在浮梁，居易送未来的丈母娘出嫁，低调地嫁入巨商之家为妾，安抚好湘灵，便返回符离的竹屋继续苦读，他到底应该在哪儿考起——这个问题悬而未决，他只能暂时像一把待在鞘里的刀……

又过了一年，他那厉害的娘又开始折腾了，准备举家搬到东都洛阳，或许是被湘灵妈说走就走的潇洒刺激的，或许是符离茶楼的生意还是赚了些钱，她不想再住在偏远之地的农村了。传说长安居不易，那咱就先住洛阳；买不起房子，租房子住！

于是，陈娟便带着两个儿子搬了家。

日子依然过得拮据。次年春，居易去浮梁探望长兄幼文、湘灵母女返回时还朝洛阳家里带米，他在后来的《伤远行赋》中记载道：

> 贞元十五年春，吾兄吏于浮梁。分微禄以归养，命予负米而还乡。出郊野兮愁予，夫何道路之茫茫。茫茫兮二千五百里，自鄱阳而归洛阳。……独行踽踽兮惜昼短，孤宿茕茕兮愁夜长。况太夫人抱疾而在堂，自我行役，谅夙夜而忧伤。惟母念子之心，心可测而可量。虽割慈而不言，终蕴结于中肠。曰有弟兮侍左右，固就养而无方。……

其行可赞，其心可感！

# 第五章　擢第未为贵

## 21

白居易的户籍在其出生地——外祖父陈润做县令的新郑，由于那里长年处于战乱之中，科考已经暂停多年，若返乡则无试可考。按照相关规定，他应该在长居地符离申请参加考试，其父白季庚若还在徐州当官，自然毫无问题。但是现在，白季庚走了，当地无人关照，衙门便有点打官腔，拖拖拉拉，迟迟办不下来。在现居地洛阳考吧，东都宦海水太深，更是难找关系。去长兄白幼文任职的浮梁考，幼文官微言轻，一时搞不定。最终，还是叔父白季康找其顶头上司——宣州刺史、左丞相崔伦之子崔衍办妥了所有手续，让白居易来溧水参加乡试，如果顺利过关，再去宣州参加州试……

原本对他构不成障碍的考试资格问题，却因战乱迁徙变成了一个不大不小的麻烦，拖慢了他的人生进程，但是坏事变好事，令其倍加珍视这次得来不易的考试机会。打小被周围人逼得心中时刻揣着李白——贞元十五年（己卯，公元799年），在其洛阳家中，他在自己28岁的这个夏天，收到叔父白季康从溧水寄来的一纸乡试准考证，他竟然流下了眼泪……心里想的是：这是李白一生都没有摸到过的一张纸啊！

此种心态、此种状态、此种态度，已将大意失手的可能性降至最低，几近于无！

他接到准考证，便从东都洛阳出发去大唐帝国的毛笔之乡——溧水，那也是他在江南游学四载的大本营。人与地的缘分，归根结底是人与人的缘分，叔父如父，白季康是白居易人生道路上的一位重要推助者……在叔父家做最后阶段的备考，他几乎要头悬梁锥刺股了，叔父的独生子白敏中比他晚生20年，时年8岁，聪明伶俐，跟他亲得不得了……

乡试对他来说，小菜一碟，太过容易，猛一发力，拿下第一，理所当然取得了去宣州参加州试的资格。州试考题，一为《射中正鹄赋》，二为《窗中列远岫诗》，一赋一文，别无其他，岂不正中当代最红的青年诗星之下怀，他只需把字写得不要太难看（书法并非其所长）。他用满考试时间，交出了以下答卷：

### 宣州试射中正鹄赋

圣人弦木为弧，剡木为矢。惟弧矢之用也，中正鹄而已矣。

是谓武之经，礼之纪。故王者务以选诸侯，诸侯用而贡多士。

将俾乎礼无秕稗，位有降杀。广场辟而堵墙开，射夫同而钟鼓诚。于以致国用，充岁贡。使技痒者出于群，艺成者推于众。在乎矢不虚发，弓不再控。射绎志也，信念兹而在兹；鹄小鸟焉，取难中而能中。乃设五正，张三侯。叶吉日于清昼，顺杀气于素秋。礼事展，乐容修。既五善而斯备，将百中而是求。于是诚心内蕴，庄容外奋。升降揖让，合君子之令仪；进退周旋，伸先王之彝训。故礼举而义得，且无声而有闻。及夫观者坌入，射者挺立。矢既挟，弓既执。抗大侯，饮决拾。指正则掌内必取，料鹄乃彀中所及。雕弧乍满，当昼而明月弯弯；银镝急飞，不夜而流星熠熠。其一发也，（阙）若彻札；其再中也，（阙）雹如贯笠。玉霜降而弓力调，金风劲而弦声急。惬群心而踊跃，骇众目而翕习。若然者，安知不能空弯而雁惊，虚引而猿泣者也。矧乃正其色，温如栗如；游于艺，匪疾匪徐。妙能曲尽，勇可贾馀。岂不以志正形直，心庄体舒。不出范兮，信得礼之大者；无失鹄也，岂反身而求诸。斯盖弓矢合规，容止有仪。必气盈而神王，宁心誉而力疲。则知善射者，在乎合礼合乐，不必乎饮羽；在乎和容和志，不必乎主皮。夫如是，则射之礼，射之义，虽百世而可知。

### 窗中列远岫

天静秋山好，窗开晓翠通。

遥怜峰窈窕，不隔竹朦胧。

万点当虚室，千重叠远空。

列檐攒秀气，缘隙助清风。

碧爱新晴后，明宜反照中。

宣城郡斋在，望与古时同。

审阅此卷，有意思的是其赋颇有古朴之风，其诗则清新自然——这难道不是李白的路数吗？亲任主考官的宣州刺史崔衍觉得实在找不出理由不给他个第一名（虽然他没有在考试中写出《草》那样的惊天之作），确定为宣州贡生，推举到长安迎接进士科大考。临行前，他对白居易直言不讳："你要在殿试中再写出'野火烧不尽，春风吹又生'那样惊人的句子，皇上肯定会嘉奖我！"

22

宣州州试后，白居易便回到洛阳家中休整，给浮梁的兄长、湘灵母女写信报喜，又经过最后一段苦读，一入冬就早早去往长安。

此时距其首赴长安已经过去了九年，按照自己的伯乐顾况制订的时间表，他来晚了，爽约了，无形中给自己制造了一点压力。

此次来，由于要入宫参加进士科的殿试，他将自己下榻的驿站选在大明宫外天天能听到宫里传来晨钟暮鼓的一条小巷里……

此次来，叔父白季康不但给足了白居易盘缠，还将自己在长安的人脉搜刮干净……最后锁定了一位名叫陈京的朝官，他将担任今年进士科的考官。白居易一安顿下来便前往陈府拜访，这位陈大人在门房留话曰：大考在即，只收材料不见人。居易便将早就抄好的诗一百首、杂文二十篇集成的册子留下，用门房的笔砚，在封面上留下一句话：

居易，鄙人也。上无朝廷附离之援，次无乡曲吹煦之誉，然则孰为而来哉？盖所杖文章耳！

潇洒题完，扬长而去。他日后才知道，他的题词和材料，陈京当晚便读到了，读笑了，觉其矫情：你不就是白居易嘛，难道还想仗名压人不成？名大，当然是其在一众考生中的一种优势，但有时又会吃亏，这是后话。

绷得太紧弦会断。在接下来迎考的关键时刻，白居易却病了一场：从外因说是下等驿站房间里没有任何取暖设施受寒所致，从内因说是思想压力过大造成的免疫力下降，打小体弱多病的他一年总会病上两三场，只是不巧病在人生的尖峰时刻。生了病，他舍不得花钱就医，就那么硬生生扛着，扛来了新年——贞元十六年（庚辰，公元800年）到来了，从初一到十五，他在床上昏睡不止。正月十五元宵节当晚，人间首城大长安火树银花不夜天，他拖着病体走出驿站，到相距不远的东市转了转，心有所感，自破了乡试以来的诗戒，对着夜景口占一首《长安正月十五日》：

> 喧喧车骑帝王州，羁病无心逐胜游。
> 明月春风三五夜，万人行乐一人愁。

一诗吟罢，他立马感觉到肚子饥了，看见一家热气腾腾的元宵铺子，便一头扎进去，来了一大碗，出了一身汗，感觉舒服多了，回到驿站房间，先将刚才那首口占笔录下来。当此元宵之夜，灵感又至——对远方情人的思念扑面而来，于是又得一首：

> 寄湘灵
> 泪眼凌寒冻不流，每经高处即回头。

遥知别后西楼上，应凭栏干独自愁。

顺手又将去年冬至的一件腹稿笔录出来（当时已在戒诗中）：

### 冬至夜怀湘灵

艳质无由见，寒衾不可亲。
何堪最长夜，俱作独眠人。

他准备翌日便将给湘灵的两首诗寄往浮梁……这么一想，病状似乎又好转了些，写诗真的可以治病，他感觉到了，准备彻底开戒……

就这样，在接下来的日子里，他一边复课一边做回诗人白居易，写了不少诗，身体也好了，最能表现其此段心绪的是这么一首：

### 长安早春旅怀

轩车歌吹喧都邑，中有一人向隅立。
夜深明月卷帘愁，日暮青山望乡泣。
风吹新绿草芽坼，雨洒轻黄柳条湿。
此生知负少年春，不展愁眉欲三十。

## 23

万事俱备，只欠一考。

临考前一日，白居易只做了一件事，他从大明宫外，徒步行走了十多里路，来到佛教重地慈恩寺大雁塔，向佛祖、向他敬仰的玄奘大师发愿,求其保佑他马到成功、一考中的!看其跪拜虔诚、供养大方,一位僧人便嘱其道:"这位菩萨面善,佛前发愿必成,届时勿忘来还愿!"

对于有的人来说,只有自己努力到满,才会去求神。此举,对其一生意义重大。

一年一度的进士科大考终于来了,由中书侍郎高郢担任主考官,他去拜过的陈京是考官之一,第一场参加者达千人之多,都是各州推荐来的贡生,他一见这些人,顿觉自己不老了,民间有歌谣:"三十老明经,五十少进士",他自诩"不展愁眉欲三十"——真乃少年赋诗强说愁,有点矫情了。

第一场考诗赋,赋题命作《性习相近远赋》,要求以"君子之所慎焉"为韵,字数要求不得少于350字;诗题命作《玉水记方流诗》,要求以流字为韵,字数要求60字。

进士科考生、宣州贡生白居易答卷如下:

### 省试性习相近远赋
#### 以"君子之所慎焉"为韵

噫!下自人,上达君。德以慎立,而性由习分。习则生常,将俾夫善恶区别;慎之在始,必辨乎是非纠纷。原夫性相近者,岂不以有教无类,其归于一揆;习相远者,岂不以殊途异致,乃差于千里。昏明波注,导为愚智之源;邪正歧分,开成理乱之轨。安得不稽其本,谋其始。观所恒,察所以。考成败而取舍,审臧否而行止。俾流遁者返迷途于骚人,积习者遵要道于君子。且夫德莫德于老氏,乃曰道是从矣;圣莫圣于宣尼,亦曰非生知之。则知德在修身,将见素而抱朴；圣由志学，必切问而近思。在乎积艺业于黍累，慎言行于毫厘。故得其门，志弥笃兮，性弥近矣；由其径，习愈精兮，道愈远而其旨可显，其义可举。勿谓习之近，徇迹而相背重阻；勿谓性之远，反真而相去几许。亦犹一源派别，随浑澄而或浊或清；一气脉分，任吹煦而为寒为暑。是以君子稽古于时习之初，辨惑于成性之所。然则性者中之和，习者外之徇。中和思于驯致，外徇戒于妄进。非所习而习则性伤，得所习而习则性顺。故圣与狂由乎念与罔念，福与祸在乎慎与不慎。慎之义，莫匪乎率道为本，见善而迁。观诚伪于既往，审进退于未然。故得之则至性大同，若水济水也；失之则众心不等，犹面隔面焉。诚哉性习之说，吾将以为教先。

**玉水记方流**

良璞含章久，寒泉彻底幽。
矩浮光滟滟，方折浪悠悠。
凌乱波纹异，萦回水性柔。
似风摇浅濑，疑月落清流。
潜颖应傍达，藏真岂上浮。
玉人如不见，沦弃即千秋。

由以上诗赋答卷可见，白居易采取的是稳而不激的策略：赋复古，讲学理；诗清新，语亲切。结果自然好。这是令人感到残酷惨烈的考试，首场刷掉一大半，次场又刷掉一大半，等到第三场，能真正进到大明宫里去考殿试的只剩下百余人。他打小便向往的一睹天子真容的愿望没有实现，当朝皇帝没有出现在殿试的考场，五道策题，他答得颇为顺利。

三试完成，白居易对自己十分满意，坐等佳音，以至于二月十四日发榜日这天，在礼部东墙下，当他听到主考官高郢宣读完一甲（赐进士及第）之状元、榜眼、探花的名字，竟然都不是他的名字，他的心里咯噔一声，眼前一黑，差点昏死过去，还好——换作考官陈京宣读二甲（赐进士出身）名单，第一名传胪就是白居易，名字宣完，便击鼓敲钟一次，他怕自己听错了，还问身边的一位考生："宣的是白居易吗？"四周多张嘴同声回答："是啊！"他的眼前才豁然一亮，他实在不喜欢传胪这个称号，只把自己当作本届十七位进士中的第四名——他日后才会知道的是：少年成名，名扬诗坛，让其在千名考生中很好辨认，也在排进前三时遭遇不公，综合三场成绩排名时，陈京想起白居易在其资料封面上那一行轻狂的题字，便想压一压他，就对主考官高郢说："如果把白居易排进前三，朝野会说咱们重名轻实，排第四最合适，既可以显得我等有水平，又可以衬托前三……"高郢觉得此话有理，便将最终名单呈给皇上看，皇上看罢果然高兴，十七人进士名单中，他只知道这个白居易，白居易屈就第四，说明本届进士质量高啊。

等到这十七个进士济济一堂，在曲江盛宴上，迎接当朝宰相的接见，白居易更不觉得自己老了，以至于转天去慈恩塔下题名时，他的千古名句来了，无篇，仅此两句：

慈恩塔下题名处，十七人中最少年。

当即便传开了，宣告着顾况发现的那个能写出"野火烧不尽，春风吹又生"的少年天才白居易,在九年后以新科进士的身份回归长安城,也充分说明国朝的人才选拔制度是有效的……

除他之外,另外十六人中也不乏名垂后世者:崔玄亮、陈权、吴丹、郑俞、戴叔伦、杜元颖等,大家相约在长安一起玩几天,好好狂欢一下,去红楼放纵一下,再行返乡,荣归故里……挺好的一个主意,却架不住白居易思亲心切。他在归乡途中用一首诗感谢他们对自己的热忱:

> 及第后归觐,留别诸同年
> 十年常苦学,一上谬成名。
> 擢第未为贵,贺亲方始荣。
> 时辈六七人,送我出帝城。
> 轩车动行色,丝管举离声。
> 得意减别恨,半酣轻远程。
> 翩翩马蹄疾,春日归乡情。

## 24

乘坐驿马车,沿着两京之路,一路向东,白居易回到位于洛阳郊外贫民区的家中,母亲陈娟听闻喜讯后给他一个大大的拥抱。母亲是他的启蒙老师和初期教育的实施者,这个新科进士是对其教育的官方肯定。拥抱着他的母亲涕泗交流道:"儿子,你学得太苦了,总算熬出头了!你外公地下有知该有多高兴啊!"——说的是他的另外一位重要导师。

弟弟白行简也拥抱了他:"二哥,我就知道你没问题,大哥都能考上进士,你比大哥聪明太多,一定没问题,果然一考即中,大哥可是考了十多次……"

白居易不忘趁机鼓励弟弟:"行简,你也一定没问题,你比我更聪明,学东西那么容易,不像我这么苦……咱白家这一辈,已经出了两个进士了,你咬咬牙,努把力,再出一个,让世人瞧瞧,'白起后人'转玩文的也行!"

母子三人欢度了几日,白居易启程,前往溧水叔父白季康家报喜——母亲坚决支持,叔叔是这个家目前的经济支柱之一,是儿子的贵人,该当登门报喜。

启程当天,行简将居易送至城中驿马车站。难怪白居易说这小子聪明呢,行简悄悄问道:"此去浮梁给大哥报喜,你肯定要见我那没过门的嫂子吧?"

居易微微一笑。

"带上这个!"行简从袖口里抖出一册抄本塞给他,"这是目前坊间最流行的传奇,我偷偷抄下来,你跟嫂子一块看吧。"

"你小子,别耽误学习啊!"当哥的只能这么说。

驿马车启程后,白居易拿出小说抄本来读,只见书名为《莺莺传》,著者为元稹,这是一部描写男女爱情的传奇,很吸引人,读得他觉得路途变短了……

到了叔父白季康家,叔叔、婶婶大喜过望,还有堂弟白敏中——这又是一位潜在的科场勇将,日后将金榜题名、光宗耀祖。

在叔叔家欢度几日后,叔父白季康又陪他去宣州参加宣州刺史崔衍设的庆功宴和一系列的官方庆祝活动。耐人寻味的是,从宣州离开时,他并未直奔浮梁,而是去了当涂……

当涂没有亲人。

他也从未来过这里,即便是在游学江南时。

他究竟为何而来?

白居易来到采石矶,在扬子江边的悬崖上,从茂密的春草中找到那块蒙尘的李白墓碑时,老天爷明白了。

他看见墓碑上写道:"左拾遗李白墓",心中不免一酸,他打小便知道——是外公、诗人陈润教给他的知识:代宗李豫的诏命抵达当涂时,李白已经病入膏肓……于是灵感从天而降,他流着泪哽咽着口占道:

李白墓

采石江边李白坟,绕田无限草连云。

可怜荒垄穷泉骨,曾有惊天动地文。

但是诗人多薄命,就中沦落不过君。

来扫墓,他没有忘记给李白带酒;在墓前,他没有忘记给李白献酒。一坛子江南米酒倾倒出来,酒香四溢,墓前的土地湿如泥……他创造了祭李白的独特形式,也为自己的身后种下了神秘的玄机。

无人看见、听见,但是老天爷看在眼里、听在耳里,白居易在李白墓前行三拜九叩之大礼(这是参见皇帝的礼节),发下的愿竟是如此的朴实、简单、高贵:"李谪仙,保佑晚生白居易,让我最大限度地接近你!"

他在当涂县城住了一夜,在书肆中看到正版的李阳冰编《草堂集》十卷(内收三千余首诗),便毫不犹豫地买下来,准备作为自己今后的枕边书……此中又大有玄机!

随着白居易《李白墓》一诗流传开来，随着白居易在这个诗国里"新诗王"的地位在今后数年中的奠定和稳固，去当涂祭拜李白的人逐年增多，渐成风气，促成了后来的范正迁坟……

## 25

居易一路南下，来到浮梁，长兄白幼文已从朝廷奏报皇帝诏书中得知喜讯，也给了他一个大大的拥抱，兄弟二人随即痛饮一番，大醉一场。

转天，他便去大茶商府上向湘灵母女报喜，以新科进士身份上门，大茶商笑脸相迎，湘灵妈旋即逼婚，他自然是毫无问题的，恨不得连夜成亲算了，但是来之前母亲的态度是压在他心上的一块沉甸甸的石头——坚决反对！唯一的理由是门不当户不对："你是新科进士、当红诗星，马上便可成为朝廷命官，你怎么能娶一个过气的歌妓之女为妻呢？你别忘了自己的身份，咱白家再沦落也是名门，你是白起的后人，应该娶公主才是！瞧瞧人家李白，自己入不了仕途，一前一后娶的两个老婆却都是相门之女……虽说是前相之家，帮不上他什么，但最起码落得个好听的吧……你娘少不更事，糊里糊涂，一念之差，顺从父命，嫁给了自己的亲舅舅，一辈子遭人非议抬不起头，难道你想让自己的婚姻也被人戳戳点点一辈子吗？"——他无法将母亲的态度和盘托出，便说等他明年秋通过了吏部拔选，得个一官半职之后，在其任所迎娶湘灵成亲安家。湘灵妈暂时无话了。

在大茶商家，居易和湘灵只能四目相望，无法亲昵，湘灵便常常偷跑出来，与居易在幼文居处幽会。这一对熟男熟女正处于生命中最好的年龄,一个29岁,一个25岁,干柴烈火,一点就着,也随时会干出一些丧失理智的事来……

然后有一天,两人私奔了。

居易搜刮光哥哥的存银,湘灵带足了自己的私房钱,两人乘驿马车去往他们共同想到的地方——符离竹屋,他们相识相知相爱的地方!他们少男少女时代共同的世界!他们心目中的人间天堂!他们在那里安顿下来,像一对真正的小夫妻那样生活,享受彼此,享受情爱,风花雪月,柴米油盐……过起了甜蜜的小日子。

待到次年秋天,吏部拔选的日子到了,他们依然还在这里隐居,是白居易对于母亲强权的反抗!在这段日子里,在生命的极乐中,他也问过自己,如果就这么过下去,什么都不要了,他是否可以?回答是可以的,但必须是和湘灵在一起!25岁的湘灵是比以往更好的湘灵,是女人这个词的全部释义,是他的尤物,是他的杨贵妃,他通过这一段生活方才读懂唐明皇的爱情!方才领悟什么是爱情!

整整两年过去了!

也就是说,对于白行简这样绝顶聪明的人,要顿悟出他的哥哥和没过门的嫂子不是四海为家到处流浪,而是回到符离故地去隐居,也需要两年!

两年后的初夏,行简找到了这里,他将一桶冰水浇到了二哥头顶——带来的是这样一个消息:儿子的私奔不归造成了母亲的疯症复发,还有新郑老家外祖母的死,也是一个原因……

居易听罢无言,做出如下安排,着行简护送湘灵回浮梁,自己火速赶回洛阳去……

待其赶回洛阳家中,母亲一见到她最爱的儿子回来了,便从疯魔中醒过来:"阿连啊,你这个不孝子!你这是想整死你娘,好吧,那俺就退一步吧!等你当上官,娶上正妻,你可以纳那个狐狸精为妾,让她进咱白家门……行了吧?"

居易泪如泉涌,扑通一声跪在地上……

# 泊

第二卷

# 第六章　此花开尽更无花

## 26

贞元十八年（壬午，公元802年）。

整个夏天，白居易都在洛阳家中陪伴家人，他是母亲的一剂良药，眼瞅着母亲的疯症好转，恢复如常……面对可怜的母亲，他认识到自己私奔的错误，在心中暗自发下毒誓：以后再也不用任何极端手段来刺激她老人家了！

他帮弟弟复课，也为秋后的吏部拔选做点必要的准备。这段日子，每到夜间，睡梦之中，总感觉弟弟人还未睡，偷偷摸摸在写什么。等到他行前，行简拿出来一篇自创的传奇《李娃传》，是受元稹《莺莺传》启发写的。当此之时，传奇刚刚兴起，与正经诗文不可同日而语，不登大雅之堂，无法名垂青史，发表流传靠的是少男少女的秘密传抄,弟弟似乎对此挺上瘾,不但抄,而且著……他未像上次那样教训弟弟,一来弟弟已经大了,二来想起父亲的临终遗言,对幺儿的希望仅仅是活得快乐一点,关键是这两年私奔隐居的快乐生活让他对固有的价值观念有所松动,那就让弟弟快乐吧!

夏末,收到叔父白季康的来信,信中还夹寄了一张银票。阿叔一贯好脾气,这一回却在信中动了气,代兄严词训侄,斥其贪一己之欢而不顾其母,三十而未立不顾其家,浪得虚名而寸功未立……信中说得十分清楚:银票是赴长安参加吏部拔选的盘缠。

羞愧至极,什么都不说,他决定立刻上路。

临行前夕,他去了一趟圣善寺,专门拜访该寺住持凝公大师,也想求得大师的祝福,得抽上上签。凝公大师道:"此行一帆风顺、功成名就,此后多有凶险,要知进退。"居易得了启示,心中欢喜,当场口占一首:

> 辞章讽咏成千首,心行归依向一乘。
> 坐倚绳床闲自念,前生应是一诗僧。

然后,两人便从禅诗聊到禅理,凝公大师送白居易八个字:观、觉、定、慧、明、通、济、舍,嘱其以此禅修。白居易感到眼前豁然开朗。

翌日一早,白居易便上路了。在路上,他读完弟弟白行简所著之《李娃传》,惊叹弟弟的才情,丝毫不输于元稹,再读又不免惆怅起来:妓女李娃最终嫁入朱门,弟知兄心,弟弟是否以此小说在给自己打气呢!唉,他不免叹了口气,随口吟出初夏与湘灵分别后在返回洛阳途中写的一首诗：

生离别

食檗不易食梅难，檗能苦兮梅能酸。
未如生别之为难，苦在心兮酸在肝。
晨鸡再鸣残月没，征马连嘶行人出。
回看骨肉哭一声，梅酸檗苦甘如蜜。
黄河水白黄云秋，行人河边相对愁。
天寒野旷何处宿，棠梨叶战风飕飕。
生离别，生离别，忧从中来无断绝。
忧极心劳血气衰，未年三十生白发。

时间充裕，他有心绕道黄河北岸，游访冀县、滑县，他正处于李白一生都未实现的"人生得意须尽欢"之时，可是他的心为什么快乐不起来呢？

27

初冬，长安，吏部拔选开始，由吏部侍郎郑珣瑜主持，先试"书判拔萃科"，这是一场马拉松式的考试，从该年冬一直考到次年春，分为十场进行，每场十道书判题，也就是说，考的是你对一百个实证案例的审判能力，择优录用。

首场考试前，所有考生都在吏部外的走廊上候着，得了相思病的白居易一副生无可恋的样子，一脸茫然地望向四周……这时候，有人站起来冲他叫道："白居易！"

他一愣，双目空洞，好半天才反应过来："崔……崔……"

"崔玄亮！"对方替他喊出来，"真是贵人多忘事！这么快就把我忘了？咱俩可是同年！"

"没有，我在想别的事……崔玄亮，你去年也没考吗？"

"去年在家病了一场，你呢？为什么没考？"

"也……也病了……"

走廊上的其他考生一听是白居易，纷纷起身过来问候，走廊上一下热闹起来……

一位考生议论道："今年拔选的人里，有两大名人，一个是白居易，一个是元稹……"

另外一个接话道："元稹怎么可以和白居易相提并论？一个写的是男女私情传奇，一个写的是'野火烧不尽，春风吹又生'！"

正在这时，一位姗姗来迟的白衫儿悠然出现在走廊上，吸引了所有人的注意……

白居易对此人的第一印象是：貌比潘安！

只听旁边有人议论道："好家伙，光靠这副皮囊得多得多少分啊！"——此话一点没错，国朝铨选制度的第一条标准便是：取其体貌丰伟。言辞、书法、文采只能分居二、三、四位。

此人的出现，可谓是：以貌夺人。他并非标准的体貌丰伟，说成是俊朗飘逸更恰当。

相貌出众的男女一般都自带傲气，此人也不例外，朝着走廊上的众人酷酷地一拱手，便找空位坐下来。稍坐片刻，又站起身来，冲着走廊上的这一众人朗声叫道："请问，白居易来了没有？谁是白居易？"

白居易本能地站了起来，也酷酷地对其一拱手："来了，是我。"

白衫儿竟然朝他深深地鞠了一躬:"学生见过老师,毫不夸张地说,我是读着您的诗长大的,这一圈人中的年少者哪个不是?"

"我是!""我也是!"在座者有人响应他。

"敢问尊姓大名。"白居易诚恳道。

"在下河南元稹。"白衫儿回答道。

白居易脱口而出:"《莺莺传》!"

元稹道:"不好意思!"

至此,本届选官考生中两大标志性的名人都到了,相认了,走廊上再度热闹起来……

"考场重地,禁止喧哗!"吏部工作人员跑来干预,"做好最后准备,考试马上开始!"

考试采用四人一组的方式进行,白居易和元稹都希望与对方分在一组,但却没有如愿。元稹后来,却被分到更早的一组,白居易早来,却被分到最后一组……

接近中午,等白居易考完出来,他发现走廊上的人都走光了,只有元稹一人,帅帅地坐在那里……

"你咋还不走?"白问元。

"我等你!"元回答,"初次见面,学生该请老师吃饭,刚好到中午饭点了,咱们去东市吃河南的羊肉烩面!"

"好啊,走吧!"白居易忽然感到很开心。

两人步出大明宫,打了一辆"马的",便朝东市去了……

28

"敢问居易兄何字?"

"字乐天。你呢?"

"字微之。以后咱俩便以字相称了。"

"好的,微之!"

"微之乃洛阳人,文坛传说乐天兄乃新郑人,不过您这口音可不像咱中原人……"

"乐天祖籍太原,生于新郑,年少时随家迁居淮北,后来自己又游学江南到过长安,又回淮北,便有点南腔北调了……"

"也好,如此一来学说长安官话反倒容易些。不过,这个……羊肉烩面你还爱吃吧?"

"爱吃,当然爱吃,俺娘也是新郑人,到了淮北还爱做羊肉烩面呢,我对中原老家的肠胃记忆就是一碗香喷喷的羊肉烩面……"

两人在"马的"上聊着,转眼东市便到了,"马的"只能到达路口,两人便走进去。诗人超级敏感,白居易很快发现:在东市川流不息熙熙攘攘的人群中,老有女流朝着他俩转头、侧目、戳戳、点点,并马上意识到这与自己无关,皆因美男子元稹而起,白居易想起李白、崔宗之在江南、在长安引人争睹围观的传说,便说:"崔宗之被称作大唐第一美男子,究竟长啥样,乐天没见过,我想也就是微之这个样子吧!"

"乐天这是以李白自比。"元稹说——又见诗人的敏感,"白居易就是我们这个时代的李白,元稹争取在诗上不像崔宗之被李白拉得那么远……"

说着话,来到一家河南羊肉烩面馆——俗话说,东市见九州,西市看世界,东市里汇聚着全国各地的特色美食,基本上都是当地人跑来开的,客居首都的外乡人想吃地道的家乡美食,来这里一准没错儿,贺知章活着时,就常来这里品尝越中美食。元稹貌似常来这里，与老板相熟地打着招呼，要了楼上的一个包间。

"元白初见，岂能无酒？"元稹道——他脱口而出"元白"，这个命名是历史性的，"小二，先上一坛清酒，两样小菜！"

待酒上来，"元白"互敬三杯，继续交谈——

"乐天，坊间传说兄是'白起后人'，可是？"

"确是，有家谱为证。"

"容微之敬一杯！哪个华夏男儿不敬重白起？不梦想成为白起？"

两人又干一杯。

"微之幼年丧父，母亲养大，虽出身寒微，但却并非没有来历：微之乃北魏宗室鲜卑族拓跋部后裔，北魏昭成帝拓跋什翼犍十四世孙……"

"微之原来是皇室血脉，难怪生成这样！"

白居易忽然变得不像白居易了，健谈而有趣，在此之前，只有在湘灵面前他会如此……

"元白"一见如故，如此投机，确实，他们有太多的共同点：出身名门望族，家道早已中落，担负着家族中兴的大任；都是少年天才，并且年少得志：白居易比元稹大7岁，白居易18岁名动京城，元稹15岁明经及第……现在他们沿各自的人生轨迹交会于长安，是应该擦出点火花来的！

不知为什么，一见到元稹，白居易因儿女情长而产生的颓丧之气一扫而光……

这顿午饭，吃成了晚饭，晚饭吃成了夜宵，两人才各自回到住所……

## 29

"乐天！乐天！"

次日晌午，白居易尚在驿站房间宿醉，便听得有人擂其门而疾呼之，一听便知是昨日所交新友元稹的洛阳口音，他依稀记得他们昨夜分手前约好的：第二天元稹过来找他，在他下榻的驿站再订一个房间，如此一来，他们便可以天天在一起厮混了……

居易开门，放元稹进屋，待居易更衣、整理床铺之时，元稹得以窥见其枕边书——乃李阳冰所编李白诗文全集《草堂集》，拿起其中一卷来，随手翻了一翻，然后丢弃在榻上，摇头晃脑咬文嚼字道："余观其壮浪纵恣，摆去拘束，模写物象，及乐府歌诗，诚亦差肩于子美矣。"

闻听其言，居易未必全然同意，但却眼前豁然开朗，为之一亮，令其耳目一新的是元稹的姿态——当此之时，在诗国的天空里，李白就是白天的太阳，无人敢于置疑；杜甫连夜里的月亮都不是（月亮是王维），将此二人相提并论便已经够大胆的了，敢说前者不如后者（哪怕是在某一方面），白居易是首次听闻，而事实上，元稹确系"李不如杜"之说的千古第一人。

"乐天，我们打小被此人挤压得还不够吗？不论俺怎么做得好，俺娘都会说：比李白差得远！"元稹继续说道。

"俺也是呀，俺娘也是这么说俺的！"居易应和道。

"所以呀，只有彻底抛弃此人，我们才能真正站起来！"元稹将床榻上的一卷《草堂集》拿起来，又狠狠摔在床上。

居易不忍心再说自己偶像的不是，便换话题说："微之，我有东西给你看。"

元稹说:"乐天,我也有东西给你看!"

居易拿出的是其胞弟白行简的传奇《李娃传》手稿——在昨日的酒桌上他已经向元稹隆重推荐过。

元稹拿出的是自己的诗作——他多么想得到帝国当下最红诗星白居易的承认:一大早便从宿醉中爬起,挑出五首,工工整整,誊抄一遍……

两人面对面坐在床榻上,进入安静的阅读时间……

大约过了半个时辰,元稹先开腔:"乐天,你这弟弟可是个怪才、奇才,日后必成大器!我从传奇看到的是他的人生正途!不信咱们走着瞧,他将来混得会比你我好。"

"你是他偶像,我要在家信中把你的评价写上,激励他早日考到长安来!"居易道,"微之,你是个好诗人的料子,五首之中,我最爱这首——"

菊 花

秋丛绕舍似陶家,遍绕篱边日渐斜。

不是花中偏爱菊,此花开尽更无花。

白居易逐字逐句分析了一番,真将此诗读透了,然后总结道:"不过,我感觉你的能量还没有完全释放出来,以你的禀赋、才华、见识,当有一个属于你的时代,咱们一起来大干一场!"

"走!吃饭!肚子饥了!"元稹如打鸡血,高声叫道。

"走!今天该我做东,去西市,吃李白最爱的西域美食!"居易响应道。

"又是李白！咱们吃个饭也要吃在他的阴影中，还要吃他的剩饭吗？"——元稹的逆反情绪在中唐学子中很有代表性……

等到这顿饭吃完，两人醉醺醺地回到驿站，还另开什么房呀，两人便合住在白居易的房间……

两个家境堪称贫寒的学子，岂能天天大吃大喝，到了这年年底，两人各自所带的盘缠眼看着就快要花光了……

回家过年是明智选择，而且两人的家都在东都洛阳，可以一路回去。

但是过年期间，公假只放半个月，于是过年前后的两场考试中间间隔也就只有半个月，往返一趟再加过年，时间上有点紧张，白居易便有点不想回：回去给家人不好交代……不就是没钱了？在哪搞点钱不结了！

写信问阿叔要，他是最没脸的。问长兄要？往常没问题，现如今情况有变：身为大龄青年的长兄终于结婚生子了，自身经济压力也不小……他不好意思开口要。

想啊想，他终于想起了什么……

白居易一把拉起元稹，出了驿站；花最后几个子儿，打上"马的"，一路朝城中心地带去了……

"马的"穿城而过，最终停在全国最大的书肆（也是世界最大的）——长安书肆门前，两人下了车，直奔店中而去……

居易找到老板，以作者身份要求再次结算其诗集《草》的版税；老板见之，眉开眼笑，说《草》一直销得很好，既是畅销书，又是长销书，自打白居易前年考中进士之后，销得更好了，一张大银票开了出来，从数字上看，绝不仅仅可以过个好年……

"老板，我还带了两样东西，你要不要看一下？"白居易收好银票说。

"当然要看的啦!"老板笑逐颜开。

居易拿出元稹著《莺莺传》、白行简著《李娃传》两部手稿说:"今天我把元稹带来了,他现在就坐在你对面;白行简是我胞弟,人在洛阳家中,我可以代表他,这两部稿子,你要不要?"

老板立刻起身去与元稹见礼,然后说:"这两部稿子我知道,年轻人都在传抄,问题在于都写得太短了,出不了单行本,合起来也出不了一册……这样吧,我先把稿子买下来,然后再去搜集些同题材的传奇,先编成一本集子再出。"

于是又开出了两张银票。

两人心满意足,心花怒放,不好意思再吃老板的饭了,口称有事便从书肆出来。元稹从袖口中拿出属于自己的那张银票,凑到嘴边亲了一口:"跟着白乐天,非但饿不死,还能过得好,哥俩好,过年喽!"

当此之时,满大街已经吹拂着新春的暖风,洋溢着过年的气息……

## 30

贞元十九年(癸未,公元803年)。

阳春三月,大明宫吏部,跨年度进行的"书判拔萃科"考试发榜,白居易、元稹、崔玄亮、王起等八人榜上有名。

白居易、元稹被同时授予校书郎,九品上。

站在榜单和公示前,"元白"二人异口同声地倒吸了一口凉气:三四十人参加考试,最终只录取了八名,录取率严重低于他们的预估，他们原本以为大家都是进士啦，只要不是表现太差，人人都可以过关当官。

这两位老资格的科场好手，为自己成功地又过了一关而感到庆幸，为自己的仕途已经开启而感到振奋，九品上，芝麻官，起点再低，康庄大道，已经开启！

与此榜同时发布的还有些官员任命的公示，其中有个名字引起了"元白"的注意和议论：

"刘禹锡任京兆府渭南县主簿……微之过来看，此榜的名字中，我只知道这一个。"

"刘禹锡……我也是呀！读过其名篇《乌衣巷》：朱雀桥边野草花，乌衣巷口夕阳斜。旧时王谢堂前燕，飞入寻常百姓家。"

"还有《浪淘沙·九曲黄河万里沙》：九曲黄河万里沙，浪淘风簸自天涯。如今直上银河去，同到牵牛织女家。"

"是个好诗人啊！"

"没错，好诗人！"

当其时，站在他俩前面的一个背影转了过来，一张刀削斧砍般的黑黝黝的消瘦面孔呈现在二人眼前，此人一拱手道："在下刘禹锡，敢问二位尊姓大名？"

元稹失声道："你……你就是刘禹锡？失敬！失敬！在下河南元稹。"

刘禹锡道："元稹！我知道你，谁不知道《莺莺传》？这位是……"

白居易一拱手道："在下太原白居易。"

这回轮到刘禹锡失声了："你就是白……我小点声，以免惊扰他人，形成围观，天下谁人不知白居易？我生在荥阳，入籍洛阳，咱们都是中原老乡……"

三人又寒暄了一阵子,最后约定三天后在西市再聚。

回到驿站之后,"元白"开始着手做两件事,一件是出去看房子,就在大明宫附近看;一件是整理文稿、收拾东西,准备搬家……

花了一天时间,两人便在常乐里选定了一处已经破败的旧相府,一人租了一个角,虽破败,但可住,并且还讨得一个彩儿,这两位中小吏子弟有着同样的恶趣味,谁都不会嫌弃谁!

两人在这个下等驿站的房间里度过了跨年度的冬春,分别都积攒了一批诗文,可白居易还是让元稹咋舌,他根据此次考试的复习题和考题作成一篇重文《百道判》,真是什么都不浪费,什么都作成文章啊!元稹与其半开玩笑半认真道:"乐天啊乐天,你一会儿说你是太原人,一会儿说你是新郑人,一会儿说你是符离人,一会儿说你是山西人,一会儿说你是河南人,一会儿说你是淮北人,一会儿说你是江南人……我看你还是最像山西人,'九毛九',拨着算盘过日子,锱铢必较,把一切都算得太清太楚……我真是佩服!佩服!我要好好向你学习!"

元稹确乎是善于命名的,这真是为文作诗之道中的"九毛九"精神!

# 第七章　但是诗人多薄命

## 31

三天以后，刘禹锡请"元白"在长安西市一家胡人开的餐馆里吃烤全羊，带来一位名叫张籍的朋友作陪。

待四人围桌坐定，刘禹锡先向张籍介绍"元白"，再向"元白"介绍张籍，称其是贞元十四年的进士及第，已为官数年，刚调补太常寺太祝，是当代文坛领袖韩愈先生的大弟子，一心革新乐府诗，与王建齐名，并称"张王乐府"。

四诗人在一通寒暄过后，很快切入诗之正题，就从革新乐府诗说开去，免不了纵论天下英雄，主要集中在大唐开国以来涌现的诗人，不出所料，其中重复率最高的两个名字是李白、杜甫，四人又有差异，白、刘是李杜同挺，元、张是挺杜抑李，为此双方还小有辩论。在辩论之中，刘禹锡供出张籍对杜甫的迷恋所达到的程度：年轻时曾日抄杜诗一首，以火烛焚之，再将纸灰拌蜂蜜服下，只为自己从中获取营养……白居易则供出元稹自少年时代起已经为杜甫打过无数架，谁要说杜诗不好，他便怒目圆睁拔拳相向……

中唐涌现出的两个狂热的杜甫铁粉碰到了一起，将唐诗研讨会开成了杜诗颂扬会，至少这二人绝对没有少贬李白……

待到诗聊够了，酒喝酣了，羊吃完了，又聊了两个接地气的话题。先是刘禹锡问及白居易是否真的是"白起后人"，得到肯定的回答后他说想利用手中的小小权力将白家迁回白起老家眉县，办成了也算其政绩，白居易未置可否。在这个话题下，刘禹锡还不失时机地自供出其先祖为中山靖王刘胜（所以蜀汉开国皇帝刘备也是其亲戚）。后是张籍称他正在筹备一场盛大的诗会，将于下个月在曲江举行，特邀"元白"出席登台吟诵，尤其是白居易，十三年前以《草》名动长安的少年，归来仍是十七名进士中最少年，相信有太多的人都想一睹其真容。届时，他还想将两位新友隆重介绍给他的恩师、一手发动了轰轰烈烈古文运动的当代文坛领袖韩愈先生。"元白"听了，十分兴奋。

聚得尽兴，四人步出餐馆，准备走到街口，打"马的"各自回家，途经一座红楼时，从里面飘出优美的歌声：

> 离离原上草，一岁一枯荣。
> 野火烧不尽，春风吹又生。
> 远芳侵古道，晴翠接荒城。
> 又送王孙去，萋萋满别情。

"都别走！都别走！"元稹兴奋道，"我请诸位听曲！"

身为歌诗原作者，白居易自然也十分兴奋："微之请客，乐天付钱！"

于是四人便兴致勃勃进了红楼……

循着歌声，四人来到一位怀抱琵琶的歌妓面前，待其一曲唱罢，元稹向其介绍白居易，歌妓大惊失色，呼来其他姐妹，并且惊动了老鸨和老板，于是开成了一场白居易诗歌演唱会，在场之人也真是有福了，令其他三位诗人无不感到惊讶的是：白居易竟可以亲自参演，他演奏古琴，他的音乐素养竟可以指导众妓，中唐诗人都活在盛唐诗人的传说中——传说王维、李白的音乐素养如何深厚，眼前这一位恍若他们重生！

老板喜不自禁，生怕冷落了另外三位诗人，但是翻遍歌簿，没有找到另三位的诗——看来，这三位的诗尚未流传到红楼……

但是诗人都有表现欲，都有一点争强好胜，待到白居易诗歌演唱会结束，老板招呼侍女上了一坛清酒、一案果蔬，刘禹锡提出四人现场斗诗。

现场斗诗是这个时代诗人雅聚的常规节目。

张籍率先告退："如果明日同僚听说我今晚与白居易斗诗，一定会说，张籍，你一定是喝醉了……这样吧，我来出题，并做评审，以为何如？"

刘禹锡道："准了，总得牺牲一个人来做这些事。"

"元白"随声附和："可以！""同意！"

张籍自饮一杯，思忖半响，然后道："聊了一下午，我对三位了解了一点皮毛，有一个地方，你们仨此前都曾到过，所以我出的题目是:《金陵怀古》。"

三人一听都笑了,他们手中一定都有现成的,现在的问题只是:能不能拿出手?能不能打败对手?

约小半个时辰过去,刘禹锡开口吟诵道:

金陵怀古

潮满冶城渚,日斜征虏亭。
蔡洲新草绿,幕府旧烟青。
兴废由人事,山川空地形。
后庭花一曲,幽怨不堪听。

"好诗!"此诗吟罢,只听一声大喝,声音发自白居易,"在这样的好诗面前,我岂敢造次,不吟了,不敢吟。"

张籍宣布:"白居易放弃,出局。元稹,现在就看你和老刘对决了。"

元稹听罢,又摇头晃脑起来:"四人探骊,子先获珠,所余麟角,何用?我亦无诗。"

张籍继而宣布:"今夜长安西市红楼斗诗,刘禹锡胜出!"

很快这条新闻便传遍了长安诗坛:四诗人长安斗诗,刘禹锡勇胜白居易。

这条新闻透露出一大重要的信息:盛唐过去了,当下不光有诗人,诗坛也还在。

32

此后的一个月,新入职的"元白"二人老实上班,区区校书郎只是一个九品上的初级文官，掌管邦国经籍图书，负责朝廷文本抄写校对。即便在这样一个芝麻官都算不上的职位上，优秀的人也会迅速崭露头角、脱颖而出，因为他们对经籍图书有一份天生的热爱，文字功夫又远超同事，还有便是他们对京城皇宫中这一份差事的万分珍惜。

连一天假都不敢请，他们利用工作之余完成了搬家，一起搬入常乐里旧相府，各居一角，做了邻居。

二人都是大孝子，没有时间返乡去接家人，他们便在第一时间给家人去了信，请他们自己赶来团聚。半个月后，白母、白弟、元母都到了。

真是天生有缘的两家人。

白母与元母一见如故，她们拥有共同的出身：都是书香之家有文化的女儿；拥有共同的经历：都是亲手调教出了出类拔萃的儿子；如今她们苦尽甘来熬出头，从东都的贫民区搬来京城的旧相府，开始享儿子的福……

白行简与元稹一见如故，一方面他们年龄更为接近，说起来行简还要比元稹大上两岁；另一方面便是他们对正在兴起的传奇的共同爱好，身为《李娃传》与《莺莺传》的作者，他们的见面在华夏文学史上具有重大意义，不亚于诗歌界的李杜相见，只是传奇（小说）进入大雅之堂成为文学主项，要等到千年以后，所以这是两个过早抵达的先驱者的见面——华夏诗歌史有"元白"，华夏小说史亦有"元白"！

如此芳邻相挨，如此的生活条件与环境，还有什么不满意的吗？这名门败落的地方小吏之家的两家人，真是太满意、太知足了！他们的心满意足被记录在诗人白居易的笔下：

**常乐里闲居偶题十六韵兼寄刘十五公舆、王十**

帝都名利场,鸡鸣无安居。

独有懒慢者,日高头未梳。

工拙性不同,进退迹遂殊。

幸逢太平代,天子好文儒。

小才难大用,典校在秘书。

三旬两入省,因得养顽疏。

茅屋四五间,一马二仆夫。

俸钱万六千,月给亦有余。

既无衣食牵,亦少人事拘。

遂使少年心,日日常晏如。

勿言无知己,躁静各有徒。

兰台七八人,出处与之俱。

旬时阻谈笑,旦夕望轩车。

谁能雠校闲,解带卧吾庐。

窗前有竹玩,门处有酒酤。

何以待君子,数竿对一壶。

诚如有人先结婚后恋爱,"元白"这两个一心只读圣贤书,重脑轻体连马都不会骑的书生,在自己可以买得起马的时候,才突击学会了骑马……

对白居易来说,唯一不满意的是:他在给湘灵的喜报中,无法通知她前来,他暂时还无法迎娶她……但这一切并不悲观,他有自己的如意算盘,经济上实现了独立和自足的男人,对自主其婚姻还是抱有信心的!

## 33

中唐以来最盛大的一场诗会——"人间四月吟诗会"于四月中旬的这天下午在曲江隆重举行。

对于中唐诗人来说,这是一场盼望已久的大型诗会。盛唐时代那些在王宫里举行的大型诗会只停留在传说中,经过八年"安史之乱"的大战,又经过持续多年至今未息的藩镇割据的小战,这种大型艺文活动在京城长安几乎绝迹。诗人张籍知人心,做出了一个顺乎民意的动议,也选择了正确的办法:头一次搞,不好大喜功,一不惊动圣上,二不通过朝廷,纯粹办成一场民间诗会,等办成了,有了影响,再进一步求得官方的支持。诗名不大的张籍何以会有如此之底气?因其背后是韩愈。当其时,由韩愈、柳宗元发起多年的古文运动已经取得了初步的成功,影响遍及朝野,韩愈俨然成了当代文坛盟主,柳宗元成了副帅。古文运动的成果告诉世人,在盛唐之后,中唐有了新文学,身为韩愈大弟子的张籍是想通过一场大型诗会向世界宣示:在李杜王之后,中唐亦有好诗人在;在没完没了的战乱之后,诗国传统犹存,崇诗爱诗追诗人的民风犹存!

不知道张籍是嫌自己是安徽人口音重,还是觉得自己名气不够大、文坛地位不够高,或者二者兼而有之,他决定让自己踏踏实实做幕后英雄,敦请当代文坛副帅、诗人柳宗元做主持人。柳是土生土长的长安人,一口地道的官话:"诸位诗友,所有到场的爱诗者,承蒙大家伙信任,将主持大任交予在下,我宣布,长安曲江'人间四月吟诗会'现在开始!有道是:铁打的长安,流水的诗人。往常诗人雅聚的情况是：小聚多，中聚少，无大聚。这一次，尽管主办者已经使出浑身解数，还是有个别特邀的重要诗家，人在远地任职而无法莅临今天的盛会。但是从我拿到手中的这份出场名单看，这已是近几十年来诗人相聚人数最多最全的一次了，这也是今日之盛会得以顺利举办的基础。好，废话少说，诗人相聚，以诗相见！今天打头炮的是诗人李绅——请注意：今天所有出场登台的诗人，有官衔的我都不报官衔，官衔再高也不报，这也是盛唐传统，要报官衔，李白怎么报？"

台下一片笑声……这个主持人真是选对了！

"好，有请诗人李绅登台吟诗，他要为大家吟的诗可是家喻户晓、童叟皆可吟之！"

只见一个方头大耳一脸标准官相的家伙迈着四方步上台来，以标准的长安官话吟诵道：


悯农二首

春种一粒粟，秋收万颗子。
四海无闲田，农夫犹饿死。


锄禾日当午，汗滴禾下土。
谁知盘中餐，粒粒皆辛苦！


读至第二首，台下观众与诗人齐诵，待到读毕，台下掌声雷动，家喻户晓不是吹的——最流行的诗人放在最前头，总导演张籍是个大内行……

让所有人包括"元白"在内都想不到的是第二个出场的竟然

是元稹。老实说此时的元稹,诗的实力还不够强,诗的名气还不够大,文坛地位可以说没有,这么早出场,是一见如故的张籍在向他示好吗?这么想太狭隘太江湖气了,待到诗人元稹一登台,只听台下"哇"的一片,吟什么还重要吗?从朝廷选官将体貌作为第一标准来看,这是华夏青史上最注重颜值的王朝,这也严重影响了民风……这个下午的曲江是开放的,群众随意进出听诗,争睹诗人的真容,忽然上来一个貌比潘安的家伙,马上形成围观之势……

坐在台下前排的特邀诗家中有一位坐木轮椅的老者嘀咕道:"盛唐王摩诘也莫过如此吧?"

元稹初战告捷(甭管是否因为诗),白居易为之一振!

第三位登台的就是那位坐木轮椅的老者,原来他就是大名鼎鼎的孟郊,主持人柳宗元亲自将他推上台来并介绍道:"孟老不甘居后生之后,也要来一首家喻户晓童叟皆可吟之的名作!"

于是,所有在场者都亲耳聆听了孟郊亲诵版的《游子吟》:

慈母手中线,游子身上衣。
临行密密缝,意恐迟迟归。
谁言寸草心,报得三春晖。


这一首,又是全场观众与诗人齐诵……

第四位登台的是一位僧人装扮的家伙,主持人柳宗元一报姓名全场一片欢呼:"有请大名鼎鼎的诗人贾岛,人称'诗奴'。"

贾岛登台,开口吟诵其名篇:

### 题李凝幽居

闲居少邻并,草径入荒园。

鸟宿池边树,僧敲月下门。

过桥分野色,移石动云根。

暂去还来此,幽期不负言。

待其诵毕,柳大主持问其曰:"阆仙,到底是'僧推月下门'还是'僧敲月下门'?"

贾岛拱手答道:"退之说敲那就敲。"

此中有掌故,但也并非如传说所描述的那样戏剧化。

头四位出场的诗人的表演个个成功,这场诗会便已经成功了一半,排在中间的是一串名气较小的诗人,但也不乏佳作,还给了现场观众几个自由朗诵的名额。

诗会气氛热烈,转眼到了压轴单元,手中的节目表上没有张籍的名字,柳大主持又去征询了一下,张坚辞不出,于是柳便自己登台吟诵了一首:

### 晨诣超师院读禅经

汲井漱寒齿,清心拂尘服。

闲持贝叶书,步出东斋读。

真源了无取,妄迹世所逐。

遗言冀可冥,缮性何由熟。

道人庭宇静,苔色连深竹。

日出雾露馀,青松如膏沐。

澹然离言说,悟悦心自足。

当其时,诗人柳宗元最杰出的诗篇尚未写出,这要有赖于命运的拨弄、诗神的恩赐,包括下一位诗人、下下一位诗人……

下一位是刘禹锡,他吟诵的便是一个月前刚在红楼吓退三诗人的《金陵怀古》,这个时候,刘禹锡的名气还不够大,张籍将他排在如此显要的位置(副帅柳宗元之后),只有一个原因:认定他是实力诗人,是国朝未来的大诗人!后来的历史证明了张籍的专业眼光……

刘禹锡下场后,主持人柳宗元并未立即出场,观众中便有人调侃道:"是不是上茅厕去了?"只是台上,多了一位弹奏古琴的琴师,一袭白衫,专心弹奏,叫人误以为是为了调节气氛而插入的音乐助兴节目。但是,那位琴师弹至高潮处却开了口,吟诵道:

离离原上草,一岁一枯荣。
野火烧不尽,春风吹又生。
远芳侵古道,晴翠接荒城。
又送王孙去,萋萋满别情。

"白居易!""他是白居易!"诗未诵完,观众中便有人喊道。

待诗诵毕,主持人柳宗元才登上台去,对其介绍道:"十三年前一诗动长安惊天下的白居易回来了,'慈恩塔下题名处,十七人中最少年'……"

"再来一首!""再来一首!"观众中有人喊道。

于是,他弹着古琴又来了一首:

### 李白墓

采石江边李白坟，绕田无限草连云。

可怜荒垄穷泉骨，曾有惊天动地文。

但是诗人多薄命，就中沦落不过君。

"盛唐王摩诘也莫过如此吧？"前排特邀诗家中发出如此感慨者——还是坐木轮椅的老诗人孟郊。

白居易在观众的掌声与欢呼声中提琴下台，成功完成了他重返长安后在公众面前的首次亮相，不可能更成功了！

主持人柳宗元最后一次登台，特意整整衣冠，以示庄重："各位诗友、各位嘉宾、各位观众，持续了整整一下午的长安曲江'人间四月吟诗会'终于来到了尾声，最后压大轴的诗人是声势浩大、影响深远的当代古文运动的发起者、实践者，我亲密的战友，我尊敬的兄长，称之为当代国师也不为过的韩愈先生！有请韩先生登台！"

全场掌声雷动，谁没有读过《师说》？谁的孩子没有读过《师说》？坐在第一排的特邀嘉宾不约而同地起立鼓掌向其致意，仿佛是在授予其终身成就奖……

这一年，韩愈方才35岁，但是出现在公众面前的他看起来像50岁的样子，天生老相，满脸沧桑，或者说先生就该有先生的模样。他手里提着一个什么家什走上台去，待其朝台子上一拍，观众才看清楚：那是一个惊堂木！看来，"国师"要给大家训话了！但是"国师"没有训话，只是张口吟了一首振聋发聩的诗：

## 调张籍

李杜文章在,光焰万丈长。

不知群儿愚,那用故谤伤。

蚍蜉撼大树,可笑不自量。

伊我生其后,举颈遥相望。

夜梦多见之,昼思反微茫。

徒观斧凿痕,不瞩治水航。

想当施手时,巨刃磨天扬。

垠崖划崩豁,乾坤摆雷硠。

惟此两夫子,家居率荒凉。

帝欲长吟哦,故遣起且僵。

翦翎送笼中,使看百鸟翔。

平生千万篇,金薤垂琳琅。

仙官敕六丁,雷电下取将。

流落人间者,太山一毫芒。

我愿生两翅,捕逐出八荒。

精诚忽交通,百怪入我肠。

刺手拔鲸牙,举瓢酌天浆。

腾身跨汗漫,不著织女襄。

顾语地上友,经营无太忙。

乞君飞霞佩,与我高颉颃。

读毕,又将台上的惊堂木拾起,狠狠拍了一下……

啪!

柳宗元在观众的欢呼声中宣布诗会结束。

观众听此诗，听不出此中有名堂；白居易听罢，也没有听出这与自己会有什么关系，甚至还认为是一首佳作、力作！但是邻座的元稹很敏感，压低声音对他说："这是在骂人！表面上是在调侃他的大弟子，实际上是在骂我。一个月前我们在西市的谈话内容被张籍汇报给他了。"

"不会吧？不至于！"白居易还麻木着。他还记着开会前张籍的叮嘱：会开完后不要走，所有嘉宾移步到曲江边的烟雨楼吃庆功宴。

过了一阵儿，张籍神色仓皇地跑过来说："二位，不好意思！我也没想到老师生这么大气，写了这么一首诗，庆功宴二位就……别去了，暂避其锋芒，改天我另请二位喝酒，叫上禹锡作陪！"

"没事儿，没事儿，可以理解！"白居易嘴上说，心里头有一百个不理解，既然张籍把他们卖了，那也得卖清楚呀，我可是李杜两夫子皆挺，与你韩愈并无二致呀！

"乐天，对不住！韩'国师'是不问青红皂白，将你我一勺烩了，都是微之嘴欠，惹得一身骚！"元稹说。

一转眼，原本同坐一排的嘉宾诗人全都没影了（一定是移步烟雨楼出席庆功宴了），他们俩很快被粉丝（主要是白粉）所包围……这一幕，便是"元白"初来乍到在文坛处境的缩影！

34

次日晚，就在同一个地点——曲江烟雨楼，张籍宴请"元白"二人，刘禹锡作陪——可见其心之诚。

坐下来后，待酒菜上来，张籍先自罚三杯，接着来了一番自我检讨:"责任都在我,要怪就怪我书读多了、读傻了!在老师面前,我向来都是开诚布公,挺杜抑李,往常他也从不发火,一个月前,咱们四人在西市畅谈之后,主要是我的观点得到了元稹老弟的呼应,便有点得意忘形了,回去仗着宿醉的酒劲在老师面前狂喷一通,招致反感,给我憋了这么一个大招,估计是我酒后表述不清,未能将'元白'分开,就把居易兄也给搅进去了,我记得很清楚:居易兄是李杜皆挺的,对他来说,实属蒙冤……"

元稹插话道:"从那首诗来看,表面上以张籍兄为题,其实是冲着我来的,但我人微言轻,不至于生那么大气,他之所以生那么大气,又是冲着乐天——诸位,我这个判断,对否?"

"对!"刘禹锡开口道。

"我也不能说不对。"张籍说,"也许,实际情况是这样的:盛唐过去了,咱们这一代一生下来,一睁眼就看见两座或三座大山,有人说是李王,有人说是李杜,有人说是李王杜,有人说是李杜王,如何追赶?如何超越?是明确摆在我们面前叫人无法回避的一大课题,大家有目共睹:咱们这代人中的两大翘楚采取了截然不同的两种搞法:韩退之干脆主攻文章,以文带诗,诗走奇崛;白乐天专攻歌诗,十分多产,诗走平易。想法、风格大相径庭且相去甚远,自然就会产生一些偏见……"

"请张籍兄明示!"白居易道。

"老师觉得乐天兄写的都是小诗,用语也太过浅白。"张籍道。

元稹嘴不饶人:"恐怕不仅仅是这个因素吧,我觉得他是怕乐天,怕乐天来长安以后,威胁到他文坛领袖乃至'国师'的地位,所以干脆给乐天来个下马威,惊堂木这玩意儿都用上了,他知道咱们打小读书就怕这个,下次他是不是该带戒尺了?"

"这……"张籍不知道该说什么了。

"愚以为这几种因素兼而有之。"刘禹锡道,"刚才有'元白'之说,早就有'刘柳''韩柳'之说,你们知道我跟柳宗元是挚友,跟韩愈关系也不错;'元白'是我新友,愿用一生交之,所以,请原谅这次我不选边站队了,但是白居易、元稹,请你们记住,刘禹锡是你们的私友,路遥知马力,日久看人心!"

话都说到这个份上,再说下去就没意思了,再说下去就不太爷们儿了,四人转移话题,开始畅饮,喝至午夜,方才散去。

在长安的星空下,在同时回家的"马的"上,元稹大着舌头问白居易:"乐天,你的诗……为什么要写得……写得如此平易浅白?"

诗人白居易回答:"起先是想让俺娘读得懂,后来是想让湘灵读得懂,湘灵连字都是我后来教的,我能不写得浅白点儿吗?"

"这话中!"元稹赞叹道,"听说你写了诗还要读给不识字的老婆婆听……"

"没有的事。"白居易回答。

元稹又问:"你为什么……为什么写小诗?"

诗人白居易回答:"我一直过的都是平头百姓的小日子,当然只能写写小诗。不像韩'国师'……说起来他也是咱河南老乡,出身也不比咱俩高贵吧?怎么早当了几年官早来长安两年,就不屑于写小诗了呢?"

"啊哈哈哈!"元稹大笑道,"等咱俩闲了,整个大诗给他瞧瞧!"

……

长安曲江"人间四月吟诗会"的成功举行,在业内掀起了雅聚热,在群众中掀起了诗歌热……

但是无人再邀"元白",令其倍感压抑,二人对韩愈这个文坛霸主的怨恨与日俱增……

转眼到了这一年底,朝中传来消息:监察御史韩愈因上疏《论天旱人饥论》,痛陈关中大旱实情,反遭京兆尹李实等谗害,被贬为连州阳山县令。

消息初传来,"元白"大喜,相拥而泣,压在他俩头上的一块大石头终于去掉了,苍天啊!大地啊!都长了眼啊!一听张籍、刘禹锡说出幕后实情,两人决定不喝酒只喝茶,偷着乐,不庆祝。

也是在此次曲江边柳丝拂面的茶叙中,刘禹锡为白居易送上了一份实实在在的礼物——他在下邽县义律乡紫兰村找到一院废弃的空房,可以将白家的户籍迁入此地在此安家。此地距渭南县并不算远,"白起后人"在历经千年那么多代之后就算回归先祖的土地上,白居易闻之大喜,欣然笑纳:不管怎么说,这可是给家族立了大功。弟弟白行简《李娃传》的稿酬一直没动,他便用它买下了这院空房,将弟弟和母亲的户籍迁入下邽……

## 35

此后两年间,皇帝换三人。

先是李适驾崩,殁后庙号:德宗。他极少抛头露面——白居易从未见过他的原因找到了:总是在病中,病秧子一枚;李诵即位,仅仅八个月后,又被迫将皇位禅让给了太子——李纯。

政局如此不稳,每个人的命运都有如过山车;德宗李适驾崩时,白居易写了挽歌四首以示哀悼,顺宗李诵即位后,他为新任宰相韦执谊写了《为人上宰相书》，积极支持应时而起的"永贞革新"，转年"永贞革新"失败，"二王八司马"俱遭贬——领袖王叔文被贬为渝州司户，王伾被贬为开州司马（转年被赐死），其中著名诗人者，有柳宗元、刘禹锡，柳被贬为永州司马，刘被贬为朗州司马——两人一生的厄运开始了。白居易虽公开声援，提供了言论上的支持，但因其人并未加入王叔文集团，虽然有错，罪不致贬。

两年间，白母陈娟与白弟行简搬到距长安百余里地的下邽县义律乡紫兰村的宅院居住。白行简在此完成了他最后阶段的苦读，先中进士，再过官选，被授秘书省校书郎，做了哥哥的同僚——白家在这一代中又出了一个进士，又有人做了官，是家族最大的喜事。战神之后，尽出文臣，先祖地下有知，可以欣然瞑目了！

两年间，元稹成了亲，娶东都洛阳留守韦夏卿之女韦丛为妻，其岳父的官阶让元母十分满意，让白母十分羡慕，带来的后果是更加反对儿子娶苦恋已达十五年之久的湘灵为妻——还是那句老话："可以纳其为妾，不可娶其为妻"，并对儿子要娶的正妻的家世很有要求。白行简中第后，她的底气更足了（三个儿子皆进士）。白居易不敢顶撞其母，不为别的，他眼瞅着母亲的疯症在此二年间有日益加重的趋势，在独自从长安回下邽的路上还走丢过一回。两年间，他将两个年假都给了远在浮梁的湘灵，他亲口问过湘灵：以妾的身份进入白家是否愿意？湘灵的回答是：只要和你在一起，当一辈子丫鬟都可以。于是，白居易开始考虑下一盘大棋……

两年过去，校书郎三年期满，依照制度，将对此三年政绩做出评估，合格者将被重新任命到其他职位上，不合格者重返官选考试，过关后会获得任命。让所有人想不到的是："元白"竟然双双不合格——除了他俩自己不觉得有什么意外，元稹是请私假太多，结婚以后，其新婚妻子韦丛还留在父亲身边，搞得元稹老往洛阳跑；白居易是政治立场有问题，站队站错了……

不合格就不合格吧，乱世之中，安有完卵？想想被流放到南方不毛之地的"刘柳"，心中也就平衡了……

两位学霸兼考神，哪里会怕劳什子考试？

# 第八章　此恨绵绵无绝期

## 36

元和元年（丙戌，公元806年）。

过完年，白居易和元稹便退居永崇坊华阳观，对自己实施封闭式集训，准备迎接制举大考。明明原本住邻居，家中虽然还有别人，但也绝不至于吵闹，他们还是另择僻静处，拉开架势，大干一场。

古往今来有大成者，往往都具备这样一个特点：认准目标，不计投入。当外在压力袭来时，敢于挺身而出正面迎击……三年前，当他们遭到韩愈帮排斥，被主流文坛所孤立时，他们做出的反应是：暗自加大了写诗上的投入，开始了日后影响巨大的"元白对诗"。现在他们为了准备这场考试，闭户累月，揣摩时事，终由白居易

写成《策林》四卷七十五篇——这是一部政论大著,阐述了他们共同的执政理念,白居易在后写的自序中夫子自道:

> 元和初,予罢校书郎,与元微之将应制举,退居于上都华阳观,闭户累月,揣摩当代之事,构成策目七十五门。及微之首登科,予次焉。凡所应对者,百不用其一二。其余自以精力所致,不能弃捐,次而集之,分为四卷,命曰《策林》云耳。

待到四月,他们选择参加的"才识兼茂明于体用科"发榜之日,两人赫然豪取头两名,因为名大,白居易之判卷评语迅即传遍朝野:"策对语直"——唉,这人什么都直,诗直,文直,语直,皆出于人直!等到二十八日这天朝廷的任命下来,两人的感受却不尽相同:第一名元稹被授予左拾遗(就是李白临终前才被授予的官),从八品上,比校书郎升了两级,官阶虽不高,但能够经常面见皇上,元稹十分满意;第二名白居易被授予盩厔县尉,正九品下,比校书郎降了一级,考试名次相差一名,官阶一下差了三级。怕白居易心中不平衡,元稹立刻安慰他道:"乐天,谁叫你'策对语直'呢!"

白居易装作无所谓的样子,调侃元稹道:"微之,你对李谪仙最不感冒,现在却与之同官。"

元稹不服道:"他是62岁死前得到的,我才28岁。"

白居易感慨道:"可不是嘛,人比人,气死人!"

说是这样说,到了盩厔县尉的工作岗位上,下乡去工作的时候,他心里还是不平衡,怀才不遇的诗篇便来了:

### 羸　骏

骅骝失其主，羸饿无人牧。

向风嘶一声，莽苍黄河曲。

踏冰水畔立，卧雪冢间宿。

岁暮田野空，寒草不满腹。

岂无市骏者，尽是凡人目。

相马失于瘦，遂遗千里足。

村中何扰扰，有吏征刍粟。

输彼军厩中，化作驽骀肉。


## 37

等到头一个月的薪俸发下来，白居易心理上方才找到了平衡，比先前没差多少，地方行政官员还有灰色福利。加上胞弟白行简坐的是自己先前那个校书郎的职位，挣的是自己先前的那份工资……兄弟二人一起养老娘，在长安继续租住常乐里旧相府老宅一角四间屋，一点问题都没有！老娘跟着兄弟住在长安，下邽新购的宅院又闲置了……从盩厔到长安，一百三十余里地，他每个月一次策马扬鞭回去看看老娘、弟弟，也看看元稹、元母，偶尔也会见到美丽贤淑的元妻韦丛。

不仅仅心理上平衡了，白居易甚至找到了快乐——找到朋友便是找到快乐！而新朋友就在眼前，在身边，两县尉中的另一位名叫李文略，成为他在盩厔交到的第一位朋友，他俩之所以很快为友是因为在一起工作中发现彼此都是正直、高格的人。通过李文略白居易认识了几位当地才俊：著名隐者王质夫，进士陈鸿、尹纵等，他们同游秋山，考察骆口军运。这一行人迅速结成的友谊从白居易走三十里山道去找尹纵喝酒而写的诗便可看出：

见尹公亮新诗，偶赠绝句

袖里新诗十首馀，吟看句句是琼琚。
如何持此将干谒，不及公卿一字书。

诗人心态好了，写作状态便来了，如果说上引这首还只是一首赠答小诗，那么惊世大作还在后面等着呢，将纷至沓来……

作为一名分管公安政法保障税收稽查的京兆大县的副县长，在县衙，白居易是不畏权贵、秉公执法的"白青天"（这是他这一生终将抵达的称号）；在基层，他又是一个时刻凭着自己的一颗良心做事。在生活的第一现场，白居易亲眼看见了底层劳动人民的苦难，好诗便来了：

观刈麦

田家少闲月，五月人倍忙。
夜来南风起，小麦覆陇黄。
妇姑荷箪食，童稚携壶浆，
相随饷田去，丁壮在南冈。
足蒸暑土气，背灼炎天光，
力尽不知热，但惜夏日长。
复有贫妇人，抱子在其旁，
右手秉遗穗，左臂悬敝筐。
听其相顾言，闻者为悲伤。

> 家田输税尽，拾此充饥肠。
>
> 今我何功德？曾不事农桑。
>
> 吏禄三百石，岁晏有余粮。
>
> 念此私自愧，尽日不能忘。

在白居易一生众多的名作中，本诗只能站在第二排，也许只能称之为"准名作"或"业内名作"，但本诗的出现意义重大，其诗歌史意义要大于其自身的审美价值，可以这样说：从本诗开始，杜甫在白居易身上重生了……

还有什么不平衡的吗？

待到斯年九月，元稹在担任左拾遗83天后被贬出长安，改授河南尉，他笑白居易"语直"，自己却因"语直"而致祸，最受打击的是元母，本来心脏就有病，一口气没上来，五十出头便走了，元稹未及到任，便在长安开始为母丁忧。丁忧两年七个月，是不发俸禄的，白居易、白行简又一起供养自己的异姓兄弟……

"祸兮福之所倚，福兮祸之所伏"——《老子》中的名言令白居易感触深刻、感慨良多，从此这句醒世名言便被其铭记在心，成为一剂心灵的良药！

## 38

头一年登太常第的陈鸿在其传奇《长恨歌传》中写道：

> 元和元年冬十二月，太原白乐天自校书郎尉于盩厔任，鸿与琅琊王质夫家于是邑，暇日相携游仙游寺，话及此事，相与

感叹。质夫举酒于乐天前曰:"夫希代之事,非遇出世之才润色之,则与时消没,不闻于世。乐天深于诗,多于情者也。试为歌之,如何?"

乐天因为《长恨歌》。意者不但感其事,亦欲惩尤物,窒乱阶,垂于将来者也。歌既成,使鸿传焉。世所不闻者,予非开元遗民,不得知。世所知者,有《玄宗本纪》在。今但传《长恨歌》云尔。

上述这段文字忽略了事情缘起的第一现场：马嵬坡。具体情况是：冬十二月，正值农闲时节，县衙给公务员放了几天假，白居易约请王质夫、陈鸿同游马嵬坡、仙游寺这一线。在马嵬坡冬日的一片肃杀中，前代贵妃杨玉环荒凉的坟茔令他们三人感慨万千，一直到仙游寺还在谈论这个话题。至于为什么会想到写诗？是因为此前白居易已经约过李文略、王质夫来此相聚，他们因故未到，白居易留下过诗：

期李二十文略王十八质夫不至独宿仙游寺
文略也从牵吏役，质夫何故恋嚣尘。
始知解爱山中宿，千万人中无一人。

世外高人王质夫所言"乐天深于诗，多于情者也"，可谓对白居易知之深矣！这个时候，他们才相识半年，他已经看出白乃"出世之才"——或许看出前者易，看穿后者难，没有酒后他对自己与湘灵苦恋十五年含血带泪的倾诉，是不可能得出这个结论的。最后的结果是：白居易决定写，准备在寺里住下来……他对王、陈二人说:"你们先回螯屋,三天以后,我回去找你们。"

这座仙游寺来头不小,本是一座皇家离宫,隋文帝开皇十八年(戊午,公元598年)下诏,修建一座避暑行宫并赐名仙游宫。之所以称仙游宫,是因为此地传说为"秦穆公女名弄玉,习仙升云之所"。仙游宫附近还有周穆王演乐洞、东汉大儒马融的读书室。仁寿元年(辛酉,公元601年),隋文帝杨坚下诏,改仙游宫为仙游寺。

开写之前,他在先前来时已经转过的游廊上又走了一遍,壁上石刻有前辈诗人到此留下的诗:有李白狂热铁粉李华的《仙游寺》,有边塞诗大诗人岑参的《冬夜宿仙游寺南凉堂呈谦道人》,有曾经在此避难而前几年方才去世的著名诗人卢纶的《过仙游寺》……这些诗,均是"国师"韩愈所谓"小诗",对白居易即将动笔的这首"大诗"参考价值不大,只是唤起他诗林比诗、挑战诗史的热情……

他叮嘱住持,他所居的僧舍无须生火,要的就是寒室一间;这三天里,他将辟谷,不吃任何东西,只要热茶不断。当然,这是佛寺,酒自然是没有的——他喜欢酒,但是酒量并不大,他日常的写作不依赖酒神,属于无酒精写作,与前辈诗仙李白有着明显的区别;他爱茶的程度,超过所有盛唐诗人,是因为到了中唐,饮茶风气日盛,从少数雅人的时尚进入寻常百姓家,由于长兄白幼文在浮梁为官之故,他的家中从不缺少好茶叶……

一切比他预想的顺利得多,他只花了一天便完成了初稿,剩下两天都处于反复吟诵打磨诗句的状态,跟自己较劲、跟文本较劲、跟死去和活着的同行较劲、跟泱泱华夏诗歌史较劲,他是高度自觉和清醒的:他知道自己写出了一首怎样的"大诗",他恨不能将诗中的每一句都打磨成千古名句,最终他也最大限度地做到了……

### 长恨歌

汉皇重色思倾国,御宇多年求不得。

杨家有女初长成,养在深闺人未识。

天生丽质难自弃,一朝选在君王侧。

回眸一笑百媚生,六宫粉黛无颜色。

春寒赐浴华清池,温泉水滑洗凝脂。

侍儿扶起娇无力,始是新承恩泽时。

云鬓花颜金步摇,芙蓉帐暖度春宵。

春宵苦短日高起,从此君王不早朝。

承欢侍宴无闲暇,春从春游夜专夜。

后宫佳丽三千人,三千宠爱在一身。

金屋妆成娇侍夜,玉楼宴罢醉和春。

姊妹弟兄皆列土,可怜光彩生门户。

遂令天下父母心,不重生男重生女。

骊宫高处入青云,仙乐风飘处处闻。

缓歌慢舞凝丝竹,尽日君王看不足。

渔阳鼙鼓动地来,惊破霓裳羽衣曲。

九重城阙烟尘生,千乘万骑西南行。

翠华摇摇行复止,西出都门百余里。

六军不发无奈何,宛转蛾眉马前死。

花钿委地无人收,翠翘金雀玉搔头。

君王掩面救不得,回看血泪相和流。

黄埃散漫风萧索,云栈萦纡登剑阁。

峨嵋山下少人行，旌旗无光日色薄。

蜀江水碧蜀山青，圣主朝朝暮暮情。

行宫见月伤心色，夜雨闻铃肠断声。

天旋地转回龙驭，到此踌躇不能去。

马嵬坡下泥土中，不见玉颜空死处。

君臣相顾尽沾衣，东望都门信马归。

归来池苑皆依旧，太液芙蓉未央柳。

芙蓉如面柳如眉，对此如何不泪垂？

春风桃李花开日，秋雨梧桐叶落时。

西宫南内多秋草，落叶满阶红不扫。

梨园弟子白发新，椒房阿监青娥老。

夕殿萤飞思悄然，孤灯挑尽未成眠。

迟迟钟鼓初长夜，耿耿星河欲曙天。

鸳鸯瓦冷霜华重，翡翠衾寒谁与共？

悠悠生死别经年，魂魄不曾来入梦。

临邛道士鸿都客，能以精诚致魂魄。

为感君王辗转思，遂教方士殷勤觅。

排空驭气奔如电，升天入地求之遍。

上穷碧落下黄泉，两处茫茫皆不见。

忽闻海上有仙山，山在虚无缥缈间。

楼阁玲珑五云起，其中绰约多仙子。

中有一人字太真，雪肤花貌参差是。

金阙西厢叩玉扃，转教小玉报双成。

闻道汉家天子使，九华帐里梦魂惊。

揽衣推枕起徘徊，珠箔银屏迤逦开。

云鬓半偏新睡觉，花冠不整下堂来。
风吹仙袂飘飘举，犹似霓裳羽衣舞。
玉容寂寞泪阑干，梨花一枝春带雨。
含情凝睇谢君王，一别音容两渺茫。
昭阳殿里恩爱绝，蓬莱宫中日月长。
回头下望人寰处，不见长安见尘雾。
惟将旧物表深情，钿合金钗寄将去。
钗留一股合一扇，钗擘黄金合分钿。
但令心似金钿坚，天上人间会相见。
临别殷勤重寄词，词中有誓两心知。
七月七日长生殿，夜半无人私语时。
在天愿作比翼鸟，在地愿为连理枝。
天长地久有时尽，此恨绵绵无绝期。

## 39

三天以后下了这个冬天的第一场雪，比往年来得晚了一些。白居易怀揣诗卷，策马扬鞭，踏过白茫茫的关中大地，从仙游寺回到盩厔县城。他在本地的四大好友李文略、王质夫、陈鸿、尹纵都聚在李府上摆着酒等着他，等着一首惊世大作的如约诞生……

待到盩厔县尉李文略将全诗放声诵毕，府内一片寂静……

最先开口说话的是世外高人王质夫："掐指一算，李谪仙已去四十余载，在此期间，我泱泱国朝尽管诗人辈出，层出不穷，但诗王之位却一直空着，虚位以待，此时此刻，在《长恨歌》诞生的这一刻，一个人悄然坐了上去——这个人名叫白居易！我等有幸在第一现场见证新'诗王'诞生!"

进士陈鸿附和道:"质夫兄所言字字俱实。乐天16岁写的那首《赋得古原草送别》在其18岁那年令其名扬天下,但《长恨歌》一出,大唐诗歌新王便真正诞生了!"

进士尹纵道:"乐天今年三十有五,比李谪仙写《将进酒》时还要年轻一岁,唐诗之幸!国朝之幸!诗之盛世昔日重来!"

王质夫又道:"是啊,太白已经仙逝,乐天尚有大把的光阴可写,写尽一生,最终是否可超太白未可知,但是《长恨歌》已超《将进酒》,已超《蜀道难》,已超《梦游天姥吟留别》,这是一首难以形容的复杂的诗。子美写史诗,史实在矣,风月尽失;白乐天写史诗,史实既在,风月自带,是史诗,又是情诗,还是谏诗,太了不起了!"

李文略道:"不管乐天是否同意,我都要将《长恨歌》当作本县今年的政绩,写到奏折里去!"

众人道:"好主意!"

"我还有个建议,请陈鸿作篇传奇《长恨歌传》,请尹纵画一幅《长恨歌画传》,与《长恨歌》互文,一起上报朝廷。"王质夫道。

"欣然领命!"陈鸿拱手道。

"万分荣幸!"尹纵拱手道。

当此时也,只听扑通一声,白居易颓然倒地,休克过去,掐其人中,又火速请来郎中一看:问题不大,焦虑、劳累、虚弱、受寒所致,加上原本就体弱……为了写此大作,他也是拼了小命了……

在盩厔李府休养到年底,白居易怀揣诗卷、带足年货,回长安过年,回到家中第一件事,便是给老娘请安。老娘刚说几句催婚的话,他便上邻家去找元稹,向其展示《长恨歌》。元稹读完,泪流满面,哽咽道:"乐天呀,你不叫微之活!"

元稹当即决定晚回洛阳与爱妻韦丛一家过团圆年,他把自己锁在家里,大门不出,二门不迈,三天以后,也拿出如下"大诗":

### 连昌宫词

连昌宫中满宫竹,岁久无人森似束。
又有墙头千叶桃,风动落花红蔌蔌。
宫边老翁为余泣,小年进食曾因入。
上皇正在望仙楼,太真同凭阑干立。
楼上楼前尽珠翠,炫转荧煌照天地。
归来如梦复如痴,何暇备言宫里事。
初过寒食一百六,店舍无烟宫树绿。
夜半月高弦索鸣,贺老琵琶定场屋。
力士传呼觅念奴,念奴潜伴诸郎宿。
须臾觅得又连催,特敕街中许然烛。
春娇满眼睡红绡,掠削云鬟旋装束。
飞上九天歌一声,二十五郎吹管逐。
逡巡大遍凉州彻,色色龟兹轰录续。
李谟擫笛傍宫墙,偷得新翻数般曲。
平明大驾发行宫,万人歌舞涂路中。
百官队仗避岐薛,杨氏诸姨车斗风。
明年十月东都破,御路犹存禄山过。
驱令供顿不敢藏,万姓无声泪潜堕。
两京定后六七年,却寻家舍行宫前。
庄园烧尽有枯井,行宫门闭树宛然。

尔后相传六皇帝，不到离宫门久闭。
往来年少说长安，玄武楼成花萼废。
去年敕使因斫竹，偶值门开暂相逐。
荆榛栉比塞池塘，狐兔骄痴缘树木。
舞榭欹倾基尚在，文窗窈窕纱犹绿。
尘埋粉壁旧花钿，乌啄风筝碎珠玉。
上皇偏爱临砌花，依然御榻临阶斜。
蛇出燕巢盘斗栱，菌生香案正当衙。
寝殿相连端正楼，太真梳洗楼上头。
晨光未出帘影黑，至今反挂珊瑚钩。
指似傍人因恸哭，却出宫门泪相续。
自从此后还闭门，夜夜狐狸上门屋。
我闻此语心骨悲，太平谁致乱者谁。
翁言野父何分别，耳闻眼见为君说。
姚崇宋璟作相公，劝谏上皇言语切。
燮理阴阳禾黍丰，调和中外无兵戎。
长官清平太守好，拣选皆言由相公。
开元之末姚宋死，朝廷渐渐由妃子。
禄山宫里养作儿，虢国门前闹如市。
弄权宰相不记名，依稀忆得杨与李。
庙谟颠倒四海摇，五十年来作疮痏。
今皇神圣丞相明，诏书才下吴蜀平。
官军又取淮西贼，此贼亦除天下宁。
年年耕种宫前道，今年不遣子孙耕。
老翁此意深望幸，努力庙谋休用兵。

## 40

元和二年（丁亥，公元807年）。

"元白"怀着各完成一首"大诗"的喜悦，与白母陈娟、白弟行简在长安常乐里旧相府一起过了年。大年初四，两人各骑各马，直奔东都洛阳。

此行，他们是应居守洛阳，与元稹岳父韦夏卿为同僚的裴度之邀，前去参加一场迎春诗会。这二年，在长安，韩愈虽遭贬黜，余威犹在，没有雅聚敢请他俩。年前，突然从东都洛阳发来了一个邀请，两人都跃跃欲试想要参加，刚好各揣一首新创"大诗"，可以借此平台发布天下，炮轰韩愈势力。

果不其然，吟诗会上，当"元白"先后诵毕洪钟大吕般的《连昌宫词》《长恨歌》，全场为之轰动……在未来的文学史上，这并非是两首可以相提并论的诗，地位差距十分明显，但是在此时，却能起到1+1>2的效果，甚至有相当一批人认为前者优于后者，主要是那些体制狗，纯粹以谏诗来要求，认为白作失控了，滑向了风花雪月，而元诗控制得好，始终不离其宗……不管未来如何评价，这两首"大诗"一起出笼，足以震撼中唐诗坛，足以打击到雄霸文坛的韩愈势力……

诗会开了三天，最后一晚的夜宴又传出佳话:酒饮至半酣之际，东道主裴度望着"元白"在座，面露得意之色，提议做连句游戏，得到举座响应之后，由他起头，游戏开始，"元白"压轴。排在"元白"前一位的是长安名士、刑部侍郎、诗人杨汝士，此子善诗、人狂，连上句道:"昔日兰亭无艳质，此时金谷有高人。"元稹听罢，无对，认输,轮到白居易,他一把将写好的纸撕了,曰:"笙歌鼎沸,勿作冷淡生活!"元稹望着白居易哈哈大笑道:"乐天所谓能全其名者!"杨汝士也是性情中人,当众高呼:"我今日压倒'元白'啦!'"于是三人结友。

次日,元稹回洛阳老丈人家去过团圆年,白居易南下浮梁去探望长兄白幼文、湘灵母女,杨汝士回长安的家,三人相约等过完了年,在长安名门杨府重聚。

过了年,白居易便三十有六了,湘灵三十有二,标准的熟男熟女,两人久别胜新婚,白居易为湘灵吟诵《长恨歌》,他知道:没有她,就没有这首大杰作!此诗他只愿献给她!她便是他的杨贵妃!临别时,白居易又写下了这么一首诗:

潜别离

不得哭,潜别离。

不得语,暗相思。

两心之外无人知。

深笼夜锁独栖鸟,利剑春断连理枝。

河水虽浊有清日,乌头虽黑有白时。

惟有潜离与暗别,彼此甘心无后期。

按照白居易下的大棋:是先娶一个母亲和自己都能接受的女人为妻,再纳湘灵为妾。虽说这个女人尚未出现,但对白居易来说,要找何难?所以,应该说幸福的曙光就在前头,不该如此悲哀、沮丧、绝望,这或许就是诗的厉害,它能直接写出人的潜意识,写出客观事物自身的运行规律,语言有灵,一语成谶!

《长恨歌》在发酵。

当皇帝李纯，从盩厔县尉李文略的奏折中首次读到这首大作，说的第一句话是："白居易尚能诗否？能！朕可是读着他的《草》长大的，久未见其新作了。不过，尔等士子自多疑，何必写'汉皇重色思倾国'——明明是明皇之事，何必假托'汉皇'？国朝一百八十余年来，可曾有过因文而获罪者耶？"

皇上首次读，也就这么过去了。此后大半年，是《长恨歌》自己长了长腿跑遍朝野的大半年，迅速成为名作。天子耳目向其汇报，说大臣们都在读《长恨歌》，他便将李文略的折子调出来重读，暗自拍案叫好，惊动了一旁的大学士武元衡，皇上问大学士："白居易之于朕，可否如司马相如之于汉武帝、李太白之于唐明皇？"大学士回答得很有意思："皇上，您已经说出了两种结果，好的和坏的，也不可能更坏了，不妨试试看。"皇上笑道："说得好！那就给他安排一个时常能见到朕的职位，哦……马上把他调回来，做京兆府考官，参与秋季进士科大考。"——这位奋发有为的少壮皇帝、"元和中兴"的缔造者，为大唐帝国续命一百年……开始全面展露峥嵘了！

夏末，白居易带着县尉官职，被调充京兆府考官。秋，试毕，为集贤院校理。冬，十一月五日，被授予翰林学士院翰林学士，数月后，又加封左拾遗，官阶提升到八品上——这一切都是《长恨歌》带来的，这便是在人类文明史中屈指可数的诗歌王国中，一首好诗所得到的现世报。

夏末离开盩厔时，当地四大好友轮番请客，光是饯行宴就办了好几天，有些群众闻讯赶到县衙，为"白青天"送上当地特产野生猕猴桃……他的盩厔岁月满打满算也就一年出头，收获却很大:身为官员,他在此打下了做一个好的地方官的基础;作为诗人,他不光写下了千古名作《长恨歌》,并且已经开写《秦中吟》和《新乐府》这两大系列组诗,其诗的内在结构,从孤峰向山脉、山系跨越,他从才子诗人一跃而向一代文宗挺进……

# 第九章　月照藤花影上阶

## 41

月惭谏纸二千张，岁愧俸钱三十万。

待到定级之后头一个月的薪俸发下来，"九毛九"白居易算盘珠子一拨，又知足乐天了。对比两年前，他等于是和元稹倒了个个儿，元稹官选大考比他名次高一名，官阶高了他三级，现如今，他通过一首《长恨歌》，全都给找补回来了，而元稹刚遭贬便遇丁忧，正处于人生的低谷中。以现在的薪俸，加上弟弟那一份，养老母、养元稹、交常乐里旧相府的两份租金和两个仆人的佣金，每月给浮梁湘灵寄些零花钱……都不困难。

在此元和三年（戊子，公元808年），白居易37岁的春天，可谓春风得意、志得意满、意气风发！人在自己最得意的时候做什么，便能看出此人的德性。这个春天，他从大明宫翰林学士院下班回家之后，只做一件事，整理自己的近作，等到工工整整抄满一百首，便寄给朗州司马刘禹锡，请其斧正。这意味着什么呢？这一代诗人中眼下最得意的一个人，在其人生最得意的时刻，惦记着眼下最失意的那个人。或许从中还可以读出这样的信息：白是真懂诗，真识人，他心里面明镜似的——在这一代诗人中，谁才是他一生的对手！

这个春天，他唯一的烦恼是：儿子混得越好，当妈的催婚越急，结婚的对象还没有呢，这急的是哪门子劲儿？不过母亲的一句话，却让他不得不认真对待："阿连啊，你这当哥的可别耽误了老三！"——华夏人的伦理：兄不成家，弟不好意思抢在前头。进士出身的校书郎、当红传奇作家白行简也是长安城中王公贵戚的佳婿人选。

他告诉自己：这盘大棋的落子，应该再加快一些。

五月，吏部策试"贤良方正能言极谏科"，头一年的进士牛僧孺、黄甫湜、李宗闵等及第，因指陈时政激切，被宰相李吉甫出为关外幕职，并贬考官——幸好，白居易未被派去做此试的考官；幸好，他被派去做的是去年进士科大考的考官，依照国朝的官宦文化，考中进士者都认当年考官为师，所以他便这么着做了牛僧孺一干人的"老师"。此时，他不是为了自己的所谓"学生"，而是为了自己的一颗做人的良心与职业道德，向皇上上书《论制科人状》，极言不当贬黜，无意之中收买了牛僧孺一干人的心，为其日后的政治生涯留下了阴晴不定的一大伏笔。这股势力日后将做大，成为中唐最高权力争夺中重要的一方……

他侥幸躲过了"永贞革新"的秋后算账,又将面临大幕开启绵延不绝的"牛李党争"……

42

天下所有的士子,都以见到天子为荣。白居易18岁那年,首次来长安时,是没有资格见天子的。31岁第三次来,到35岁这一段,错过了久病的德宗李适,错过了短命的顺宗李诵,终于在自己37岁这一年,见到了当朝皇帝李纯——身为谏官经常见面——这是令他颇感荣耀的事情。

中唐所有诗人,岂有不以"盛唐诗王"李白对照自己的?更何况白居易现在担任的左拾遗是李白在临终前的病榻上才得到的任命,而他的翰林学士院翰林院士又很容易令人联想起李白做过的翰林学士院待诏,前者倒是同一个官职,只是李白得到任命时已经赶回长安来履新了,后者则相去太远:院士是官,待诏不是,而且中唐之翰林学士院权力已经大为加强。两年前,元稹出任左拾遗,提及李白时,表现出的是满脸不屑与猖狂;两年后,白居易得到这两个官职,想起李白时,内心溢出的是惭愧、庆幸与知足。一开始,他还是提醒自己要以元稹上任83天即遭贬为鉴,元稹也当面提醒过他:"乐天,别像我那么操切,一定要悠着来!"

华夏士子都晓得:谏官的人格操守与职业道德就是不惜死谏在皇帝面前,哪怕被皇帝冤杀,只要得到平反,便是子孙后代的荣耀!但是有脑子的已经有了这个意识:想让我死谏,我也得先看看你这皇上是个什么德行,值不值得?

不事张扬的皇帝李纯,并不是乍一见面便征服了白居易的,而是在多次见面之后。这一年皇帝30岁，正值而立之年，比白居易小7岁，属于同一代人，同属于中唐时代有中兴大梦的人，这是他们的共同点。除此之外，李的日理万机、白的孜孜不倦，两位高效率的君臣，是同样的生命节奏。这二人的相遇，说成一拍即合有点夸张，说成气息相投倒是十分恰当。两个月过去，白居易在心里告诉自己：多么幸运！我是遇到明君了！遇到可以当廷死谏的明君了！戒心就此解除，不再留有余地。

他"月惭谏纸二千张"，几乎天天都有上奏。以文上奏，大臣之中，已经有之；身为大诗人，他发明了以诗上奏——为此他还丰富并发展了谏诗的诗体：

他在《新乐府·立部伎》的题下写了一行小字：刺雅乐之替也。

他在《新乐府·上阳白发人》的题下写了一行小字：愍怨旷也。

他在《新乐府·胡旋女》的题下写了一行小字：戒近习也。

他在《新乐府·新丰折臂翁》的题下写了一行小字：戒边功也。

他在《新乐府·太行路》的题下写了一行小字：借夫妇以讽君臣之不终也。

他在《新乐府·昆明春水满》的题下写了一行小字：思王泽之广被也。

他在《新乐府·道州民》的题下写了一行小字：美臣遇明主也。

他在《新乐府·西凉伎》的题下写了一行小字：刺封疆之臣也。

他在《新乐府·红线毯》的题下写了一行小字：忧蚕桑之费也。

他在《新乐府·时世妆》的题下写了一行小字：儆戎也。

他在《新乐府·井底引银瓶》的题下写了一行小字：止淫奔也。

他在《新乐府·隋堤柳》的题下写了一行小字：悯亡国也。

他在《新乐府·卖炭翁》的题下写了一行小字：苦宫市也。

该诗全文如下:

卖炭翁

卖炭翁,
伐薪烧炭南山中。
满面尘灰烟火色,
两鬓苍苍十指黑。
卖炭得钱何所营?
身上衣裳口中食。
可怜身上衣正单,
心忧炭贱愿天寒。
夜来城外一尺雪,
晓驾炭车辗冰辙。
牛困人饥日已高,
市南门外泥中歇。
翩翩两骑来是谁?
黄衣使者白衫儿。
手把文书口称敕,
回车叱牛牵向北。
一车炭,千余斤,
宫使驱将惜不得。
半匹红纱一丈绫,
系向牛头充炭直。

此诗被皇帝召见时特别提到,认为写得好——看来,皇帝、大臣、士子、百姓的歌诗趣味在此时代都差不多，此诗很快不胫而走，传遍朝野，从《长恨歌》到这一首，他名作出得如此之快且如此之密集，真是令天下写诗人为之咋舌！身为谏官，他更在意的是：皇帝因此立刻下诏，将宫事取缔——这也让宦官一党暗中记恨上他，成为前路上的隐患。

白居易开创了以诗进谏的先河，发明了诗之谏体，认为诗当"有用"的他，加强了诗的社会功能，扩大了诗的艺术领地。

## 43

对白居易来说，这是一个人生得意的春天，在大明宫翰林学士院克勤克俭地上班之外，他的业余假日生活也过得十分充实。他和元稹老被邀去长安城中赫赫有名的、百年不衰的"靖恭杨家"做客——这个在政治、文学多方面享有巨大声望的贵族豪门，累世安居于城内靖恭坊而得此名。

如前所述，他俩是在洛阳裴度所办的新春诗会上巧遇杨家大公子杨汝士的，这小子在夜宴连句中得胜之后，回到长安便到处嚷嚷："我战胜了'元白'！"等到白居易从浮梁探亲归来上了班，他便直接从兵部来到翰林学士院找他，邀他去杨府做客，盛情难却，白居易推脱不掉，便拉着刚从洛阳过年回来的元稹去了……

一脚踏入贵族豪门，"元白"这两个中小吏子弟算是开了眼，白居易印象最深的是大宅院中竟然种了一小片竹林，生性爱竹（或许是因为符离竹多）的他喜欢得不行。杨汝士将他俩迎进宽敞的客厅，见一男一女一对璧人正坐在案前对弈，男的一见他俩进来，便站起来，招呼道："居易兄，你还记得我吗？"

白居易记性好，当即反应过来："你是……杨虞卿！"

对方顿时眉开眼笑："白大诗人还记得我！宣州州试一别，一恍九年矣！"

两位故人马上寒暄起来。原来九年前，他们在宣州州试期间见过，住在同一家驿站，还一起备过课。九年过去，白居易已经过五关斩六将，来到今天的官位上；杨虞卿还在以举人之身，准备参加今年的进士科考试……他嘴上说惭愧，其实一点也不焦虑，这便是贵族豪门子弟有别于中小吏子弟的地方……原来他是杨汝士的堂弟，与之对弈的文静淑女是他的堂妹，杨汝士的胞妹杨欣怡……

"你真的是白居易？"——这是杨欣怡对白居易说的第一句话。

白居易在心里笑了，回答道："真的是。"——他的回答把其他人逗笑了……

当此时，又闻声走进来两位公子，都是这杨家公子，分别是杨鲁士、杨汉公……

又是一通寒暄、介绍，之后"元白"便被请上了筵席，白居易被请到上座，杨家大公子杨汝士是个诗疯子，从他在洛阳夜宴上连句战胜"元白"说起，带起了连句、赋诗、聊诗的疯狂……一聊天白居易便听明白了，这是由这几个年轻人做主的贵族豪门，父母已经双亡，他们已经继承了家业，整天过着闲云野鹤般的日子，是长安城里著名的雅聚之所。

这天晚上，白居易觉得有一双明亮、隽秀、聪慧的大眼睛一直在看着自己……这不是自作多情的幻觉，而是发生在眼下的真实。往常他已经习惯了在与元稹这个美男子出行见到女性时，女性的目光多是落在元稹的身上，而在这一晚，分明不是这样……

这目光来自杨家大小姐杨欣怡！

男人的敏感化为对对方的好感,便回报以温暖的目光……

到底是知音,元稹看在眼里,夜半回家的"马的"上,喷着酒气对白居易说:"乐天……你……你可以……落子啦。"——他当然知道白居易要下的这盘大棋。

"容我再……长考一下。"白居易道。

"还长考啥?杨大小姐……做正妻……蛮可以的。"元稹道,"况且……'靖恭杨家'贵族豪门……伯母一准儿满意。"

再往后,"元白"去杨家雅聚,已经夜不归家了。某夜,几乎所有人都喝醉了,东倒西歪地躺卧一堂,只剩下白居易和杨欣怡还清醒着,杨大小姐对白大诗人道:"乐天!"——她学元稹的叫法如此称他,大概是觉得这样亲切吧,"今夜席上,他人皆有口占,惟大诗人尚未作诗。"

白居易问:"你想看我作吗?"

杨欣怡答:"嗯。"

白居易道:"容我出屋到院里走走,自会有诗。"

杨欣怡道:"乐天,夜凉,披上衣服……"

白居易道:"中。"

披上衣服独自出门到前院走了走,一见到那片竹林,白居易便说:"有了!"即刻返身回屋,对欣怡道:"我不口占,马上写给你看。"

于是乎,夜阑人静,欣怡磨墨,居易落笔,一气呵成,一首新作,跃然纸上:

宿杨家

杨氏弟兄俱醉卧,披衣独起下高斋。

夜深不语中庭立，月照藤花影上阶。

题罢，居易呈给欣怡，欣怡却道："乐天，你高估欣怡了，欣怡不识字的，我们杨家一贯信奉女子无才便是德。"

居易道："我吟给你听。"便小声吟诵一遍。

欣怡回味道："月照藤花影上阶——真美，真好！"——不识字，通过听，照样可以欣赏诗，这便是当前这个时代，诗的欣赏者并不限于读书人，尤其是白诗……

对于长安城中赫赫有名的"靖恭杨家"的大小姐不识字这件事，白居易颇觉意外，但却并不失望，不论是在意识还是潜意识中，他都希望他娶的正妻是个传统女性……

再往后，朝廷放春假，"元白"竟在杨家与杨家六兄弟和大小姐一起厮混了十天十夜，有白诗为证：

醉中留别杨六兄弟（三月二十日别）
春初携手春深散，无日花间不醉狂。
别后何人堪共醉，犹残十日好风光。

"元白"到底同为诗人（杨六兄弟只能算爱好者），互为知音，元稹从白居易以上诗作中读出了丰富的信息：题中为何不提杨大小姐？绝非男尊女卑作祟，而是做贼心虚使然——什么贼？偷心贼？"携手"——你和谁"携手"？绝非七个（加上元稹）大老爷们儿！"花间"——谁与你在"花间"？老白这家伙性取向没问题，很正确，那么是在暗指谁？此诗是写给那个在诗中唯一没有提及的人的……

啥叫好兄弟、真朋友？元稹马上私下单约杨汝士，说白居易看上你妹妹了，但他脸皮薄不好意思说，干脆你主动提吧，这是一桩叫人羡慕的好姻缘！

杨汝士一听，大喜过望，回去一问妹妹，伊确实对白大诗人有意，并且两人已经对上眼了！杨汝士马上把其他五兄弟和"元白"召集来，不摆酒只上茶，以家长的口吻说："你们俩都老大不小的了，欣怡今年27岁，居易37岁，也别偷偷摸摸的了，咱们现在就把婚事定下来，入夏就把婚结了！"

白居易红着脸，拱手道："乐天只有一个请求，带欣怡妹妹见一下俺娘，俺娘只要一点头，这事儿就算定了。"

杨汝士听罢一拍脑袋："你瞧我这个当哥的，考虑事情太不周全，主要是爹妈走得早，我们兄弟姊妹习惯于大小事情自己做主。婚姻大事，当然得通过父母，这样，现在咱们全都到白家去拜见她老人家，带上礼物……"

于是呼啦啦一行九人全都去了常乐里旧相府，天上忽然掉下个儿媳妇，还是贵族豪门的千金小姐，人也生得端端正正清清秀秀白白净净，白母陈娟岂有不答应之理？

这桩婚姻大事就这么定了下来。

44

婚礼在立夏这天举行。

按照新郎官白居易本人的意愿是不想大办，本来这不过是他在下的一盘大棋的一步而已，醉翁之意不在酒，娶妻之意在纳妾，但杨汝士不答应，杨六兄弟不答应。杨氏家族兄弟多，女孩仅此一个，反倒成了家族的宝贝儿，他们觉得不大办的话对不起妹妹，于是这件事的性质便从老白娶妻欲小办，变成了杨家嫁女要大办。兵部侍郎杨汝士是个有脑子的人，父母双亡主要是父亲走了以后，杨家在朝野的存在感已经下降了很多，他是想借此次大办婚礼再重拾杨家广厚的人脉，准妹夫白居易位虽不高但是名大，关键是跟当今天子能说上话，因而前程远大，对旧有的人脉还是很有号召力的。

要大办就大办吧，白居易想到婚礼隆重盛大对生养教他的母亲或许是个告慰，便顺杨家之意而从之，但是他也表现出了"白起后人"的自尊和硬气，那便是：当杨汝士要将他俩的新房设在杨府中时，他断然拒绝了，这不成了他入赘杨家成赘婿了吗？这让母亲、哥哥、弟弟、白家亲戚颜面何存？李白一生两度入赘前相府成赘婿是他这一辈诗人口中引以为悲哀的逸闻，所以他自己要做的最重要最关键的事便是找到新房。现在常乐里旧相府租的这四间房因有母亲和弟弟住，显然是不够的。于是经过一番寻找，他在新昌坊租下一套宅院，将用作他们的新居。

新婚在即，他很忙，但好在有闲居在家的元稹帮忙——元稹将在婚礼上出任司仪，考虑到杨家请的嘉宾多为王公贵戚，他想将现在长安城中的著名的文人墨客也请上一批，白居易原则上同意了，但问及贬官归来出任国子博士的韩愈请不请时，白居易断然拒绝了——此事可以看出"元白"二人性格的差异：元懂得变通，白外柔内刚。还有二人目前处境的不同：元在低谷易低头，白在高峰元气盛。

不请韩愈，韩愈帮的个别铁杆请了也不来，最明显的是孟郊和贾岛，但这丝毫无损于婚礼的盛大。当迎亲的豪华马车队一字排开鱼贯而过,从靖恭坊行至新昌坊,沿路引来群众围观,都在相互打听这是哪个大户人家在办喜事,有说"靖恭杨家"嫁女的,有说大诗人白居易娶媳妇的,人群中有位亮眼的妇人对其手牵的小儿道:"儿啊,这就是你念过的《草》——写《草》的那个大诗人娶媳妇呢!怎么样?娘跟你说得没错吧:书中自有黄金屋,诗中自有颜如玉——只要你把书念好、诗作好,考取进士当上官,什么样的媳妇娶不到呢?"

媳妇就这么敲锣打鼓娶进门了,随后举行的喜宴设在曲江烟雨楼,婚礼是华夏人传统的仪式,喜宴则颇有诗人的特色——一下开成了吟诗会,在诗人元稹的策划、导演、主持下,新郎官白居易吟诵了专门为新娘创作的一首诗:

### 赠　内

生为同室亲,死为同穴尘。

他人尚相勉,而况我与君。

黔娄固穷士,妻贤忘其贫。

冀缺一农夫,妻敬俨如宾。

陶潜不营生,翟氏自爨薪。

梁鸿不肯仕,孟光甘布裙。

君虽不读书,此事耳亦闻。

至此千载后,传是何如人?

人生未死间,不能忘其身。

所须者衣食,不过饱与温。

蔬食足充饥,何必膏粱珍?

缯絮足御寒,何必锦绣文?

  君家有贻训，清白遗子孙。
  我亦贞苦士，与君新结婚。
  庶保贫与素，偕老同欣欣。

  此头一开，嘉宾们便一边饮酒道贺，一边即席赋诗，将此喜宴办得十分热闹而又不失风雅……

  喜宴到夜阑才散，醉醺醺的新郎被送回新居送入洞房，糊里八涂尽了新郎的义务，事后回想起洞房花烛夜都是断片的……

  居易想尽量晚地告诉欣怡关于湘灵的存在以及他们长达18年的苦恋史，但也还是在蜜月期间忍不住说了。欣怡说："想让白大诗人不纳妾是不现实的，今天不纳不等于明天不纳，不纳这个就会纳那个……不过，为妻有一个不大不小的请求……"

  居易说："娘子请讲。"

  欣怡是个绝顶聪明的女人："让我先给你生个娃，等我给你生个娃，你再把她领进门。"

  居易心花怒放地满口答应："好！"

## 45

  甜蜜的种子在蜜月里便种下了，毕竟是一对正值生命盛年的男女。欣怡怀孕的喜讯带给白杨两家人莫大的快乐，从此开始了十月怀胎的日子。

  在华夏人的风俗中，参与到他人的喜事中，便是可以沾点喜气，可以给自己带来好运，立竿见影的是参与最深的元稹，他的丁忧期一满，立马便补上了官:除监察御史，使蜀，使还分司东都，与妻女（韦丛已经为他生下一女）和岳父一家团聚。其次便是白居易的老朋友、杨六兄弟中的杨虞卿，考中进士。

白居易自己呢？可谓一帆风顺。

职业上，他身为谏官，屡陈时政，请降系囚，免租税，放宫人，绝进奉，禁掠卖良人等，上皆从之。改京兆府曹参军，仍充翰林学士，且"俸钱四五万，月可奉晨昏。廪禄二百石，岁可盈仓囷"，深得皇上信任，前程一片光明。

事（诗）业上，他与李绅、元稹、张籍共同发起了"新乐府运动"，完成自己的《新乐府》五十首以及《秦中吟》组诗，在华夏文学史上留下浓墨重彩的一笔。这个运动成为韩愈、柳宗元所发起的古文运动之后又一次声势浩大、影响深远的文学事件。

元和四年（己丑，公元809年）春日，白夫人杨欣怡平安诞下一女，实话实说，白居易稍感失望——但这只是第一瞬间的情绪，是一个华夏男人的社会、文化心理在作怪，很快它便被创造生命的巨大狂喜所替代，他为自己的千金取名为"金銮子"，从语感上这分明是受了李白金陵宠妓金陵子之名的影响，但他用的是金銮子——真把女儿当公主了呀！可见疼爱之深！

母女平安，让他喜上加喜，因为元稹夫人韦丛连生四个孩子都夭折，生下最后一个女儿后便元气大伤，一病不起，病卧在床。所以欣怡生产，他是担着心的……

元比白小7岁，元生女早于白，另一件事又抢了先，元稹托人从洛阳送来他平生第一本自编诗集二十卷手抄本，着实将白居易吓了一跳！哦，丁忧两年七个月，他可真没闲着呀！写得多是一方面，自编诗集可是华夏诗歌史上的一大创举，元在附信中感慨：编出诗集，膝下无子，都不知该传给谁！白居易亦有所感，成诗

一首,请来人带回给元稹,其诗如下:

馀思未尽,加为六韵,重寄微之

海内声华并在身,箧中文字绝无伦。<br>
遥知独对封章草,忽忆同为献纳臣。<br>
走笔往来盈卷轴,除官递互掌丝纶。<br>
制从长庆辞高古,诗到元和体变新。<br>
各有文姬才稚齿,俱无通子继馀尘。<br>
琴书何必求王粲,与女犹胜与外人。

呜呼!有道是:望子成龙——望女不成凤乎?"元白"望女成蔡文姬!此尽显唐人价值观!

# 第十章　曾经沧海难为水

## 46

福兮祸之所伏。

元和四年（己丑，公元809年）秋，办完女儿金銮子半岁酒宴，白居易只身打马东去南下，到浮梁接其苦恋十八载的老情人湘灵过门，出发前夕，是个雨夜，他留下这一首必将传诵千秋的诗作，作为情诗的极品：

夜　雨

我有所念人，隔在远远乡。
我有所感事，结在深深肠。
乡远去不得，无日不瞻望。

> 肠深解不得，无夕不思量。
>
> 况此残灯夜，独宿在空堂。
>
> 秋天殊未晓，风雨正苍苍。
>
> 不学头陀法，前心安可忘。

到达浮梁，在大茶商府中，他只接到了一面镜子——一面湘灵平时用的玻璃镜，还带着她的体香；一双布履——是湘灵为其纳的布履，尺寸分毫不差，以及从湘灵妈口中吐出的一句冰冷彻骨的话："她出家了，四海云游，居无定所，她让我转告你：不必找她，人生苦短，好好活你自己的吧，你也活得怪可怜的！"临走时，湘灵妈又跑出来，追加了一句话——绝对是咒语："白居易！你对得起湘灵的一见钟情、一往情深吗？你这个天煞的负心汉，老天爷在上，你会遭报应的——我咒你断子绝孙！"

在哥哥白幼文处，也没有打探到湘灵的任何下落。幼文帮居易分析，去年夏天，他赴长安参加完居易的婚礼回来去看湘灵，捎去居易的信时，湘灵的情绪还是稳定的，或许是这一年来，等待的日子难熬，想法难免生变……十八年的爱情长跑，崩溃于开始冲刺的最后阶段！

这人间不是一盘棋，不是他能随意摆布得了的，白居易失魂落魄地离开了浮梁，路上忽然心生灵感：湘灵会不会回了符离竹屋隐居，他越想越觉得有可能（出于对这段爱情的自信），马蹄都跑得快了，去了却一无所获，他对着空荡荡的竹屋空发几声嚎叫……

他只好打道回府，准备经洛阳返长安，他必须去洛阳——三个月前，元稹夫人韦丛便已去世，当此之时，元稹准备将之归葬其故里咸阳，他准备前去帮忙，就像三年来，元稹为自己所做的那样。朋友丧妻的大恸，暂时封闭了他的失恋之苦，随着送葬的马车队一路直达咸阳——让他颇觉意外并且感到不爽的是，在隆重的葬礼上宣读墓志铭的竟然是"元白"共同之敌、当代文霸韩愈，他腆着一张天生的老脸，支撑着他那瘦弱的身子骨，用沉痛的语调朗读道：

监察御史元君妻京兆韦氏夫人墓志铭

　　夫人讳丛，字茂之，姓韦氏。其上七世祖父封龙门公。龙门之后世，率相继为显官。夫人曾祖父讳伯阳，自万年令为太原少尹副留守北都，卒赠秘书监。其大王父迢，以都官郎为岭南军司马，卒赠同州刺史。王考夏卿以太子少保卒赠左仆射，仆射娶裴氏皋女。皋为给事中，皋父宰相耀卿。夫人于仆射为季女，爱之，选婿得今御史河南元稹。稹时始以选校书秘书省中，其后遂以能直言策第一，拜左拾遗，果直言失官；又起为御史，举职无所顾。夫人固前受教于贤父母，得其良夫，又及教于先姑氏，率所事所言皆从仪法。年二十七，以元和四年七月九日卒。卒三月，得其年之十月十三日葬咸阳，从先舅姑兆。铭曰：

　　诗歌《硕人》，爰叙宗亲。女子之事，有以荣身。夫人之先，累公累卿。有赫外祖，相我唐明。归逢其良，夫夫妇妇。独不与年，而卒以夭。实生五子，一女之存。铭于好辞，以永其闻。

　　站在葬礼上的白居易，心里一直在犯嘀咕：怪不得元稹没有让自己主持葬礼（这不符合他俩的关系），并对葬礼所邀嘉宾的名单遮遮掩掩，原来是他早已经在暗中与韩愈言归于好了。相互之间最看不惯对方的两个人忽然化敌为友,这令白居易百思不得其解。元稹在葬礼上的表现(很像在表演)也叫白居易开了眼,这位使蜀一趟便与著名诗妓薛涛闹出绯闻的监察御史,此刻泣不成声,数度哽咽地念了两组悼亡诗:

遣悲怀三首

其一

谢公最小偏怜女,自嫁黔娄百事乖。
顾我无衣搜荩箧,泥他沽酒拔金钗。
野蔬充膳甘长藿,落叶添薪仰古槐。
今日俸钱过十万,与君营奠复营斋。

其二

昔日戏言身后意,今朝都到眼前来。
衣裳已施行看尽,针线犹存未忍开。
尚想旧情怜婢仆,也曾因梦送钱财。
诚知此恨人人有,贫贱夫妻百事哀。

其三

闲坐悲君亦自悲,百年都是几多时。
邓攸无子寻知命,潘岳悼亡犹费词。
同穴窅冥何所望,他生缘会更难期。
惟将终夜长开眼,报答平生未展眉。

## 离思五首

### 其一

自爱残妆晓镜中,环钗漫篸绿丝丛。
须臾日射胭脂颊,一朵红苏旋欲融。

### 其二

山泉散漫绕街流,万树桃花映小楼。
闲读道书慵未起,水晶帘下看梳头。

### 其三

红罗著压逐时新,吉了花纱嫩麴尘。
第一莫嫌材地弱,些些纰缦最宜人。

### 其四

曾经沧海难为水,除却巫山不是云。
取次花丛懒回顾,半缘修道半缘君。

### 其五

寻常百种花齐发,偏摘梨花与白人。
今日江头两三树,可怜和叶度残春。

两组感人肺腑的悼亡诗一念,全场一片哭声,白居易也哭了,他在哭自己沦丧的爱情!当此时,元稹刚刚完成一项惊人创举——亲手编完自己多达二十卷的个人诗集,但如果不加入这两组,他不可能抵达大众,名垂青史。当代名篇《连昌宫词》令其一跃而成这个时代的重要诗人,但是以上悼诗中的这两个名句:"诚知此恨人人有,贫贱夫妻百事哀""曾经沧海难为水,除却巫山不是云",却可以令他直通不朽!葬礼之上,诗人林立,只有其知音白居易最了解个中真相:他认识元稹以来,眼看其诗一路飙升,对其人反倒越来越没有把握,总之,他最好的朋友、异姓兄弟,与他多有不同,今后如何相处,这真的是一个不小的问题……

华夏人的风俗:红白喜事必有筵席。韦丛葬礼的筵席设在秦都咸阳城内,白居易心情沮丧,又不想与韩愈及其死党同席而坐,便以急盼见到妻女为由向元稹请辞了,一路打马回长安……

47

一回到新昌坊的家中,居易并未马上去探望妻女,而是直接闯入其母陈娟的房间,怒气冲冲地对她吼叫道:"阿母,你把居易这辈子都给毁了!"——从此,他再也没有对母亲说过一句话。

他的冷暴力将母亲逼走了,去了弟弟行简家住……陈娟诞三子,一子早早夭折,两子中第为官,均是诗文翘楚,再成功不过了——但是,这个成功只是满足了社会的要求,在情感、婚姻上,她是包办一切的"暴君",粗暴地扼杀了长子的爱情(还是依照社会的要求),终令原本最敬爱最信任她的儿子怨恨上了她,这是其个人的悲剧;而身为儿子的白居易,将爱情丧失的原因全都归罪其母,还是心智未成熟的表现,一时情绪用事气急败坏冷对其母尚且可以理解,但在此后一年半的时间,从未去相隔不到十里的宣平里看过母亲一次,并且破罐子破摔,放弃做一个好丈夫与好父亲,常常混迹酒楼,夜不归宿,与长安城中多位当红名妓传出绯闻……便是"巨婴"属性昭然若揭了!

一名40岁的"巨婴"!

非但没有不惑,实在大惑得紧!

当放纵来得无边无际,祸事便会找上门来了——元和六年(辛卯,公元811年)四月三日,陈娟在宣平里白行简家中坠井溺水身亡。悲剧发生在大白天,当时行简正在大明宫上班,家仆外出买菜,家中没有其他人,陈娟到底是疯症发作坠井而亡呢,还是精心策划跳井自杀?不得而知,她可是有文化会写字的,没有留下片言只语。居易、行简兄弟俩自然愿意理解成前者。陈娟享年57岁,她本来完全可以在这人世间停留更长的时间,像其亡夫临终所嘱:尽享儿孙之福……

依照唐律,白氏兄弟,即刻开始丁忧,停发薪俸、收入全无的两年七个月开始了。为节省生活成本,他们退租了长安城中的两处房子,举家退居下邽县义律乡紫兰村,并将母亲安葬于村外。长兄幼文年迈多病(已到花甲之年),未能奔丧。异姓兄弟元稹公务缠身,遣其侄男至下邽参加葬礼,其实是来送祭文和钱的——或者说,是来还钱的,他在丁忧时,白氏兄弟一直资助他。

回到下邽后,兄弟二人悔恨不迭:如果居易不气走母亲,母亲便是住在新昌坊,每日有儿媳欣怡陪伴,有孙女金銮子让其操心,就不会发生这样的人间悲剧!即便是到了宣平里,如果行简雇上一个婢女专门照料她(又不是雇不起),也会避免悲剧的发生!兄弟俩感叹阿母这辈子,糊里八涂听她自己父亲的,嫁给了自己的亲舅舅,婚姻实在太憋屈,在战乱之中含辛茹苦将他俩拉扯大,培养得如此成功,却未能多享他俩的福——不但没有享福,还受了不少气,母亲搬到宣平里跟行简住以后,又开始干预行简的择偶事宜,还是按照她中小吏出身的价值观——令儿子一定要娶王公贵戚或大官的女儿!行简是居易与湘灵一路苦恋的见证者,为了不让这样的悲剧在自己身上重演一遍,他在母亲干预时表现得总是很抗拒,也让母亲受了不少气……现在母亲人已不在了,对母亲在天之灵最好的告慰形式便是厚葬她,办一个像样的葬礼,兄弟俩做到了,虽说他们是这个村的外来户,在此只住过很短的时间,但是村人们都知道他们是白起的后人,白居易是大诗人,便纷纷出来为其母亲送葬……

办完母亲的丧事,兄弟俩意犹未尽,决定为祖父、父亲迁坟,于是在这一年的秋天,行简跑了一趟新郑,运回祖父白锽的遗骨;居易跑了一趟襄阳,运回父亲白季庚的遗骨,将其归葬于紫兰村外母亲坟堆的两边,形成白家的家族坟地……兄弟俩全情投入地做着这些事,他们自觉再不做点什么,自己真成母亲的不孝之子、白家的不肖子孙了!

祸不单行。

在白氏兄弟醉心于安抚死者亡灵之际,活着的人又出了问题:入冬后,居易爱女金銮子受了风寒,发起高烧,十日不退,一命呜呼,年仅两岁半!村里的人说,这个女娃子,是被她奶奶带走了,可见其奶冤屈大!回想起来,陈娟下葬之日,村人告诫过居易,说孩子太小,阳气弱,不要抱到坟上去,居易不听,固执己见。

于是,在这个冬天渭北平原萧瑟的风景中,下邽县义律乡紫兰村外的白家坟地上,又多了一座凄凉的小坟……

欣怡哭得昏死过去,被救过来;居易则一病不起,整个冬天都病卧在床……白家遭了大劫!

幸亏还有行简在!

大诗人真本色，在如此的大恸之中，被击倒在病榻上，他仍然有诗：

病中哭金銮子

岂料吾方病，翻悲汝不全。
卧惊从枕上，扶哭就灯前。
有女诚为累，无儿岂免怜。
病来才十日，养得已三年。
慈泪随声迸，悲肠遇物牵。
故衣犹架上，残药尚头边。
送出深村巷，看封小墓田。
莫言三里地，此别是终天。

而他所不知道的是：他在女儿一周岁所写的诗正被亲友们重新提及并在私底下诟病，认为是一首不详之作：

金銮子晬日

行年欲四十，有女曰金銮。
生来始周岁，学坐未能言。
惭非达者怀，未免俗情怜。
从此累身外，徒云慰目前。
若无夭折患，则有婚嫁牵。
使我归山计，应迟十五年。

"若无夭折患"——真是诗无禁忌，一语成谶啊！

但是没有人会告诉他——正是因为没有人会当面直言，古往今来的诗人们才会不断在这个语言陷阱中摔得四脚朝天、鼻青脸肿！

48

在北方漫长冬日的病榻上，白居易便不得不考虑今后两年多的生存问题，过去几年的为官生涯，他收入不少，花销也不小，家中并无积蓄。现在元稹派侄男送了些钱来，可以支撑到明年春天……元和七年（壬辰，公元812年）到来前，他的病好了，可以下床做点什么了……

无须提醒，兄弟俩没有忘记自己是这个时代的畅销书作者——这是他们最顺手的挣钱本事。本来，白居易就想学元稹，开始着手编自己的个人全集，现在不得不考虑如何能够像当年的《草》一般，再出一本畅销诗集——想要畅销，只能编精选集，最终，他将自己最流行或具有流行潜质的诗集合起来，总题为《长恨歌》，编定誊抄完毕，只身打马奔长安，亲手交给长安书肆的老板，又带回一些《草》的版税——《草》已经卖了21年，还能卖，既畅销又长销。

说起马，从长安归来他就决定卖掉他的马，买成耕牛，因为他准备租田耕种当农夫了。他从本村最大的地主、本地著名乡绅、村长刘德旺手中免费租了两亩地——这位刘乡绅从表面上看是敬重他这个大诗人，巴结他这个暂时处在丁忧期的京官，但实际上另有打算——这是后话，在此不表。不管怎样，当代最红的大诗人白居易准备开始种田当农夫了，如其在诗中所写：

归田三首·之二

种田意已决，决意复何如？

卖马买犊使，徒步归田庐。

迎春治耒耜，候雨辟菑畬。

策杖田头立，躬亲课仆夫。

吾闻老农言，为稼慎在初。

所施不卤莽，其报必有馀。

上求奉王税，下望备家储。

安得放慵惰，拱手而曳裾？

学农未为鄙，亲友勿笑余。

更待明年后，自拟执犁锄。

结果怎么样呢？他种上了田，当上了农夫；他在自己免费租来的两亩地里种上了菜，成为一名菜农。他在田间挥汗如雨地劳作，换来了自家餐桌的新鲜时蔬——这也非同小可，由于少时便随家到淮北符离避难，后来又去江南一带游学，他的饮食习惯与中原河南人、长安周边老秦人不同，不是一碗烩面、一张锅盔就可以打发的，他离不开蔬菜、鱼虾、大米……

对于自幼体弱多病的他来说，每天一定量的体力劳动，也是很有好处的。

另外，受惠的是创作体验，与大唐最底层农民的换位体验——他做盩厔县尉时，就是负责向农民征税的，现在终于体会到"上奉王税"的甘苦了！这个时期，他写了一批真切动人的农事诗。

这个时期，他还写了《效陶潜体诗十六首》——对了，他热爱的陶渊明才是他要种田做农夫的情结之源；还有便是苦其心志，劳其筋骨以赎罪的愿望，带来了这一番看似没有必要的小折腾。

行简便不与之在思想与行动上保持一致，他不事生产，关起门来，潜心写作，一举完成了一篇天下奇文——华夏历史上第一篇性学文献《天地阴阳交欢大乐赋》，另外还创作有传奇《三梦记》等，与其少年时代的成名作《李娃传》合编一集，取名曰《大唐奇文志》，寄付长安书肆印行上市，顿时畅销，风行一时。白母陈娟生此二子，居易乳名为"阿连"、行简乳名为"阿怜"，都取自母亲，寄托着母亲深切的怜爱；此二子都具超人文才——只不过，一个表现在大雅之堂的诗，一个表现在市井文化的文——都是对母亲在天之灵最大的告慰！他们的文才一定来自母系的基因，同父异母的白幼文便无此成就（大唐公务员哪一个不会写诗文）……

吊诡的是，天下奇文——华夏历史上第一篇性学文献《天地阴阳交欢大乐赋》竟是出自一个时年35岁的老童男之手，这充分说明：写作就是意淫，只是意淫，要是真淫，何须写作，要真淫了，元气必泄，写不好了。有趣的是：写完这篇震惊天下的大作，他便向自己的童男生涯挥手告别了，转身娶了本村村长、本地乡绅刘德旺之女，他是在自家母亲的葬礼上被刘村长盯上的。之后，刘村长常请白氏兄弟去他家喝酒吃饭，并且直奔主题——将其爱女隆重推到行简面前。此女清白的长相、出众的气质让行简春心大动，哥哥的教训令其铭记在心，他一定要将选择权牢牢抓在自己手中，哪怕母亲已经离世再也无人可以干涉他了，所以，他在心中生爱的时刻，表现得很热情、很积极……刘村长看在眼中，与长兄如父的白居易一商量，干脆让两个老大不小的孩子来了一个快速闪婚，噩耗连连的老白家也正待一件喜事冲冲晦气……

十个月后，刘德旺之女、白行简之妻诞下一名男婴——行简请哥哥居易赐名，居易想起女儿金銮子的早夭（是不是名字起得太贵压了命），这一次可别犯这种错误，他希望侄儿如乌龟般长寿，便赐名曰：龟郎——在世人眼中，从生物学、社会学的角度，都说明这是一桩好姻缘。白家有后了！白起的后人可以继续繁衍下去！居易视此侄儿如己出，为家族而高兴！

在这个村子里，有了大地主刘村长做靠山，白氏兄弟的日子都有保障了。更何况，远方的"浮梁大兄"没有忘记他们，欣怡娘家的"杨六兄弟"没有忘记他们，五湖四海的朋友也没有忘记他们，爱打算盘爱算账的山西"九毛九"白居易将寄钱送物者的名字一一记于家庭账本中：元稹、崔群、钱徽、李建……

生存根本不成问题——两本畅销书的版税每月一结，钱多到花不完，兄弟俩索性加盖了三间新房，让行简一家三口从刘德旺家搬出来，不要给人入赘的错觉……

两年七个月的时间一晃就过去了——回头看，最有脑子的是刘德旺，往常根本搭不上京官的茬儿，这回一把抓住丁忧期的白行简，将自己的爱女塞给他，而现在他的诏命来也：应剑南节度使之聘，到梓州做幕僚去。龟郎还小，行简非要携妻前往——可见他有多么离不开这个娶了不久的妻子，于是夫妻俩便将龟郎留给哥哥嫂嫂带——这便是侄儿变养子的由头。

物质上真没犯啥愁，只是丁忧到期未能及时补上官，让白居易不免焦虑起来，酒也喝得多了，还害了一场眼疾……

49

丁忧期满后的第一个月过去了，居易害着眼病，红着双眼，在田间伺候着他的多种蔬菜……

第二个月过去了,他一如既往继续写作,完成并改定《效陶潜体诗十六首》。

第三个月过去了,他收到张籍寄来的诗人孟郊的死讯并请他赴长安出席其葬礼,这位晚年坐在木轮椅上的老诗人,终于没有熬过这个酷热难耐的盛夏,撒手人寰,享年64岁。由于孟郊是韩愈的挚友、坚定不移的死党,以白居易之为人处世原则,不会去出席他的葬礼——他对李白拒不出席孟浩然葬礼的做法,原本就十分欣赏!尽管他明明知道,孟郊葬礼肯定阵仗不会小,必是一个达官贵人、文人雅士聚集的社交场所,去了会遇到不少熟识的宦友、诗友,可以借机打探一下:到底是什么原因令他丁忧期满补不上官?即便不主动打探原因,不主动找人帮忙,他只要一出现便是一大焦点,是对大明宫最高权力机构一个不小的提醒……但是,生性爱竹的他耿直的一面在这时占据了上风:老子不去,爱咋咋!他对同时代这位优秀的同行远远地祭奠,是轻轻吟诵了一遍《游子吟》:

> 慈母手中线,游子身上衣。
> 临行密密缝,意恐迟迟归。
> 谁言寸草心,报得三春晖。

作为同行,他在心中坦承:这是迄今为止读到的最好的颂母诗!仅凭此诗,孟郊先生就可以万古不朽了!吟诵此诗时,他心中想的是自己的母亲,眼泪便从他眼病刚愈的眼中流了出来——他对自己眼疾的认识正在于:多情、善感,泪多所致!

第四个月过去了，右拾遗、翰林学士李建与宫廷画家李放来访，李建给他送来一匹马，他没有接受，因为此前，他已经接受过李建的钱物，救急不救贫，马并非生活的必需品。李建对朝廷内幕的指点，令其茅塞顿开：他暂时离开的这三年，正是李吉甫专权和阉党横行的高涨期，他之离开，绝非坏事，至少可以避开凶险……现在，明摆着，不让他补官回朝，一定是这两股势力在作祟，至于其弟行简不受影响，外放赴蜀任职，是因其不够分量，未成"牛李党争"的砝码，白居易则不同了——名大不见得是件好事，有时候还会绊住自己……李建所言，居易再想不通，但等到李建回朝，迅速被贬为詹事府司直，居易便没有什么想不通的了！这叫现身说法！白、李饮茶交谈时，宫廷画师李放坐在一旁为白画写真——他是带着任务来的：长安西市红楼，要拿白居易当屏风人物——这位用自己的诗养育了无数歌妓，是她们的大恩人……画师还奉上一个鼓鼓囊囊的钱袋，算是买下了大诗人的肖像权，居易当场为宫廷画家为他画的写真题诗一首：

　　　　自题写真
　　我貌不自识，李放写我真。
　　静观神与骨，合是山中人。
　　蒲柳质易朽，麋鹿心难驯。
　　何事赤墀上，五年为侍臣。
　　况多刚狷性，难与世同尘。
　　不惟非贵相，但恐生祸因。
　　宜当早罢去，收取云泉身。

从此，他再也不需天天地等待了，权当把这丁忧个没完的日子当成自己提前开始的隐居生活：种菜、写作、弹琴、饮酒、喝茶、游玩、陪妻子、带侄子……

斯年冬，在他快要把这皇上和朝廷忘到爪哇国去的时候，诏命到：授左赞善大夫，属太子东宫"掌侍从"文官——不论此官多么无权，不论白居易自己多么瞧不上，他总算告别下邽重返长安回到大明宫——回到他孜孜以求的仕途上去了。

## 50

当朝皇帝李纯是个有为之君、"中兴之帝"，在政治上颇懂得平衡之术，他当然没有忘记白居易，他忘了谁也不会忘记白居易——只不过，他将白居易仅仅当作一盘大棋中的一枚棋子罢了。当他越来越感到朝中宦官与旧官僚的势力过大，对自己的绝对威权带来挑战时，便有了加强对立方——进士集团的想法：白居易迟至冬天回朝，充当了来年报春鸟的角色。新年一到，远方的进士们奉诏归来：正月元稹，二月柳宗元、刘禹锡，后两位遭贬的"永贞党人"离开长安已经超过十年了！他们的归来与当朝李绛、崔群、裴度、韦贯之、权德舆、韩愈、张籍、白居易等速速抱成一团，加强了进士集团的力量。

李纯为归来的白居易安排的职位也是精心考量的，他不想让他的崇诗的国家的第一诗人随时成为权力斗争的牺牲品，他希望白居易长留长安与之相伴，就像明皇当年对李白的需要，这是"中兴之帝"自我装点的需要。于是，他便将其放到太子身边去调教太子——左赞善大夫就是干这个的。但是君臣关系，不是朋友关系，李不能向白坦露他的心机——看白自己的悟性了，但是白显然没有领悟到当朝皇帝的善意，很随意地就写了几首发牢骚的诗："一种共君官职冷，不如犹得日高眠"（《答李绅》）；"白花冷澹无人爱，亦占芳名道牡丹。应似东宫白赞善，被人还唤作朝官"（《白牡丹》）……自有阉党无处不在的耳目打小报告，皇帝读其诗，一笑置之。

照理说，对于常打算盘常算账的太原人白居易来说，他这次出任左赞善大夫，是连升六级，官阶五品，薪俸大增……刚刚结束三年半乡居农耕生活的他，应该心满意足、沾沾自喜才对，怎么还牢骚满腹呢？说明他还是想做事，还是想效力，还是想尽忠，还是想建功，这一年他四十有三，还是没有不惑！

对白居易来说，最快乐的时刻是与诗友们的重逢与欢聚，春光明媚，春情荡漾，他与元稹、刘禹锡、张籍又重返西市红楼斗诗数次，后又加入了李绅、柳宗元、杨汝士……他还是与韩愈不玩，他还是与元稹最好——一别四年，四年之中，元稹续弦安氏，安氏死了，又为她留下一个闺女……某个春日，这一行人骑马赴终南山游玩了一天，返程中从皇子坡到昭国里，元、白骑在马上对诗，二十里路吟诗未歇，令同行者羡煞：如此之才华！如此之友谊！皆叹谁言中唐无诗人，我辈不比李杜逊！

或许是冥冥之中有某种神秘的力量在操控，中唐诗人必须抓住每一次在长安欢聚的时光，聚一次便少一次，下一次齐聚不知还要等多少年，因为山雨欲来风满楼，如此良辰美景总会被雨打风吹去！

# 贬

第三卷

# 第十一章　不死会相逢

## 51

在长安，就在归来的进士们狂欢之际，背后的刀子已经捅过来了！

最先挨刀的是骨头最硬的两位"永贞党人"。

谁叫他们是诗人呢？诗惹祸！

柳宗元新作曰："十一年前南渡客，四千里外北归人。"

刘禹锡新作曰："玄都观里桃千树，尽是刘郎去后栽。"

被阉党耳目向皇帝密报为："语涉讥讽，执政不悦。"

宰相武元衡，又以刘禹锡被贬朗州时所作《华佗论》一文为罪证，上奏皇帝，称刘将永贞案首犯王叔文比作神医华佗，将当今皇帝比作暴君曹操，还将此文到处散发传播，一直在为王鸣冤，一心想要翻案。

这下完了！这把刀递得恰到好处："王叔文"三个字是李纯心中不能触碰的红线，因其在即位之前，目睹了父亲顺宗病重，这个罪该万死的王叔文将病父随意摆布充当傀儡，当时便暗下决心，即位后定当报仇雪恨。十一年过去了，他原本以为其党羽刘柳之徒已经改造好了，准备好好报效朝廷了，不料却给脸不要脸，回到长安才几天，狐狸的尾巴就露出来了，还对当年的定案耿耿于怀，且怨声载道，那就休怪朕对尔等不客气了！

在这个崇诗的王国里，朝廷自诩从未有人因写诗而掉过脑袋，但整治诗人的方法多着呢，对于官员诗人屡试不爽的方法就是一个字——贬！

三月十四日，所有回朝官员入宫听旨，等待任命，皇帝李纯没有露面，宰相武元衡宣读诏书：

> 原永州司马柳宗元，转除柳州刺史。
> 原朗州司马刘禹锡，转除播州刺史。
> ……

杀鸡儆猴，殿下鸦雀无声，白居易原本就听到一点风声，并不完全感到意外，他甚至还有这样的感觉：司马提刺史，说明圣上心中有恨，但也下不去狠手，本质上还是明君。

接下来，华夏贬官史上最动人的一幕上演了。散朝之后，柳宗元即刻面见中丞裴度诚恳提出：愿与刘禹锡交换官位，因刘母年事已高，体弱多病，柳州虽比播州路途遥远，但地势平缓、交通便利，播州路险，往来不便，这一去，这对母子岂不成了生死诀别？

裴度立刻上奏天子，李纯重孝，当即改命：刘任播州刺史，柳任柳州刺史。

从此以后，"刘柳"二字，更成典故，不仅是在说诗之地位，也是在说人之情义！

诏命一下，任命官员必须在当天之内启程离开长安，于是在灞陵的柳丝下，出现了"元白"送"刘柳"，韩愈作见证的经典画面——这幅画面便是中唐诗杰的精华浓缩！

## 52

元稹回到长安后一直住在白居易在昭国里租住的宅院里，哥俩朝夕相处，不亦乐乎——他俩在一起，就着黄连也能下酒，被五花大绑也能对诗！虽然刚刚当了一把"猴子"，看着皇帝当众把鸡给杀了，但议论起元稹的归宿，竟还是乐观的：因为元稹不是永世不得翻身的"永贞党人"，回来之后也未写牢骚诗，再说以前犯的错，也已经受到了处罚——被贬过了，同罪不能重罚，所以这次既然被诏回，就算在长安留不下来，最起码也可以留在京兆各县任职（譬如白居易当过县尉的盩厔），再不济回老家——东都洛阳去……所以，十天后，三月二十五日，他俩一起入宫上殿时，还带着乐观的希望！

不祥之感产生于皇帝李纯又没露面，宰相武元衡冰冷地宣读诏书：

原唐州从事元稹，转除通州司马。
原刑部侍郎杨汝士，转除万年县尉。
……

站在殿下的白居易听了,犹如天打雷劈,双腿不由自主地软了一下:他最好的朋友、他的异姓兄弟和大舅子一起双双遭贬,并且贬得很惨——比"刘柳"这两个永世不得翻身的"永贞党人"还要凄惨:首先,司马、县尉低于刺史;其次,通州、万年并不比永州、朗州近多少好多少,都属于大唐帝国辽阔版图上那些鸟不拉屎的地方!"鸡"不是已经被杀了吗?怎么开始杀"猴子"了?而且杀得更狠!一时之间,白居易想不明白,大舅子杨汝士遭贬,更令其如坠五里云雾:杨出身于贵族名门,属于旧官僚阶级,只不过自己考中进士并爱跟进士集团(诗人集团)一起玩诗而已,怎么也被一锅端了?更让他看不懂的是:这边的人,也不是个个都下场凄惨,李绛虽被罢了相,但还落得个礼部尚书,李绅反被升为国子监助教……

朝中政治的一把蒿草让当事人一时难以理清,案板上的肉怎么知道厨子的刀为何要落到自己的头上呢?他们现在必须要做的是当天离开长安,一起回到昭国里白府,吃了白夫人杨欣怡亲手做的一碗臊子面之后,元稹、杨汝士便上路了,送行者是白居易和现任校书郎的杨虞卿,后者将前者送到城外蒲池村住下来,连喝三天饯行酒,竟然还有心斗把诗,有些悲壮地斗诗,终别于沣水西岸桥头……

元、杨上路,白、杨返城。

将入长安城东门——长乐门时,居易酒醒诗来,口占一首:

醉后却寄元九

蒲池村里匆匆别,沣水桥边兀兀回。
行到城门残酒醒,万重离恨一时来。

虞卿听罢,悄然抹泪。

回到府中,居易先将此诗诉诸笔墨,书写中灵感又来,再添一首:

重　寄
萧散弓惊雁,分飞剑化龙。
悠悠天地内,不死会相逢。

## 53

在一场小清洗之后,与幸存于朝廷中的进士集团的同僚见面一合计,便不难参透元稹倒霉的根源——往前倒一倒:五年前,他经华阴驿,与宦官争厅遭殴打,理未得申,被贬江陵,白居易三状论救,皇帝始终不听。在这件事上,太监们事中、事后都占便宜,可还是难解其心头之恨。此事对大家刺激不小:同一宗罪,贬过了还可以再贬,欲加其罪,何患无辞,何须有词?!

很明显,在当前权力斗争的大背景下,得罪阉党比得罪旧官僚集团更可怕,并且这两股势力是经常捆绑在一起的,狼狈为奸,无恶不作。在议论杨汝士因何倒霉时,李绅指出:怎么总感觉是冲着白居易来的?谁跟白关系近这次就专门整治谁!——对此观点,居易本人不以为然,中小吏家庭出身,自幼漂泊南方吃过不少苦的他,从来不会虚妄地高看自己,他承认自己诗名是大——当代最大,但是作为朝廷政治棋盘上的一枚棋子,他还远远不够分量,他担任翰林学士、左拾遗时,是上过很多对阉党和旧官僚不利的奏疏,但都是大公无私、秉公执法、公事公办,再说现在,他所担任的这个左赞善大夫实在是没啥权力,政治上对他们构不成威胁,他们还不至于对自己下手。

有时候,看低自己也会引火上身!

而大火忽然间烧了起来!

元和十年(乙未,公元815年)六月初三,不说是大唐帝国有史以来最黑暗的日子,但也是最黑暗的日子之一!右丞相武元衡、御史中丞裴度在凌晨出府进宫上朝的路上分别被两路刺客刺杀,武元衡被割去了脑袋,裴度被刺成重伤……刺客嚣张至极,公然留下字条:谁敢追捕他们,必将拿谁开刀!

此为国耻!天子之耻!朝廷之耻!众臣之耻!

身为众臣之一的白居易的反应再正常不过了,当即上疏请急捕刺客,疏中多有激愤之词:"盗杀右丞相于通衢中,迸血髓,磔发肉,所不忍道。合朝震栗,不知所云。仆以为书籍以来,未有此事,国辱臣死,此其时耶,苟有所见,虽畎亩皂隶之臣,不当默默,况在班列,而能胜其痛愤耶。"……但是他违规了:东宫官不应先谏官言事——他做这件事时,不是不知道自己违规了,但是国家已经出了这么大的事,义愤填膺之下,他奋不顾身,以为这点违规之举恐怕不会有人追究——也不应该有人追究!

大事面前,不拘小节,此为诗人本色,在这件事上,他无愧于当世第一诗人的称号!

如果他是小人,恐怕会幸灾乐祸,因为两位遇刺重臣中那个被割去脑袋惨死的是旧官僚集团的代表,刚刚参与了对进士集团的小清洗,其双手上沾满了他的朋友们的血泪,此仇尚且未报,苍天有眼,让歹徒出手……在朝中,在殿下,进士集团里,如此幸灾乐祸者大有人在,尽管进士集团的代表裴度也受了重伤!这些人等，自然按下不奏，眼睁睁看着白居易犯傻，想阻止者已经来不及了……

最可怕的还是敌对势力中的小人，宰相张弘靖、韦贯之当庭指出白居易上疏属于违规行为，当朝皇帝是不会容忍明知故犯的低级错误的，也是会给两位宰相面子的，于是当场便将越权违规上疏的左赞善大夫白居易贬为江州刺史！墙倒众人推，阉党趁机诬言白母是看花坠井而死，白居易却作赏花、新井诗，甚伤名教。阉党暗中唆使中书舍人王涯据此上疏，言白居易不尊礼教、有母不孝、有伤风化、不宜治郡——此计也狠，平时围着皇帝转，阉党深知当朝天子最恨不孝之人，果不其然，皇帝追诏将白居易再贬为江州司马。

白居易爱花，赏花诗写得颇多（终成华夏诗歌史上最多），构成其一大系列，他到死都不知道是哪一首给他惹的祸；至于《新井》诗，跟母亲之死毫无关系，是在盩厔做县尉时所作，当时母亲尚且健在……真是君让臣贬，臣不得不贬！

在大一统的帝国之中，朝廷的风气很容易散播到民间，阉党将白居易构陷为不孝子，坊间便开始流传白居易写诗逼死关盼盼的那个假得不能再假的轶事，无非是想说：白不善，是一根杀人的毒笔头！

朝野公认的当世第一诗人在官民之中不遭人羡慕嫉妒恨是不可能的！

54

世态炎凉。

一瞬之间被贬为江州司马的白居易独自步出大明宫时，只有去年已被贬为詹事府司直的李建追来相送——唐律严苛，被贬官员必须在下诏当日离开长安，途中可以慢行，国都必须快离。

白、李二人打马回到昭国里白府，白居易向夫人杨欣怡传达这一晴天霹雳般的噩耗并当即做出如下安排：自己即刻出城东去南下远赴江州，夫人携侄儿兼养子白龟郎退租昭国里这套宅院，回杨家老宅去住，等他在江州安顿好了，再考虑下一步。总之，他不想让妻儿跟着自己受苦。

杨欣怡坚决不同意，让他在城外选个落脚处等她，她打算将孩子托养在娘家，自己随夫下江州。天底下哪有妻不随夫的道理？尤其是在丈夫遭劫落难之时！

白居易想了想，想起一个地方——商县船帮会馆——那个地方他去过，那个会馆他住过，留下了美好的印象，他与妻子当即相约在那里汇合。

进门饺子出门面，与三个月前送哥哥与元稹时一样，欣怡做了她最拿手的臊子面，但是丈夫没有胃口，吃了两筷子便撂下了，他开始收拾行囊准备上路。

然后，便出发了。从东门出城前，白居易还顺路去了一趟长安书肆，跟老板结了《长恨歌》这一阶段的版税，家中的存款他都留给妻儿了，这些钱既可做路上的盘缠也可以保障他在江州安家。

白、李二人两马向东疾驰四十里地到浐水，二人准备找驿站歇一宿喝顿大酒，后面一匹追马也到了——是白居易的内从弟杨虞卿。身为校书郎的杨虞卿，散朝后便寻找从姐夫白居易，未见其影，当即打马赶到昭国里白府，见到欣怡娘儿俩后，又打马追赶来送行，给一脚不慎跌入人生谷底的白居易增添了一点慰藉：往常他以老好人自居，人缘好称著于世，有啥用啊？落魄倒霉之时，全都避之不及，好像他得了麻风病……

三人找驿站住下，在附近酒肆痛饮一夜，斗诗多轮。翌日，白居易与李、杨二人分手，独自上路。

# 第十二章　此中是汝家

## 55

贬黜路迢迢。

自浐水边与李建、杨虞卿二友分别后，独自上路的白居易行得很慢，当天黄昏才抵达此行首站——蓝田。

这是一座建在塬上的县城，他下榻于县城边上的蓝桥驿站，喂了马，就地用饭。蓝田县令、县尉他都认识——只是认识，并非朋友，他不想叨扰他们，一夕之间，他已经变成了人见人躲的"麻风病人"，切莫随兴给他人制造难堪，切莫轻易给自己带来尴尬。想起他们这一代中唐诗人热衷传说的李白当年流放夜郎，流放之路是由沿途官员的酒宴铺过去的，铺成一条辉煌的流放之路，这便是盛唐诗王的待遇，如今他俨然成了中兴诗王，如果主动招呼沿途官员，会得到这份厚待吗？不知道，他没有把握，关键是：他与李白的性格是如此不同，他压根儿不会主动去叨扰他们……或许还有一个挺大的因素：李白无官一身轻，反而放得开，因他不是官，不在官场混，沿途官员反而无所顾忌，与之一起性情……

而他则不同了。

昨夜宿醉，这个白天，行起路来，便有点无精打采。店小二问其是否要酒，他很坚决地说不要，只要了一碗本地特产——蓝田饸饹，荞麦面做的面条，十分好吃，比白面做的面条更筋道，还有一点点好吃的苦味——他点了一碗凉拌饸饹，一口气哧溜下去，感觉热燥燥的胃里舒服多了……

吃完饭，天已黑，这是六月，屋里燥热，他出到门外，到河边驿亭中小坐，吹吹晚风……驿亭的廊柱上有密密麻麻的题诗，他的第一反应是：看看有没有自己的？一看果然有，再看有没有朋友的，他一下惊喜起来，此处竟然有元稹的真迹（其真迹他一眼便可辨出）：

留呈梦得、子厚、致用

泉溜才通疑夜磬，烧烟馀暖有春泥。

千层玉帐铺松盖，五出银区印虎蹄。

暗落金乌山渐黑，深埋粉堞路浑迷。

心如魏阙无多地，十二琼楼百里西。

"梦得"是刘禹锡的字，"子厚"是柳宗元的字，他从诗中意气风发的豪情推测本诗应当题于二月他奉诏回长安路经此地时。那个时候，元稹已经得知"刘柳"先他一步回了长安。如今四个月过去,他们仨又被贬得远远的,而自己加入了贬官的行列,一想到此,白居易悲从中来,越发思念远方的朋友,他回到店里取来笔墨,在廊柱上题诗一首:

蓝桥驿见元九诗

蓝桥春雪君归日,秦岭秋风我去时。

每到驿亭先下马,循墙绕柱觅君诗。

本诗耐人寻味,元稹归来的二月,未必下过春雪;当前正值盛夏,他却写成秋风——由此可见,诗之意象,实为心象!

他这么一写,迢迢贬黜路,倒有了一份乐趣:"循墙绕柱觅君诗"——觅朋友、觅自己、题新诗!

李白的流放路,是一路喝过去的,而他的贬黜路,要一路写过去!

56

三日后,白居易打马行至商县,下榻于丹江之畔的船帮会馆——这是他先前来过的、与妻杨欣怡约定的汇合地点。

一到会馆,他便看到了会馆里头的一座秦腔戏台,戏台四周建有回廊,回廊壁上,尽是题诗,他放下行囊,仔细看了一圈:有"元白",有"刘柳",有"韩孟",当然,还有"李杜""二王"……令其惊讶的是竟然有多幅自题真迹,这是秦时商鞅领地,南来北往,并不荒僻……好吧,那我也来添一幅吧,居易从门房取来笔墨,将路上打的一个腹稿题写于壁上空白之处:

**初贬官过望秦岭**

草草辞家忧后事,迟迟去国问前途。

望秦岭上回头立,无限秋风吹白须。

其字不打眼,很稀松平常。诗题见出唐人作风:贬官这事儿,没啥光荣的,也没啥可耻的,该写就写,照写不误,甚至可以上诗题!离开长安便是"去国"——可见长安在其心头之重。又将盛夏写成"秋风"——可见其眼中萧瑟、心中寒冷。"白须"是实打实的,他已经忘记了自己白发初生是哪一年的事,但是须在哪年开始白他却永生不会忘记:就是母亲、爱女相继离世的四年前……

题完诗,他便住了下来。依然不找当地官员——尽管他也认识,但是几日过去,他的情绪却不像他预想的那样好,明明是他不主动找人家,心中却怪人家没反应——他以为他白居易在这县城最豪华最热闹的会馆把诗一题,他莅临本县的风声自然会传到县令、县尉的耳朵里去,他们就会乐颠乐颠地跑出来招待他。几天过去却连影子都不见,可见人家还是不想沾他这个"麻风病人"……如此一想,他的情绪便坏了,但是坏情绪却带来了意外的好东西:

**自　诲**

乐天乐天,来与汝言。汝宜拳拳,终身行焉。物有万类,锢人如锁。事有万感,爇人如火。万类递来,锁汝形骸。使汝未老,形枯如柴。万感递至,火汝心怀。使汝未死,心化为灰。乐天乐天,可不大哀,汝胡不惩往而念来。

人生百岁七十稀,设使与汝七十期。汝今年已四十四,

> 却后二十六年能几时。汝不思二十五六年来事，
> 疾速倏忽如一寐。往日来日皆瞢然，胡为自苦于其间。
> 乐天乐天，可不大哀。而今而后，汝宜饥而食，渴而饮；
> 昼而兴，夜而寝；无浪喜，无妄忧；病则卧，死则休。
> 此中是汝家，此中是汝乡，汝何舍此而去，自取其遑遑。
> 遑遑兮欲安往哉，乐天乐天归去来。

非文、非赋、非诗；亦文、亦赋、亦诗。

总之，就是一个明明白白、通通透透、自由自在的好东西。

旁人只见其用语浅白，却未见其写得灵活——他的语言王国的疆域比任何人都辽阔！

他用伏案写作或就近小游来疗愈其心，数日之后，忽然顿悟：刨根究底，他是等欣怡等得心焦——他无脸在其芳名前加上"爱妻"二字，他"爱"吗？其生有幸，他曾轰轰烈烈地"爱"过一场，他知道他对欣怡不能叫"爱"。他们的婚姻基础并不好，她是他一盘大棋中的一枚棋子而已，他只是她仰慕的一个体面的对象罢了，他们的结合更像是两个被社会剩下的大男大女的明智接受。婚后，女儿的出生，加深了二人的情感，但湘灵的消失以及由此带来的居易的放纵，又增加了裂隙。白母去世后在下邽的丁忧期，反倒是夫妻俩相处最好的阶段，眼看着重返长安之后好日子来了，他又坠入仕途的陷阱之中——这与丁忧不一样，丁忧是经济上的谷底，但谁都知道是暂时的、有期的；贬黜却是遥遥无期的，是在政治上犯了错而遭受的一种行政处罚，会造成当事者及其亲属思想上一定的压力……假如欣怡没有如约赶来，再追加一封离婚信——唐朝发展到中段儿，主要是经过武周时代之后，妇女地位

大提高，不再光有夫休妻——妇女提出离婚的现象已在社会上屡见不鲜，杨欣怡本来就是长安城中名门贵族的大小姐，虽然不识字，但是在文化意识上、思想开放程度上不输于任何知识女性，从理论上说，她是完全干得出来的，而他与杨汝士、杨虞卿的私人友谊，非但不会让她心有顾虑，反而会更加有恃无恐……

一个男人在自己政治生涯的谷底，对自己的婚姻也失去了信心，地球上独一无二的诗歌王国中的第一诗人尚且如此。

所以，当他在又一个残阳如血的黄昏，坐在船帮会馆大门口的台阶上，看到从刚刚抵达的最后一辆驿马车上下来一个衣着光鲜的贵妇——看着那么眼熟，定住自己提前花掉的眼睛仔细一看：啊哈！那不是我老婆嘛！老白顿时泪如雨下……正是在这一刻里，他在心中发誓：以后的岁月不论怎样飞黄腾达，他也绝不抛弃妻子欣怡，绝不抛弃自己的这段婚姻！

"娘子！"他冲她叫了一声，哽咽了。

"夫君！"欣怡应了一声，然后冲着车上叫道，"龟郎！快下来！大大等着你呢！"

只见一个两岁男童从驿马车上蹦了下来，朝着大门口跑来，嘴里喊着："大大！大大！"

居易站了起来，迎着他向前跑去，一把将他抱了起来，紧紧抱在怀里……

由于白行简携妻入蜀任职之故，白龟郎一生下来就是由伯父、伯母带着的，居易、欣怡对其视若己出、宠爱有加，与其说是侄儿，莫若说是养子……杨欣怡最终决定，带着龟郎上路，这真是一个太过聪明的女人，她知道自己的丈夫在人生的低潮中最想要什么！

一家三口，团圆于商县船帮会馆，面对前方未知的漫漫苦旅，已经无所畏惧。

57

一家三口,启程南行。自商州到襄阳,妻儿乘坐驿马车,居易骑马随行,襄阳是其父白季庚最后任职所在地,也是其终殁之地,父亲的坟已经被他于四年前迁至下邽,带妻儿拜谒了一下他的故居,行期紧张,便没有去拜他在青年时代拜过的大诗人孟浩然于鹿门山中的墓。随后,从襄阳登船,走汉江水路,经郢州、荆州、鄂州,沿长江一路向东……

在船头,望着大江两岸绮丽的风光,居易对妻发誓道:"娘子,我会尽早把你们娘儿俩带回长安!"

作为丈夫,他应该发下此誓——因为欣怡是长安的女儿,从小到大,除了跟随父母去过一次东都洛阳,哪里都没有到过,自打嫁给他,先是到了距长安百里以外的下邽乡下,现在又要前往前方——一个鸟不拉屎的地方,在长安人的概念中,普天之下,只有长安是天堂,其他地方,都是地狱……或许正因为见得少,欣怡倒是满眼新鲜、满怀兴奋:"跟随夫君,带着龟郎,就算不回长安又怎的?浪迹天涯又何妨?"

这话又说得居易想落泪了:是的,龟郎让夫妻俩底气大增!大难临头时,把龟郎撇下,所谓"不要跟着受苦",那是将龟郎还当侄儿的做法,带着他一起上路,大人享福他享福,大人吃苦他吃苦,这才是对待儿子的做法——这件事,欣怡办到居易心坎里去了,让一个老爷们儿获得了最大的底气:老子就是死在外面又何妨?老子有个儿子,子子孙孙,无穷尽也!

夫妻俩各自为南行带足了资金，确保一家三口这一路上都是最好的待遇，把原本以为的漫漫苦旅变成了吃吃喝喝、玩玩乐乐的家庭游……

八月中——自长安出发两个月后，终于到达江州浔阳。

或许是这一路上，他不理官、官不理他之故，居易对于自己抵达贬所将要出现的盛况毫无思想准备，还是两岁的龟郎眼尖，先发现："大大！大大！有船！红船！"

他循声望去，只见船行前方的水道上，出现了一条红色官船，待到两船交错时，那船上有人冲这船喊道："白居易——白大人在船上无？"

连问三声。

居易这才举手回答："在！在下白居易！"

于是那船调转方向，保驾护航般跟随行船直抵湓口码头。

等到居易一家三口下船时，红色官船上的一干人已经先行下岸，迎了上来，为首者与居易年纪相仿，行拱手礼道："江州刺史崔能不才，率州衙同僚恭迎白居易大人莅临江州——此为江州之大幸！"

话音未落，鼓乐大作——一支民乐队也等在码头上。

"感谢崔大人及诸位同僚！"居易拱手回礼道，"居易有些不解，诸位如何得知在下会在今日抵达浔阳？"

崔能解释道："接到朝廷奏报后，我等仔细算过白大人的行期，想来就是这几天到，前天与昨天，已经来过两趟了，就算是为今日演习了……"

居易听罢，心有感动，心想：李谪仙当年，流放途中所经之地，所受款待也莫过如此吧？

之后,这一干人移步庾亮楼,为新任的江州司马的洗尘宴就设在那里。

## 58

庾亮楼中,洗尘宴上,酒过三巡,江州刺史崔能对新到任的江州司马白居易开始抖落自己不凡的家世,他先发问道:"白大人,您可知初唐诗人、时称'文章四友'之一的崔融否?"

居易笑而不答,只是脱口吟诵道:"斑鬓今为别,红颜昨共游。年年春不待,处处酒相留……"

"驻马西桥上,回车南陌头。故人从此隔,风月坐悠悠。"崔能接吟道。

"好诗!好诗啊!"居易由衷赞叹道,"崔融前辈之《留别杜审言并呈洛中旧游》,十分契合我此行的心情!"

崔能听罢,竟潸然落泪:"国朝'诗王',果然名不虚传,渊博如斯!"

居易自谦道:"居易自幼习诗,前辈诗人佳作,无不仔细揣摩,暗中效仿,崔融前辈与杜审言等合称'文章四友',诗文俱佳,享誉朝野,居易焉能不知?"

"君王行出将,书记远从征。祖帐连河阙,军麾动洛城……"崔能又开口吟道。

"旌旃朝朔气,笳吹夜边声。坐觉烟尘扫,秋风古北平。"居易接吟道。

"好诗!好诗啊!"崔能赞叹道,"大诗人杜审言之《送崔融》。"

"难怪其嫡孙杜子美有诗云:'诗是吾家事',三代人出二诗杰,且都是大家,人家说得起!"

"惭愧!实是惭愧!"

"崔大人何出此言?"

"人家杜家是三代出二诗杰,我们崔家是四代只出这一杰,只怪子孙无才无能。"

"哦,崔大人是崔融前辈的……"

"曾孙,实在惭愧!"

居易这才心下了然,自己一上酒桌便落入了一位世家子弟的套路:俺祖上牛过!果不其然,对方又提及他在先秦的祖上白起,他就顺其一通说呗(虽然今日之白居易已经不用先人白起帮衬),宾主双方好一通相互恭维!不过,他也从中收到了一个积极的信号:对方崇诗!看重诗人!酒又过三巡之后,对方有一番实实在在又话中有料的表白——

"白大人,你来江州,实是江州之幸,但我估计任期不会太长,区区司马一职,实是辱没了大人,但好在是个闲差,大人可以专事诗文,倘若能在江州期间,如你在盩厔做县尉时那般,写出《长恨歌》那般振聋发聩的千古名作,那才真是江州之大幸!也是我与在座同僚的最大政绩!"

这是遭贬两个月来,居易头一回开怀畅饮,虽然有些上头,但是这一番话他却听得一清二楚……他听明白了!他会这么做!

洗尘宴最后一道题,是一众地方官员提议国朝"诗王"白大诗人当堂为江州赋诗一首,居易慨然应允,稍微思忖,脱口而出:

初到江州

浔阳欲到思无穷,庾亮楼南湓口东。

树木凋疏山雨后,人家低湿水烟中。

菰蒋喂马行无力,芦荻编房卧有风。

遥见朱轮来出郭,相迎劳动使君公。

## 59

崔能已经提前在浔阳城中心地带看好了一处宅院,将白居易一家安顿进去,租金低廉得令居易咋舌,在长安,居不易;在浔阳,居大易!江州司马五品官,岁廪数百石,月俸四五万,应付日常开销用度,太过绰绰有余。这位没有到过太原的太原人,算盘珠子一打,心里边又平衡了。

待到翌日酒醒,昨夜洗尘宴上,崔能语重心长的最后一番话,他非但没有忘记,反倒领悟得更深。这位未遂的诗四代,却是成功的官四代,其官商一看就不低:很显然,崔对名扬四海的大诗人、虎落平阳的一介京官还是心有忌惮、处处提防的,怕其挑战自己一州刺史的权威,因而告诫他少管闲事,好生创作。自然,居易乐得如此,为官已逾十载的他也十分清楚,在司马的虚职上是很难有所作为的。

那就待在家里专事诗文吧——他对自己说。

这下,他总算有大块时间,像元稹在其为母丁忧时所做的那样,开始着手编辑自己的诗文总集,好在他在保存自己作品方面比同代和以往任何诗人都做得好,李诗"十之九丧"、杜诗"十之二存"、白诗十之九点九存——在这一点上,他堪称专业。自做选家,编辑己诗,他又有不同凡响之处,将其诗分为:讽喻诗、感伤诗、闲适诗、杂律诗四大类——这是诗歌分类学上的重大创见。真是做编辑他也是最好的。

这一年夏天,居易到江州不久,元稹的诗便到了:

闻乐天左降江州司马

残灯无焰影幢幢,此夕闻君谪九江。
垂死病中惊坐起,暗风吹雨入寒窗。

到此时,"元白对诗",已历数年,白这一贬,多了空闲,便加大了对诗的频率,到年底一结算,已经超过百首,可以单独成集了,他便暂时搁下编个人总集的工作,先将此集编出来,准备寄给长安书肆出版,凭"元白"之影响,此书一定会热销。书编成,他想为此集写篇序,一写便写大发了:

与元九书

月日,居易白。微之足下:自足下谪江陵至于今,凡枉赠答诗仅百篇。每诗来,或辱序,或辱书,冠于卷首,皆所以陈古今歌诗之义,且自叙为文因缘,与年月之远近也。仆既受足下诗,又谕足下此意,常欲承答来旨粗论歌诗大端,并自述为文之意,总为一书,致足下前。累岁已来,牵故少暇,间有容隙,或欲为之;又自思所陈,亦无出足下之见;临纸复罢者数四,卒不能成就其志,以至于今。

今俟罪浔阳,除盥栉食寝外无余事,因览足下去通州日所留新旧文二十六轴,开卷得意,忽如会面,心所蓄者,便欲快言,往往自疑,不知相去万里也。既而愤悱之气,思有所泄,遂追就前志,勉为此书,足下幸试为仆留意一省。

夫文，尚矣，三才各有文。天之文三光首之；地之文五材首之；人之文六经首之。就六经言，诗又首之。何者？圣人感人心而天下和平。感人心者，莫先乎情，莫始乎言，莫切乎声，莫深乎义。诗者，根情，苗言，华声，实义。上自圣贤，下至愚骏，微及豚鱼，幽及鬼神。群分而气同，形异而情一。未有声入而不应、情交而不感者。

圣人知其然，因其言，经之以六义；缘其声，纬之以五音。音有韵，义有类。韵协则言顺，言顺则声易入；类举则情见，情见则感易交。于是乎孕大含深，贯微洞密，上下通而一气泰，忧乐合而百志熙。五帝三皇所以直道而行、垂拱而理者，揭此以为大柄，决此以为大宝也。故闻"元首明，股肱良"之歌，则知虞道昌矣。闻五子洛汭之歌，则知夏政荒矣。言者无罪，闻者足诫，言者闻者莫不两尽其心焉。

洎周衰秦兴，采诗官废，上不以诗补察时政，下不以歌泄导人情。用至于谄成之风动，救失之道缺。于时六义始刓矣。国风变为骚辞，五言始于苏、李。诗骚皆不遇者，各系其志，发而为文。故河梁之句，止于伤别；泽畔之吟，归于怨思。彷徨抑郁，不暇及他耳。然去《诗》未远，梗概尚存。故兴离别则引双凫一雁为喻，讽君子小人则引香草恶鸟为比。虽义类不具，犹得风人之什二三焉。于时六义始缺矣。晋、宋已还，得者盖寡。以康乐之奥博，多溺于山水；以渊明之高古，偏放于田园。江、鲍之流，又狭于此。如梁鸿《五噫》之例者，百无一二。于时六义浸微矣！陵夷至于梁、陈间，率不过嘲风雪、弄花草而已。噫！风雪花草之物，三百篇中岂舍之乎？顾所用何如耳。设如"北风其凉"，假风以刺威虐也；"雨雪霏霏"，因雪以愍征役；"棠棣之华"，感华以讽兄弟；"采采芣苢"，美草以乐有子也。皆兴发于此而义归于彼。反是者，可乎哉！然则"余霞散成绮，澄江净如练"，"归花先委露，别叶乍辞风"之什，丽则丽矣，吾不知其所讽焉。故仆所谓嘲风雪、弄花草而已。于时六义尽去矣。

唐兴二百年，其间诗人不可胜数。所可举者，陈子昂有《感遇》诗二十首，鲍防《感兴》诗十五篇。又诗之豪者，世称李、杜。李之作，才矣！奇矣！人不迨矣！索其风雅比兴，十无一焉。杜诗最多，可传者千余首。至于贯穿古今，覼缕格律，尽工尽善，又过于李焉。然撮其《新安》《石壕》《潼关吏》《芦子关》《花门》之章，"朱门酒肉臭，路有冻死骨"之句，亦不过三四十首。杜尚如此，况不迨杜者乎？仆常痛诗道崩坏，忽忽愤发，或废食辍寝，不量才力，欲扶起之。嗟乎！事有大谬者，又不可一二而言，然亦不能不粗陈于左右。

仆始生六七月时，乳母抱弄于书屏下，有指"之"字、"无"字示仆者，仆口未能言，心已默识。后有问此二字者，虽百十其试，而指之不差。则知仆宿习之缘，已在文字中矣。及五六岁，便学为诗。九岁谙识声韵。十五六，始知有进士，苦节读书。二十已来，昼课赋，夜课书，间又课诗，不遑寝息矣。以至于口舌成疮，手肘成胝。既壮而肤革不丰盈，未老而齿发早衰白；瞥瞥然如飞蝇垂珠在眸子中者，动以万数，盖以苦学力文之所致，又自悲矣。

家贫多故，二十七方从乡赋。既第之后，虽专于科试，亦不废诗。及授校书郎时，已盈三四百首。或出示交友如足下辈，见皆谓之工，其实未窥作者之域耳。自登朝来，年齿渐长，阅事渐多。每与人言，多询时务；每读书史，多求理道。始知文章合为时而著，歌诗合为事而作。是时皇帝初即位，宰府有正人，屡降玺书，访人急病。

仆当此日，擢在翰林，身是谏官，月请谏纸。启奏之间，有可以救济人病，裨补时阙，而难于指言者，辄咏歌之，欲稍稍递进闻于上。上以广宸听，副忧勤；次以酬恩奖，塞言责；下以复吾平生之志。岂图志未就而悔已生，言未闻而谤已成矣！

又请为左右终言之。凡闻仆《贺雨》诗，众口籍籍，以为非宜矣；闻仆《哭孔戡》诗，众面脉脉，尽不悦矣；闻《秦中吟》，则权豪贵近者，相目而变色矣；闻《登乐游园》寄足下诗，则执政柄者扼腕矣；闻《宿紫阁村》诗，则握军要者切齿矣！大率如此，不可遍举。不相与者，号为沽誉，号为诋讦，号为讪谤。苟相与者，则如牛僧孺之诫焉。乃至骨肉妻孥，皆以我为非也。其不我非者，举世不过三两人。有邓鲂者，见仆诗而喜，无何鲂死。有唐衢者，见仆诗而泣，未几而衢死。其余即足下。足下又十年来困踬若此。呜呼！岂六义四始之风，天将破坏，不可支持耶？抑又不知天意不欲使下人病苦闻于上耶？不然，何有志于诗者，不利若此之甚也！然仆又自思关东一男子耳，除读书属文外，其他懵然无知，乃至书画棋博，可以接群居之欢者，一无通晓，即其愚拙可知矣！初应进士时，中朝无缌麻之亲，达官无半面之旧；策蹇步于利足之途，张空拳于战文之场。十年之间，三登科第，名落众耳，迹升清贯，出交贤俊，入侍冕旒。始得名于文章，终得罪于文章，亦其宜也。

日者闻亲友间说，礼、吏部举选人，多以仆私试赋判为准的。其余诗句，亦往往在人口中。仆恧然自愧，不之信也。及再来长安,又闻有军使高霞寓者,欲聘倡妓,妓大夸曰:"我诵得白学士《长恨歌》,岂同他哉?"由是增价。又足下书云:到通州日,见江馆柱间有题仆诗者。何人哉?又昨过汉南日,适遇主人集众娱乐,他宾诸妓见仆来,指而相顾曰:此是《秦中吟》《长恨歌》主耳。自长安抵江西三四千里,凡乡校、佛寺、逆旅、行舟之中,往往有题仆诗者;士庶、僧徒、孀妇、处女之口,每有咏仆诗者。此诚雕篆之戏,不足为多,然今时俗所重,正在此耳。虽前贤如渊、云者,前辈如李、杜者,亦未能忘情于其间。

古人云:"名者公器,不可多取。"仆是何者,窃时之名已多。既窃时名,又欲窃时之富贵,使己为造物者,肯兼与之乎?今之屯穷,理固然也。况诗人多蹇,如陈子昂、杜甫,各授一拾遗,而屯剥至死。孟浩然辈不及一命,穷悴终身。近日孟郊六十,终试协律;张籍五十,未离一太祝。彼何人哉!况仆之才又不迨彼。今虽谪佐远郡,而官品至第五,月俸四五万,寒有衣,饥有食,给身之外,施及家人。亦可谓不负白氏之子矣。微之,微之!勿念我哉!

仆数月来,检讨囊帙中,得新旧诗,各以类分,分为卷目。自拾遗来,凡所遇所感,关于美刺兴比者;又自武德至元和因事立题,题为"新乐府"者,共一百五十首,谓之"讽谕诗"。又或退公独处,或移病闲居,知足保和,吟玩性情者一百首,谓之"闲适诗"。又有事物牵于外,情理动于内,随感遇而形于叹咏者一百首,谓之"感伤诗"。又有五言、七言、长句、绝句,自一百韵至两百韵者四百余首,谓之"杂律诗"。凡为十五卷,约八百首。异时相见,当尽致于执事。

微之，古人云："穷则独善其身，达则兼济天下。"仆虽不肖，常师此语。大丈夫所守者道，所待者时。时之来也，为云龙，为风鹏，勃然突然，陈力以出；时之不来也，为雾豹，为冥鸿，寂兮寥兮，奉身而退。进退出处，何往而不自得哉！故仆志在兼济，行在独善，奉而始终之则为道，言而发明之则为诗。谓之"讽谕诗"，兼济之志也；谓之"闲适诗"，独善之义也。故览仆诗者，知仆之道焉。其余"杂律诗"，或诱于一时一物，发于一笑一吟，率然成章，非平生所尚者，但以亲朋合散之际，取其释恨佐欢，今铨次之间，未能删去。他时有为我编集斯文者，略之可也。

微之，夫贵耳贱目，荣古陋今，人之大情也。仆不能远征古旧，如近岁韦苏州歌行，才丽之外，颇近兴讽；其五言诗，又高雅闲淡，自成一家之体，今之秉笔者谁能及之？然当苏州在时，人亦未甚爱重，必待身后，人始贵之。今仆之诗，人所爱者，悉不过"杂律诗"与《长恨歌》已下耳。时之所重，仆之所轻。至于讽谕者，意激而言质；闲适者，思澹而辞迂。以质合迂，宜人之不爱也。今所爱者，并世而生，独足下耳。然百千年后，安知复无如足下者出，而知爱我诗哉？故自八九年来，与足下小通则以诗相戒，小穷则以诗相勉，索居则以诗相慰，同处则以诗相娱。知吾罪吾，率以诗也。

如今年春游城南时，与足下马上相戏，因各诵新艳小律，不杂他篇，自皇子陂归昭国里，迭吟递唱，不绝声者二十里余。攀、李在傍，无所措口。知我者以为诗仙，不知我者以为诗魔。何则？劳心灵，役声气，连朝接夕，不自知其苦，非魔而何？偶同人当美景，或花时宴罢，或月夜酒酣，一咏一吟，不觉老之将至。虽骖鸾鹤游蓬瀛者之适，无以加于此焉，又非仙而何？微之，微之！此吾所以与足下外形骸、脱踪迹、傲轩鼎、轻人寰者，又以此也。

当此之时，足下兴有余力，且欲与仆悉索还往中诗，取其尤长者，如张十八古乐府，李二十新歌行，卢杨二秘书律诗，窦七、元八绝句，博搜精掇，编而次之，号为《元白往还集》。众君子得拟议于此者，莫不踊跃欣喜，以为盛事。嗟乎！言未终而足下左转，不数月而仆又继行，心期索然，何日成就？又可为之太息矣！

仆常语足下，凡人为文，私于自是，不忍于割截，或失于繁多。其间妍媸益又自惑。必待交友有公鉴无姑息者，讨论而削夺之，然后繁简当否，得其中矣。况仆与足下，为文尤患其多。己尚病之，况他人乎？今且各纂诗笔，粗为卷第，待与足下相见日，各出所有，终前志焉。又不知相遇是何年，相见是何地，溘然而至，则如之何？微之知我心哉！

浔阳腊月，江风苦寒，岁暮鲜欢，夜长少睡。引笔铺纸，悄然灯前，有念则书，言无铨次。勿以繁杂为倦，且以代一夕之话言也。

微之微之！知我心哉！乐天再拜。

在江州阴冷的寒冬，浔阳城中一处朴素的书斋中，凌乱的书案上，华夏诗歌史上第一篇也是最重要的诗论文献诞生了……

它对华夏诗脉的梳理前所未有；它对诗人及现象的分析初见批评的锋芒与魅力；它对自己诗歌理想的阐述振聋发聩并将长久地影响后世："文章合为时而著，歌诗合为事而作。"

他的理论自觉在其《策论》中便有所表现：第六十八篇《议文章》，第六十九篇《论采诗》，到此篇发出夺目的光芒！他是华夏诗歌史上第一位集诗人、诗歌理论家、诗歌批评家于一身者，特别符合今日现代意义的大师。

李白是天才，杜甫半是天才半是大师，白居易是大师。

此文是美文，他原本就是大文章家，这种高度的文体自觉只能让后世的理论家和批评家们感到羞愧（想想他们那苍白无趣且味同嚼蜡的科学文章吧），不论东方的还是西方的……

面对千年以前的此文此景，我们也只能一声慨叹：对于白居易，真是给点儿空闲便能更加灿烂更加辉煌！

# 第十三章　人间要好诗

## 60

元和十一年（丙申，公元816年）。

由于江州刺史崔能并未在州衙内给其下属江州司马白居易安排一间办公室，后者便可以光明正大不去坐班了，整日待在家中踏踏实实做他的专业作家。

与妻儿过完一个其乐融融的年，他以《与元九书》代序，编定了《元白唱和集》，将书稿寄给长安书肆老板。

之后，他用整个春天编完了其个人诗歌总集十五卷，共收诗八百余首——此举可以视为其创作生涯的中场小结，至此，人生的下半场开始了，而这个上半场实在是不可谓不辉煌，竟令他洋洋自得起来，给在通信中唯一透露过消息的两位诗友元稹和李绅

写了一首诗,并收入集尾,代跋:

编集拙诗成一十五卷因题卷末戏赠元九李二十

> 一篇长恨有风情,十首秦吟近正声。
> 每被老元偷格律,苦教短李伏歌行。
> 世间富贵应无分,身后文章合有名。
> 莫怪气粗言语大,新排十五卷诗成。

在埋头工作的同时,他还不忘游历与读书。这个春天,他游览了东林寺、西林寺,在人生的逆旅与逆境中,对佛教的精神寄托日深;他在初登庐山的途中,去拜谒了陶渊明故里栗里——陶潜是其精神、诗艺的导师之一,在《访陶公旧宅》一诗的小序中,他深情款款地写道:"予夙慕陶渊明为人,往岁渭上闲居,尝有效陶体诗十六首。今游庐山,经柴桑过栗里,思其人访其宅,不能默默,又题此诗云。"在一日都不缺少的读书中,他没有忘记伺候好自己的另外两位精神、诗艺导师——整个春天,他重温了一遍李白、杜甫诗集,出自精神、诗艺上的双重需要,尤其是在初登庐山时,他写的庐山被李白的名篇打得大败之后,他强烈地感觉到这种需要,于是这番阅读又成全了他一首宣言性的佳作:

读李杜诗集,因题卷后

> 翰林江左日,员外剑南时。
> 不得高官职,仍逢苦乱离。
> 暮年逋客恨,浮世谪仙悲。
> 吟咏留千古,声名动四夷。

文场供秀句,乐府待新词。

　　天意君须会,人间要好诗。

　　从对外的文字中读不到的是:他自去秋初到浔阳开始,心情就一直不错,庭中移植来的山樱桃便是证明,现在已经大白于天下,其妻杨欣怡的肚子越来越大了,预产期在五月。一换地方,一闲下来,孩子便怀上了。这一回,他表现得极为低调,再也不乱说乱写,是吸取了头一个孩子过于高调,结果夭折的经验教训。

## 61

　　江州的五月已经完全入夏,一片葱茏。

　　居易、欣怡夫妻俩在欣喜不安中等待着他们第二个孩子的降生。

　　恰在这时,长兄白幼文携妻儿从浮梁赶来,令居易夫妻俩惊喜交加。在此前的通信中,幼文并未向居易吐露一字:他六十有五,到了致仕(退休)年龄,准备告别浮梁,回归下邽故里。从浮梁迁居下邽的途中,会经过浔阳来看他们。

　　现在,他们突然来了,两家人终于在南方团聚。

　　现在,他们一起等待着老白家将又添新丁。

　　终于,在一个凌晨,新生儿呱呱坠地,幼文夫人亲手接生……又是一个女孩!

　　幼文似乎比居易还要失望,长兄如父,比居易整整大了20岁,该年已经六十有五的幼文,在居易眼中越长越像父亲老年的样子,并且俨然以这个家族的大家长自居,他嫌老白家的男丁不够兴旺。

在经历了长女金銮子的夭折之后,居易已经不敢奢望,母女平安健康他便心满意足了,他也曾辗转听到过有人对他给头一个女儿取名字的非议:金銮子,取得太华贵了,压了孩子的命。这一次,他干脆放弃了身为父亲的命名特权,将这个权利交到孩子的大伯父手里。

幼文也不推辞,给孩子取了一个南方特色的名:"阿罗"——既是小名也是大名,居易觉其好,现在他知道了:取名字,也是越平常越好,就像他的诗。

两家人热热闹闹地欢聚了一个月。在这一个月里,兄弟俩常在居易书斋夜话,佐以上好的浮梁茶——幼文年迈体弱,已经不宜饮酒了。

两个白起的后人,两位进士出身的士子,免不了要谈论眼下的时局与帝国的命运,共同的看法是:忧患与希望并存,就看当朝天子如何摆平这势不两立、错综复杂的权力集团了。

幼文对自己的一生做了简短的总结:书读得太笨,中进士太晚,在仕途上太不会来事,到退休才是一个小小的县尉,年长体弱多病也是一大妨碍,五品以下的官员,退休后拿不到半俸的养老金,好在多年下来通过浮梁这个大唐帝国的茶叶基地积攒了不少银子,养家养老不愁,这辈子也就这样了。他将复兴白家的希望寄托在两个弟弟身上,尤其是声名显赫的居易,他也批评了弟弟的唐突冒失,认为他犯了一个很低级的错误,忠告他以后在任何时候都要将个人安危放在第一位。他坚信用不了多久,弟弟就会重返长安,继续其京官生涯,那样的话,相距百里,他们就可以经常见面了。

幼文一家临行前夕,兄弟俩已将所有的话都说尽了,居易忽然张口问道:"七年以来,兄在浮梁,可曾听到湘灵的消息?"

幼文一愣，如实作答："不曾。前不久，湘灵妈去世了，大茶商给予厚葬，葬礼上也未见其影，说明是真的出家了，已经超然于红尘之外……居易，别再惦着她了，好好跟欣怡过日子……"

居易潸然泪下。

翌日，在浔阳湓口码头上，居易带着侄儿兼养子龟郎将哥哥、嫂嫂、侄儿三人送上行船，一直站在岸上，等到船行出好远……

"唉！我这个弟弟啊！"在船头，幼文对其妻道，"才高情多心里苦！"

## 62

名山大川对于真诗人有着天然的吸引力，庐山对于白居易来说正是如此：斯年春天登过，到秋天又重游。如果说头一次的收获是回去之后老老实实又重温了一遍李白全集，那么第二次的目的是想寻访到李白当年在此避安史之乱的草堂——最终，在老一辈山人的指引下，他找到了李白草堂的遗址，并萌生了独资复建的动议。

自庐山归来，已是晚秋，他又回归到大唐帝国贬官制度所造成的公养专业作家的日常生活中，他为自己已满百天的女儿阿罗雇用了专职保姆，加上先前已雇的两个佣人，将家里打理得井井有条。在州衙里，他依然无事可做，乐得清闲，与之打了一年的交道，他对自己的顶头上司江州刺史崔能的信任度有增无减，崔刻意与自己保持适当的距离，反倒让他感觉很舒服，每月在公干之外他们在私底下顶多见一面，或喝茶，或饮酒，或聚宴，或雅集，每次私下见面时，崔都要说起希望他能为江州写出《长恨歌》级别的佳作之类的话,这话像种子种在了他的心里,即将迎来生根、发芽、开花的时刻……

这个上午,他一直待在书斋里,望着书案上的一首诗发呆:

### 夜闻歌者

夜泊鹦鹉洲,秋江月澄澈。

邻船有歌者,发调堪愁绝。

歌罢继以泣,泣声通复咽。

寻声见其人,有妇颜如雪。

独倚帆樯立,娉婷十七八。

夜泪似真珠,双双堕明月。

借问谁家妇,歌泣何凄切?

一问一沾襟,低眉终不说。

此诗是其去年夏天于贬谪途中乘船沿长江而下夜泊鄂州鹦鹉洲时所作的一首,他在收集、整理、编选自己的个人诗歌总集时,发现这样一个现象:有一些诗,未显其能,未尽其意,对材料的挖掘远远不够充分……应予重写!本诗便是其中最明显的一首,他准备拿它开刀,开启这次私自重写行动……

就这么眼睁睁盯了它一上午,还是没等来下笔的灵感……一直到夫人喊他去吃午饭。

午饭的餐桌上十分丰盛,居易却吃得非常简单,在这个时代的诗人之中,他既非酒鬼也非吃货,一直保持着出身于战乱年代中小吏之家的节俭作风。这顿平常的午饭,他喝了三杯家酿米酒,吃了一碗白米饭、小小的一尾清蒸鱼、一小碗青菜羹,一边吃一边与夫人欣怡、养子龟郎聊天，吃完后又专门抱了会儿新生的爱女阿罗，然后提前离席，不回睡房午睡，径直去书斋，在一条竹编的躺椅上小憩……

这个南方晚秋时节凉爽宜人的午后，他很快便睡着了，做了一个异常清晰的梦：书案上那首诗的意境构成了梦境，只是诗中的（也是现实中的）歌者——那个"娉婷十七八"的妙龄女郎变成了湘灵妈——她未在唱歌，而是操其本业弹琵琶，琴艺高超，弹得天花乱坠……在梦中，他走到近前，轻声问她："湘灵呢？"她不抬头应答，只是埋头弹琴，他便一遍又一遍地问道："湘灵呢？""湘灵呢？""湘灵呢？""湘灵呢？"……她终于抬起头来，却是一张龇牙咧嘴的女鬼形象，冲她诅咒道："白居易！你对得起湘灵的一见钟情、一往情深吗？你这个天杀的负心汉，老天爷在上，你会遭报应的——我咒你断子绝孙！"

居易一声嚎叫，醒了过来，醒来之后，有如鬼魂附体，披头散发，伏案疾书：

    浔阳江头夜送客，枫叶荻花秋瑟瑟。
    主人下马客在船，举酒欲饮无管弦。
    醉不成欢惨将别，别时茫茫江浸月。
    忽闻水上琵琶声，主人忘归客不发。
    寻声暗问弹者谁？琵琶声停欲语迟。
    移船相近邀相见，添酒回灯重开宴。
    千呼万唤始出来，犹抱琵琶半遮面。
    转轴拨弦三两声，未成曲调先有情。
    弦弦掩抑声声思，似诉平生不得志。

低眉信手续续弹,说尽心中无限事。

轻拢慢捻抹复挑,初为《霓裳》后《六幺》。

大弦嘈嘈如急雨,小弦切切如私语。

嘈嘈切切错杂弹,大珠小珠落玉盘。

间关莺语花底滑,幽咽泉流冰下难。

冰泉冷涩弦凝绝,凝绝不通声暂歇。

别有幽愁暗恨生,此时无声胜有声。

银瓶乍破水浆迸,铁骑突出刀枪鸣。

曲终收拨当心画,四弦一声如裂帛。

东船西舫悄无言,唯见江心秋月白。

沉吟放拨插弦中,整顿衣裳起敛容。

自言本是京城女,家在虾蟆陵下住。

十三学得琵琶成,名属教坊第一部。

曲罢曾教善才服,妆成每被秋娘妒。

五陵年少争缠头,一曲红绡不知数。

钿头银篦击节碎,血色罗裙翻酒污。

今年欢笑复明年,秋月春风等闲度。

弟走从军阿姨死,暮去朝来颜色故。

门前冷落鞍马稀,老大嫁作商人妇。

商人重利轻别离,前月浮梁买茶去。

去来江口守空船,绕船月明江水寒。

夜深忽梦少年事,梦啼妆泪红阑干。

我闻琵琶已叹息,又闻此语重唧唧。

同是天涯沦落人,相逢何必曾相识!

我从去年辞帝京,谪居卧病浔阳城。

> 浔阳地僻无音乐，终岁不闻丝竹声。
> 住近湓江地低湿，黄芦苦竹绕宅生。
> 其间旦暮闻何物？杜鹃啼血猿哀鸣。
> 春江花朝秋月夜，往往取酒还独倾。
> 岂无山歌与村笛？呕哑嘲哳难为听。
> 今夜闻君琵琶语，如听仙乐耳暂明。
> 莫辞更坐弹一曲，为君翻作琵琶行。
> 感我此言良久立，却坐促弦弦转急。
> 凄凄不似向前声，满座重闻皆掩泣。
> 座中泣下谁最多？江州司马青衫湿。

初稿一气呵成，然后反复吟诵，随手修改了个别字词，再然后，弹起古筝，又吟了一遍，看与音律合不合……最后，回到书案，提笔落题，三个大字：琵琶梦。

完成后的第一感觉：他想大宴宾客！

家中的佣人将其亲书的请柬送到州衙崔能等同僚手中，一众同僚无不受宠若惊：白大人要请客了！这可是他来到江州一年多来的头一遭！大诗人的酒并不容易喝到！

白府佣人跑完州衙，又去了江州最豪华的驿馆找到今晚夜宴的特邀嘉宾——大诗人刘禹锡的堂兄、洛阳富商刘禹铜，他有生意在江州，这两日刚到此地，曾带着刘禹锡的信到白府造访，白居易也满口答应给他引见本地最高一级的官员，今天刚好是个机会。

夜宴设在江边庾亮楼内的雅间，白居易亲自点了酒菜，同僚说得没错，这就是他到江州以来头一次请客，以往都是崔能或其他同僚宴请他,本地士绅的宴请他一概拒绝,并非刻意为之,低调是其本色。今天他是真想请客,只是因为写了大好之诗——好到什么程度?他心里是大体有数的,不过也想尽快听到他人的反应。

等客人到齐,菜还没有上齐,他便弹起随身带来的古筝,开始吟起其新作《琵琶梦》了……

待到吟罢,雅间内一片寂静。

"唉!"首先发出的是一声深沉的叹息——来自特邀嘉宾刘禹铜:"吾弟命休矣!居易兄,你还嫌《长恨歌》给他的压力不够大吗?又整出这么一首叮叮当当的《琵琶梦》,你让他在那鸟不拉屎的地方可怎么活呀!"

白居易听得哈哈大笑。刘禹铜的话,只有他能听得懂,别的人压根儿不知他在说什么。这个时候的大唐诗坛上,有一种说法开始抬头:什么"元白""刘柳",元稹哪里是白居易的对手?柳宗元哪里是刘禹锡的对手?盛唐李、王之后,又一轮诗王争霸是在"刘白"之间展开……有此舆论基础,刘禹锡的堂兄刘禹铜才会如此对比。

白居易趁机将刘禹铜隆重介绍给崔能等同僚。

酒菜上齐了,等酒过三巡,刘禹铜将话题重又拉回到新鲜出炉的《琵琶梦》:"居易兄,贸然问一句,此诗为何叫《琵琶梦》呢?"

白居易不想透露写作过程,便默不作声不予回答。

"现实感这么强的一首诗,跟梦没有关系吧?我看还是叫《琵琶行》吧,你自己诗里写了:'莫辞更坐弹一曲,为君翻作琵琶行。'"刘禹铜继续道。

"有道理!"白居易嘟哝了一句。

一直喝到下半场,待众皆酒酣之际,崔能方才谈及此诗,端起酒来敬居易道:"居易兄,原谅我这一年多来,见你一次念叨一回:给江州留下一首《长恨歌》级的大作吧!我想说,这一首《琵琶梦》做到了!你对得起江州美丽的穷山恶水!不需要我等说三道四,你自己知道这一首好大发了,所以才会请大客的吧?知你今儿高兴,所以不瞒你说,同僚私下都叫你铁公鸡——一毛不拔!今天忽然请大客,是你自己知道今天是个大日子!这么说吧,十一年前,你用《长恨歌》夺了大唐'诗王'之位,给自己戴上了一顶金冠;十一年后,你用《琵琶梦》将大唐'诗王'之位,又夺了一回,给自己戴上了一顶银冠。李白最好的诗高不过这两首大作,他只是单首诗的平均水平比你高,才华看起来比你炫;王维独一门,但是有些单,已经被你全面超越;杜甫不好说,也许很强,但目前承认他的只是一部分士子(你的挚友元稹、张籍聒噪得最凶),在这个辽阔的诗国里,还远远未获广泛承认……至于与你同代的这几位:韩愈、贾岛、死去的孟郊、李绅、张籍、元稹、柳宗元、刘禹锡——禹铜兄听了可别不高兴,我实事求是地说,他们都很优秀,但与白居易不在一个量级,再算上国朝初年那几位:王杨卢骆陈子昂(包括我的曾祖父崔融),都无法与兄相提并论,所以今晚,不是普通平常的夜宴,而是大唐'诗王'再一次加封之日,来,咱们在座的为居易兄干了这杯酒!"

众皆响应。

这天晚上,白居易心中高兴,开怀畅饮,喝至断片,被家仆用马驮回家去……

翌日,他醒来时已近正午,顾不上吃午饭,便奔赴书斋,拿出诗稿,将《琵琶梦》的"梦"改成了"行",然后意犹未尽,思

忖片刻,为该诗写下如下小序:

> 元和十年,予左迁九江郡司马。明年秋,送客湓浦口,闻舟中夜弹琵琶者,听其音,铮铮然有京都声。问其人,本长安倡女,尝学琵琶于穆、曹二善才,年长色衰,委身为贾人妇。遂命酒,使快弹数曲。曲罢悯然,自叙少小时欢乐事,今漂沦憔悴,转徙于江湖间。予出官二年,恬然自安,感斯人言,是夕始觉有迁谪意。因为长句,歌以赠之,凡六百一十六言,命曰《琵琶行》。

脱梦还实,去梦返真,更符合其诗歌理想。
外人将永不晓得:《琵琶行》的事实架构是"湘灵妈传",创作契机是一个噩梦。

## 63

诗人状态好时,怎么写怎么有。

冬天到了,在这南方的最北端还是能够看见雪的,在第一场雪落下之前,家中的红泥小火炉点起来了,家酿的新酒酿成了,这天晚饭之前,想到刘禹铜孤零零地待在驿馆里,白居易便随手写了一张字条,让仆人送到驿馆去,字条上书:

问刘十九
绿蚁新醅酒,红泥小火炉。
晚来天欲雪,能饮一杯无?

刘禹铜在其家族同辈中排序第十九,刘禹锡排序第二十二……所以便是"问刘十九"——这本是随手一写的字条,但却不胫而走,迅速流传开来,白诗明白晓畅、通俗易懂,原本就自带流行性,人一遭贬,带了故事,诗的这一属性加剧了……

诗即便条,是西人一千多年后才有的认识,如此说来,白居易是过于超前的先驱,在开发诗的功能上,他很有自觉意识。

转年四月,白居易陪元集虚等十七位友人游庐山中的大林寺,大伙在现场一起哄,他便在寺中壁上提笔留诗,又成名作:

### 大林寺桃花

人间四月芳菲尽,山寺桃花始盛开。
长恨春归无觅处,不知转入此中来。

此诗对作者本人有极大的安慰性和鼓舞感,正面强攻庐山,他完败于李白;侧面偷袭庐山,他写出了名篇,与李白名篇比,不见得就一定败……

这真是一个把李白揣在心里来活的人——即便是在中唐的诗人中也并非人人都是如此——崔能一说他诗的平均水平不如李白,他便暗自提高了对单首诗的要求,创作量也陡然加大了……"酒狂又引诗魔发,日午悲吟到日西。"——"诗魔"之称号,便是这一时期叫起来的。

诗比着李白写,还不放过李白在庐山中的任何蛛丝马迹、任何精神遗产,白居易准确觅到了李白草堂的遗址,便有了独资重建的打算,在饭桌上跟崔能、刘禹铜一说,刘想掏钱,崔想拿走,白便承让了，于是便决定以官修民助的形式重建李白草堂，让庐山多一个景点，让游客在山中多一个歇脚处……

于是他便改了想法，就在大林寺外选址，自建一个草堂，给自己和家人打造一个隐居之所——这个时候，他已经想到，如果天子昏聩、朝廷不明、小人当道，他也完全有可能像"刘柳"那般，长期甚至永远回不了长安，在外放中度完自己的余生……所以，要趁现在有余钱为自己建造一个理想的归宿。这项工程，从去秋开始动工，全部由他本人设计，工匠由他个人出资聘请，到今春终于完工，为此他还专撰一文：

### 庐山草堂记

匡庐奇秀，甲天下山。山北峰曰香炉。峰北寺曰遗爱寺。介峰寺间，其境胜绝，又甲庐山，元和十一年秋，太原人白乐天见而爱之，若远行客过故乡，恋恋不能去。因面峰腋寺，作为草堂。

明年春，草堂成。三间两柱，二室四牖，广袤丰杀，一称心力。洞北户，来阴风，防徂暑也；敞南甍，纳阳日，虞祁寒也。木斫而已，不加丹；墙圬而已，不加白。砌阶用石，幂窗用纸，竹帘纻帏，率称是焉。堂中设木榻四，素屏二，漆琴一张，儒、道、佛书各三两卷。

乐天既来为主，仰观山，俯听泉，旁睨竹树云石，自辰及酉，应接不暇。俄而物诱气随，外适内和。一宿体宁，再宿心恬，三宿后颓然嗒然，不知其然而然。

自问其故，答曰：是居也，前有平地，轮广十丈；中有平台，半平地；台南有方池，倍平台。环池多山竹野卉，池中生白莲、白鱼。又南抵石涧，夹涧有古松老杉，大仅十人围，高不知几百尺。修柯戛云，低枝拂潭，如幢竖，如盖张，如龙蛇走。松下多灌丛，萝茑叶蔓，骈织承翳，日月光不到地，盛夏风气如八九月时。下铺白石，为出入道。堂北五步，据层崖积石，嵌风峌堄，杂木异草，盖覆其上。绿阴蒙蒙，朱实离离，不识其名，四时一色。又有飞泉植茗，就以烹燀，好事者见，可以销永日。堂东有瀑布，水悬三尺，泻阶隅，落石渠，昏晓如练色，夜中如环佩琴筑声。堂西倚北崖右趾，以剖竹架空，引崖上泉，脉分线悬，自檐注砌，累累如贯珠，霏微如雨露，滴沥飘洒，随风远去。其四傍耳目杖屦可及者，春有锦绣谷花，夏有石门涧云，秋有虎溪月，冬有炉峰雪。阴晴显晦，昏旦含吐，千变万状，不可殚纪，覙缕而言，故云甲庐山者。

噫！凡人丰一屋，华一箦，而起居其间，尚不免有骄矜之态；今我为是物主，物至致如，各以类至，又安得不外适内和，体宁心恬哉？昔永、远、宗、雷辈十八人，同入此山，老死不返；去我千载，我知其心以是哉！

矧予自思：从幼迨老，若白屋，若朱门，凡所止，虽一日、二日，辄覆篑土为台，聚拳石为山，环斗水为池，其喜山水病癖如此！一旦蹇剥，来佐江郡，郡守以优容而抚我，庐山以灵胜而待我，是天与我时，地与我所，卒获所好，又何以求焉？尚以冗员所羁，余累未尽，或往或来，未遑宁处。待予异日，弟妹婚嫁毕，司马岁秩满，出处行止，得以自遂，则必左手引妻子，右手抱琴书，终老于斯，以成就我平生之志。清泉白石，实闻此言！

时三月二十七日，始居新堂；四月九日与河南元集虚、范阳张允中、南阳张深之、东西二林寺长老凑公、朗、满、晦、坚等凡二十二人具斋施茶果以落之，因为《草堂记》。

这是他作为建筑设计师的作品。

## 64

白居易举家搬往庐山草堂去住，人处世外桃源，心却红尘难绝。

从去冬开始，他便为远方身患疟疾的元稹而担心，到了今春，得其大病初愈的喜讯，刚刚松了一口气，闰五月，长兄白幼文病逝于下邽的噩耗犹如夏日晴空里天降冰雹，将其砸晕。更令他大恸不已且出离愤怒的是：身为贬官，他没有擅自离开贬所的权利——也就是说，他无法前往奔丧，去参加亲哥哥的葬礼。一次家宴酒后，酒壮怂人胆，他冲动地想要冲下山去，不管不顾任何后果，终被崔能劝住了："居易兄，万万不可，你一定要忍！忍！忍一下海阔天空！"——更令其痛苦的是弟弟白行简也未获准假，赶不回去了，最终，还是行简的岳父刘德旺以村长的身份为白幼文办了丧事，并将幼文亡妻与子带回家中供养……回想起去年夏天那一个月长兄一家来与他们团聚的一幕幕，回味幼文对他说的很多话，白居易才明白：那是一个自知已经不久于人世的亲人在向自己做最后的诀别！现在，他只能将满腔悲痛与哀悼诉诸文字，挥毫写下祭文一篇：

**祭浮梁大兄文**

维元和十二年，岁次丁酉，闰五月，己亥，居易等谨以清酹庶羞之奠,再拜跪奠大兄于座前。伏惟兄孝友慈惠,和易谦恭,发自修身,施于为政。行成门内,信及朋僚,廉干露于官方,温重形于酒德,冀资福履,保受康宁。不谓才及中年,始登下位,辞家未逾数月,寝疾未及两旬,皇天鉴远,降此凶酷。交游行路,尚为兴叹,骨肉亲爱,岂可胜哀!举声一号,心骨俱碎。今属日时叶吉,窆穸有期,下邽南原,永附松槚。居易负忧系职,身不自由。伏枕之初,既阙在左右;执绋之际,又不获躬亲。痛恨所钟,倍百常理。

呜呼!追思曩昔,同气四人,泉壤九重,刚奴早逝,巴蜀万里,行简未归,茕然一身,漂弃在此。自兄至止,形影相依,死灰之心,重有生意。岂料避亏之日,毛羽摧颓;垂白之年,手足断落。谁无兄弟?孰不死生?酌痛量悲,莫如今日。宅相痴小,居易无男,抚视之间,过于犹子。其余情理,非此能伸。伏冀慈灵,俯鉴悲恳;哀缠痛结,言不成文。呜呼哀哉!伏惟尚飨。

国事家事,家事国事,也不全是坏消息:七月传来裴度率军讨淮西,韩愈出任行军司马——他为裴度伤愈,出马担任要职而高兴,虽与韩愈不睦,却也为进士集团——诗人集团而高兴,为朝廷还能做到知人善任而欣慰!十月传来大捷报:裴度督战,李愬奇袭蔡州,吴元济束手就擒,旷日持久的淮西之乱终告平息,大唐帝国终于重返和平,令中兴变为可能……

漫卷诗书喜欲狂,白居易在庐山草堂设家宴与崔能、刘禹铜和一干同僚狂欢,当夜与刘十九同屋同宿,夜不能寐,干脆起床,与友杀起棋来,并得诗一首:

## 刘十九同宿

红旗破贼非吾事,黄纸除书无我名。
唯共嵩阳刘处士,围棋赌酒到天明。

# 第十四章　松经雪后贞

## 65

元和十三年（戊戌，公元818年）。

白居易贬谪江州的第四个年头——这一年，他47岁。

春节期间，他向其胞弟白行简写信拜年，并以《登西楼忆行简》一诗，约其一家到江州来相会——说是这样说，做是这样做，他并未抱太大的希望，长兄白幼文下葬都请不下来假，何况平时？

是以，这年春末，当白行简风尘仆仆地出现在庐山草堂的门前时，白居易大喜过望，激动得半天说不出话来，白龟郎则一脸茫然地望着自己陌生的亲爹……

或许激励白行简克服千难万险，千辛万苦地跑来江州的最大因素并非二哥二嫂而是自己的亲生儿子——在其出生后第二年便随手丢给哥哥嫂嫂已经四年未见的儿子!

即便如此,还需要一个契机:白行简的顶头上司剑南节度使卢坦病故了,他正好利用幕府中群龙无首没人管的一个空档,自己便跑了出来,夫人没有随行,是因为她又怀上了孩子……

叔叔登门,嫂嫂亲自下厨,做出几样拿手菜——欣怡会做的都是地道的长安菜,兄弟俩特别爱吃,倒上家中新熟的米酒,居易说:"给大哥也倒上一杯,第一杯咱们祭大哥!"于是三个人向西北方向举杯,一半撒在地上,一半自己饮尽……

话题从去世的长兄开始,家宴的气氛便有点沉重,兄弟二人为没有亲办大哥的丧事而自责,都想为大哥一家多做一点实际的贡献,于是便争养大嫂和侄儿,居易的想法已经在祭文中亮明:龟郎随其亲爹入蜀,回到父母身边去,他派家仆去下邽接大嫂和侄儿,大哥之子过继成他的儿子;行简的想法是将龟郎带走,返回途中到下邽将大嫂和侄儿接往蜀中供养……兄弟俩争执不下,欣怡说:"夫君,行简又不是来上一两天,还要多住些日子,你们哥俩再慢慢商量不迟。来,咱们先喝酒。"话题这才转到别处。

酒酣之际,气氛热烈起来,居易有诗要作——与别的诗人相比,此君最大的特点是在任何场合都可能作出诗来,并非在那些应酬交际的场面上,家宴之上、亲人之间照样来诗——也就是说,他写诗,不是为了表演给谁看的,只是有感而发,因事而作:

对酒示行简

今旦一尊酒,欢畅何怡怡。

此乐从中来,他人安得知。

兄弟唯二人,远别恒苦悲。

今春自巴峡，万里平安归。

复有双幼妹，笄年未结褵。

昨日嫁娶毕，良人皆可依。

忧念两消释，如刀断羁縻。

身轻心无系，忽欲凌空飞。

人生苟有累，食肉常如饥。

我心既无苦，饮水亦可肥。

行简劝尔酒，停杯听我辞。

不叹乡国远，不嫌官禄微。

但愿我与尔，终老不相离。

行简这一住，便一直住了下去，与儿子在一起，与哥哥一家在一起，自由自在，不亦乐乎！

他向哥哥坦露了自己面对仕途上的十字路口所藏的心结：卢坦这一死，风闻剑南节度使一职将由京官李逢吉出任。此人可不是什么好鸟，是与阉党勾结的旧官僚集团中的主要人物，在他手下共事，既有损名节，又前程凶险。哥哥束手无策，此刻的他身为一介贬官，远离京城，很难为自己找到人、说上话。面对不可预知的未来，兄弟二人都深感无力，如居易诗中所写："朱颜日渐不如故，青史留名在何处""功名富贵须待命，命若不来知奈何"……

## 66

斯年十二月二十日这天，雪落江州，诏命下达，令江州司马白居易量移忠州刺史，取代李景俭。

所谓"量移",是对其所贬官员逐步减轻处罚的制度,是触底反弹的信号。

在州衙,从江州刺史崔能手中接过诏书,白居易潸然泪下:四年半过去了,在江州的第五个年头就快要开始了,比起远方的元稹、"刘柳"诸友,他的命还算是好的。回到庐山草堂,全家一片欢腾。

白夫人杨欣怡又亲自下厨做了几个菜,白氏兄弟二人一边饮酒一边像围棋复盘那般猜测时来运转的玄机:其中最大的变数便是崔群出任宰相!当年与白居易同一日被诏为翰林学士,崔、白二人有"同龄同事"之谊,在白为母丁忧期间,崔还往下邽寄过草药与书籍,关怀备至,白也曾作诗答谢……其实,早在秋天的时候,当白居易在州衙读到朝廷的奏报,得知崔群出任宰相时,他已在心里觉得自己的转机来了,但那只是理论上的转机,有友在朝出任重臣,但并不一定非要帮自己,还存在愿不愿帮、可不可帮、能不能帮的问题,所以他也不敢放在心上……现在,如此之快便有了结果,他认定全仗崔群一人所为!仕途上没有无缘无故的提拔!与之早识,他为之说话而遭祸的裴度显然是不便为他说话……

既然认定自己的贵人是崔群,他当夜便赋诗一首:

### 除忠州寄谢崔相公

提拔出泥知力竭,吹嘘生翅见情深。

剑锋缺折难冲斗,桐尾烧焦岂望琴。

感旧两行年老泪,酬恩一寸岁寒心。

忠州好恶何须问,鸟得辞笼不择林。

当其时,随着大杰作《琵琶行》的火速流行,白居易的诗名达到了空前的高度,当代"诗王"的地位进一步被巩固,官员、士子都以得其赠诗为荣,贵为宰相也概莫能外……是以,白居易在第一时间给崔相写去赠诗和感谢信,做得很对,必有后话。

在江州,他还有些需要感谢的人。

转眼便过大年了,他专程去钟陵向江西观察使裴堪拜年、辞行。

裴堪是他的诗迷,在滕王阁摆酒设宴,为他饯行。

酒酣之际,裴堪向他透露:他之量移,确为崔群举荐,但也有裴度暗中助力,被群官传为"两相并举",裴仗着酒劲预言白在忠州不会待太久,望他行为谨慎,要好自为之,继而笑白"江州司马青衫湿",一身青衫,又无鱼袋,怎去当刺史?于是便派家仆到府中取来自己当同州刺史时穿的一套红绯衣袍鱼袋,请白居易到画有白居易的屏风后换装,他对居易的唯一要求便是赠其诗一首,白心怀感谢,当场一挥而就:

初除官蒙裴常侍赠鹤衔瑞草绯袍鱼袋因谢惠贶兼抒离情
新授铜符未著绯,因君装束始光辉。
惠深范叔绨袍赠,荣过苏秦佩印归。
鱼缀白金随步跃,鹤衔红绶绕身飞。
明朝恋别朱门泪,不敢多垂恐污衣。

回到浔阳,他又将崔能等同僚请到庐山草堂欢聚,感谢他们四年半来对他照顾有加,并拿出了夏天时所写的《江州司马厅记》一文送崔:

> 自武德以来，庶官以便宜制事，大摄小，重侵轻，郡守之职，总于诸侯帅，郡佐之职，移于部从事。故自五大都督府至于上中下郡，司马之事尽去，唯员与俸在。凡内外文武官左迁右移者，递居之；凡执役事上与给事于省、寺、军府者，遥署之；凡仕久资高耄昏软弱不任事而时不忍弃者，实莅之。莅之者，进不课其能，退不殿其不能，才不才一也。若有人畜器贮用、急于兼济者居之，虽一日不乐。若有人养志忘名、安于独善者处之，虽终身无闷。官不官，系乎时也；适不适，在乎人也。江州，左匡庐，右江湖，土高气清，富有佳境。刺史，守土臣，不可远观游；群吏，执事官，不敢自暇佚；惟司马，绰绰可以从容于山水诗酒间。由是郡南楼、山北楼、水溢亭、百花亭、风篁、石岩、瀑布、庐宫、源潭洞、东西二林寺、泉石松雪，司马尽有之矣。苟有志于吏隐者，舍此官何求焉？案《唐典》：上州司马，秩五品，岁廪数百石，月俸六七万。官足以庇身，食足以给家。州民康，非司马功；郡政坏，非司马罪。无言责，无事忧。噫！为国谋，则尸素之尤蠹者，为身谋，则禄仕之优稳者。予佐是郡，行四年矣，其心休休如一日二日，何哉？识时知命而已，又安知后之司马不有与吾同志者乎？因书所得，以告来者。时元和十三年七月八日记。

个中滋味，十分复杂。

人要走了，他为江州留下的还有这庐山中的草堂，成了他的生祠；因在距此不远之处，李白草堂已经复建完工，成为庐山之中的两大人文景观，供游人瞻仰、参观……

# 67

勉强可算好事成双:春节过后,白行简从幕府同僚来信中得知李逢吉已经入蜀上任,继续聘其做幕僚,行简不得不归蜀了。他准备与儿子和哥哥一家人乘舟沿长江同行,兄弟二人同往巴蜀,不亦乐乎!

二月中旬一个早晨,还是在五年前抵达的湓口码头,白居易一行登船离岸,在他的一再要求之下,崔能才没有像他来时那样搞得锣鼓喧天鞭炮齐鸣,只是率领一众同僚悄悄来送……面对大诗人的一再道谢,他坦诚道:"不必挂在心上,曾祖父在天有灵,知我给国朝'诗王'行过一点点方便,也会感到欣慰的!"

江州司马,青衫又湿——不,此次离开贬所的白居易穿的是裴堪送他的那套红绯衣袍,只是没有佩戴鱼袋——鱼袋在其4岁的爱女阿罗手中玩着呢……

沿江上行,一路上,就像来时一样,他十分低调,登船靠岸绝不去叨扰当地官员,不论认识不认识,只有到鄂州时除外——因为鄂州刺史,如今刚刚升任鄂岳观察使的李程,与之关系特殊:曾是翰林学士同僚,还是元稹的连襟,他若一声不响地过去了,对方会真的怪罪,再说了,触底反弹浮出海面之际,他也很想见到故人,很想从故人口中了解长安的时局。

于是船一靠岸,白居易一行便登岸,叫了两辆马车直奔州衙。李程见是白大诗人扑上门来,喜出望外,将其一行人接到自己府上去住,设家宴隆重款待。席间,居易向李程呈上在船上已经写好的赠诗:

　　　　*行次夏口，先寄李大夫*
　　　连山断处大江流，红旆逶迤镇上游。
　　　幕下翱翔秦御史，军前奔走汉诸侯。
　　　曾陪剑履升鸾殿，欲谒旌幢入鹤楼。
　　　假著绯袍君莫笑，恩深始得向忠州。

　　故人相见，不亦乐乎！两人一通海阔天空地神聊，不过对于居易来说，李程口中最重要的一条信息是：李的挑担元稹与他一样，终于熬到触底反弹，从通州司马改授虢州长史，并且已经登程，此时正行于这条长江航道上，与自己相向而行……

　　居易欣喜若狂，想与之在江上重逢，便谢绝了李程多住几日的挽留，次日一早便随船继续上行……

## 68

　　从李府离开时，白居易向李程讨要了一面战旗，登船之后，在上面书写了两个大字："元白"，请船长差人插到船头去……船长这才知道大诗人在自己船上，即刻差人去办……

　　于是这艘航船，临时改叫"元白号"了，元稹所乘的船迎面而过时，便不至于错过……

　　惊动船长的好处是兄弟俩有了好酒好茶喝，两人坐在船头，一边饮酒吃茶，一边谈天说地，一边注视着江上错峰而过的行船，生怕漏掉了好友，如此一来，诗便来了，请船长差人取来笔墨，一挥而就：

江州赴忠州，至江陵已来，舟中示舍弟五十韵

……

险路应须避，迷途莫共争。

此心知止足，何物要经营。

玉向泥中洁，松经雪后贞。

无妨隐朝市，不必谢寰瀛。

但在前非悟，期无后患婴。

多知非景福，少语是元亨。

晦即全身药，明为伐性兵。

昏昏随世俗，蠢蠢学黎甿。

鸟以能言媾，龟缘入梦烹。

知之一何晚，犹足保馀生。

此诗中的关键词是：避险、隐朝、自保——被后世当作其四载江州贬谪岁月思想变迁的总结之作，虽不流行，也不著名，但十分重要。

船至夷陵停泊，船长欲登岸宴请白居易一家人，一行人走上码头，见过往群众围观一面"诗壁"——在江边的峭壁上刻满了诗，白家人驻足观看，很快便看见多首白诗，一家人兴致勃勃地找寻着，生怕漏掉一首……

当此时，忽听有人高声喊道："大江东去，浪涛拍击，诗壁之上，何人诗多？'李杜'乎？'二王'乎？'韩柳'乎？否！是'元白'——'元白'！诗林英雄,惟乐天与微之耳！"——循声望去，只见那厮立于"诗壁"之上，一边喊着，一边将手中一面写有"元白"大字的战旗左右来回挥舞着……

白氏兄弟看得目瞪口呆!

白居易冲其大叫道:"微之!微之!"

那厮回应道:"乐天!乐天!"回应着,就要从"诗壁"顶端往下跳……

居易大喊:"别跳!我等即刻上去!"

原来是元稹所乘坐的行船先一步停靠在码头上,他看见"元白号"来了,喜出望外,登上船去,白居易一行人已经下船,他拔下船头的战旗就来"诗壁"找他们……

围观"诗壁"者,皆是诗迷,听说大名鼎鼎的"元白"两大诗人就在现场,都要争睹真容,于是大唐诗坛的两位巨星被人流所冲刷……其盛况比李白当年与崔宗之一起被围观有过之而无不及!

等到天黑下来,两家人才在县城中最豪华酒楼的雅间中坐定。在餐桌上,居易疲于认识元稹的新妻——某刺史的女儿裴淑,元稹忙于笑话居易尚未到任已将司马的青衫换装为刺史的红绯衣袍,绯鱼袋还在小女儿手里玩着呢……只有行简能够听出:这笑里面全是善意,甚至不无欣赏——从行简的角度,最能衡量二人的友谊:是绝对超过亲兄弟间的!从个体性格上说,居易内敛持重,元稹放荡不羁;居易低调,元稹高调,却相互欣赏彼此包容……在行简眼中,哥哥的命里有与湘灵的极致爱情,有与元稹的极致友谊,有当世第一的诗歌成就与名声,是令他艳羡不已却又望尘莫及的!

充满欢声笑语的两家欢宴一直吃到深夜,两家人下榻于夷陵县城中最豪华的驿馆,即便各自拖家带口,"元白"也要学"李杜",来一个"同室同榻而眠"……翌日,昨日黄昏码头上的围观盛况已经惊动了县衙,县令亲自出马带着两个县尉来招待两位大诗人,在他们的安排下,两家人一起在县城各处东游西逛、吃吃喝喝，玩了一天。第三天，该各自启程了，元稹非要再送居易一程，于是携家人上了"元白号"，船行至峡州上二十里北峰下两崖相鏖间的一处无名洞穴停靠，居易、行简、元稹三人游历此洞，各赋古调诗二十韵，居易作序，将此无名洞穴命名为"三游洞"，以上文字全都题于壁上，令此洞名声大噪。多年以后，在另一个王朝，有姓苏的父子三人（苏洵、苏轼、苏辙）自蜀中慕名来游"三游洞"，史称"后三游"。继而欧阳修、黄庭坚、陆游等历代名士也纷至沓来，令其成为长江之上三峡之中的一大胜景⋯⋯

在三天三夜的欢聚之后，终于到了必须分手的时刻，他们"各限王程"，不敢耽搁太久，"元白"相拥话别，元稹道："乐天，熬回长安再聚首！"

居易无语凝噎。

## 69

三月二十八日，残阳如血的黄昏，"元白号"抵达忠州码头。

前任刺史李景俭，亲率本地官员在码头上迎接，富有地方特色的民乐队，吹吹打打，好不热闹⋯⋯

李景俭快步迎前，走到白居易面前，行拱手礼道："白大人一路辛苦了！"——很明显，他见白居易身穿红绯衣袍稍微愣了一下，马上命人将一身全新的红绯衣袍呈上，由其亲手送交新任刺史。

一串轿子将宾主抬往城中的一幢豪华酒楼，在其中的一个雅间中，两桌筵席已经摆好，开宴之前，行简很有眼色，自己要求坐到家属的那一桌去，说是帮忙照顾孩子⋯⋯因为主桌上的气氛，更像忠州新旧刺史的权力交接仪式，老刺史李景俭建议新刺史白居易到画有白居易像的屏风后面将新官服换上，居易照办了。从屏风后面出来的他，一袭崭新的红绯衣袍配鱼袋，容光焕发，旅途的劳顿也好像不见了，小女儿阿罗眼尖，一眼瞅见爸爸身上又长出了一条新鱼，便从另一桌上跑过来索要，居易不苟言笑，一本正经道："这条鱼是真的，我可舍不得给。"话虽这么说，还是取下来拿给爱女玩。

开宴了。

李景俭举杯道："诸位，请举起杯来，欢迎我大唐诗王白居易大人莅临忠州就任刺史！来，咱们干杯！"

众皆响应。

连干三杯。

"李大人不必客气，咱们是自己人！"——白居易一字一顿对李景俭说了一句意味深长的话，希望对方能够听得懂：这位李大人可不一般，人家端的是皇室宗亲，系睿宗李旦玄孙、太子中舍李褚之子，身为进士出身，并不站在旧官僚一边，在"永贞革新"中，属于王叔文集团，与"刘柳"交好。革新失败时，他因居家丁忧躲过一劫，但躲得了初一躲不了十五，秋后算账便是被贬到此地。他还与元稹、李绅交好，与白居易在长安照过面，但没有私下交往……何谓"自己人"？居易的话里有两层意思：其一指的是所在集团政治立场，其二是朋友的朋友就是我的朋友。

"自己人！是自己人！"李景俭重复着这三个字，显然是听懂了。

"李大人，容我借花献佛，借李大人的酒敬李大人，离忠州刺史任，官复谏议大夫原职，不日将重返长安，来，大家一起为李大人连干三杯！"白居易举杯道。

众皆响应。

连干三杯。

接下来，居易对景俭说起与元稹在夷陵相逢的事，景俭说："微之过忠州，也登岸住了一晚，我们喝得一塌糊涂……"于是两人唠了一大通元稹这个好玩人的诸多趣事。

然后，景俭又如主持工作会议一般道："我来给白大人介绍一下忠州的情况……"

居易插话道："李大人，不忙，明日咱们到州衙细说。"

景俭道："也好，那就明日再说。在此，我只吟诵一首杜子美写忠州的诗——

题忠州龙兴寺所居院壁

忠州三峡内，井邑聚云根。

小市常争米，孤城早闭门。

空看过客泪，莫觅主人恩。

淹泊仍愁虎，深居赖独园。

想当年，子美侄儿在忠州主政，子美投奔到此，留下此诗。"

众皆鼓掌。

某官员提议道："俱往矣，白大人乃当代'诗王'，才比李杜，恭请白大人为忠州赋诗一首！"

居易谦逊道："居易不才，中人之资，岂敢与李杜争辉？容我三思，宴毕奉上。"

话说另一桌，宴前行简自移到此桌，别有用意。此行一路上，其子白龟郎一直闷闷不乐，现在行简与之邻座，不断给其夹菜，他还是对亲生父亲爱搭不理，搞得行简没办法了。在这一年里，行简深感自己当年随手将儿子丢给哥哥嫂嫂所付的代价：哥哥更像儿子的爹，嫂嫂更像儿子的妈，自己却像儿子的叔叔——在7岁的儿子眼中，就是如此！这是一个养育、陪伴战胜血缘的绝佳范例！于是，他也不啰嗦了，干脆直接问其道："龟郎，假如这次我不带你走了，让你一直和大大、婶婶住，你会开心吗？"

"会！"龟郎斩钉截铁地回答。

"那好，我不带你走了。"

"嘻——！"

"我给你倒上一杯酒，你去到那桌敬大大一杯，小声告诉他，'我爹不带我走了……'"

龟郎照做，居易热泪盈眶，为了掩饰自己的激动，便提前道："各位，诗有了，献丑了，谨将此诗献给李大人——"

初到忠州赠李六

好在天涯李使君，江头相见日黄昏。
吏人生梗都如鹿，市井疏芜只抵村。
一只兰船当驿路，百层石磴上州门。
更无平地堪行处，虚受朱轮五马恩。

全场掌声雷动，雅间之内，有一种气氛显而易见——州衙同僚们，都对大诗人出任新刺史一事充满期待……

# 第十五章　蛮鼓声坎坎

## 70

白居易一家人抵达忠州当晚便住进刺史府。过了两日，李景俭一家人便搬走了，欢天喜地回长安。对于这刺史府的院子来说，也只意味着租户变了。

这是白居易头一遭在一个新的职位上没有手拨算盘珠子计算薪俸，在这样一块消费水平极低的穷乡僻壤，一个五品官员的工资应付日常用度开销绰绰有余，用不着算得那样精细了……其实，更为关键的是：岗位不同，有了责权利，他的心态变了！如果说司马之位就是用来混的（难怪他会写《江州司马厅记》），那么刺史之位就是用来干的！他已然成了这个州的首席行政长官，有多少能耐就使出来吧！

他把前任送走了,在码头上,这位皇族后裔对他谆谆教诲道:"白大人,身为贬官,不要急于大干一场,干得出色,反遭嫉妒……恕我直言:但求无过为好。"——对此"金玉良言",他在面儿上点头称是,心中不以为然。

又过了两日,他送走了胞弟行简。公事交接完成,家事也安排定了——兄弟俩好商量,已经调整了先前的计划:龟郎继续跟着大大、婶婶生活,正式过继给居易当儿子;行简先回梓州赴任——将饭碗端牢,再抽暇去下邽接大嫂、侄儿,侄儿过继给行简当儿子……白氏三兄弟感情之深,由此可见一斑!

"二哥,我知你讨厌浑浑噩噩混日子,我知你已经憋得太久了,想要撸起袖子大干一场,我知谁也拦不住你要大干——那就干吧,让世人瞧瞧,白居易可不是光会写诗!不过,还是悠着点儿干,你身体本来就不好,再加上毕竟已经年近半百了……"在码头上,行简满怀深情地与居易话别。

泪水蒙住了居易提前花掉的双眼,这一年他四十有八。

## 71

新官上任后的第一项工作,是一篇朝廷定制作文:谢上表。

诗文是白居易的强项,所以写的时候,他反而提醒自己:要写得克制,切忌浮夸!

左思右想,字斟句酌,用了一个上午的时间,三易其稿,完成了这篇简约、朴素的美文:

### 忠州刺史谢上表

臣某言：臣以去年十二月二十日伏奉敕旨，授臣忠州刺史，以今月二十八日到本州，当日上任讫。殊恩特奖，非次迁荣，感戴惊惶，陨越无地。臣某诚喜诚惧顿首顿首。臣性本疏愚，识惟褊狭，早蒙采录，擢在翰林，仅历五年，每知尘忝，竟无一事，上答圣明。及移秩宫寮，卑冗疏贱，不能周慎，自取悔尤。犹蒙圣慈，曲赐容贷，尚加禄食，出佐浔阳。一志忧惶，四年循省，昼夜寝食，未尝苟安。负霜枯葵，虽思向日，委风黄叶，敢望沾春？岂意天慈，忽加诏命，特从佐郡，宠授专城。喜极魂惊，感深泣下。方今淮蔡底定，两河乂宁，臣得为升平之人，遭遇已极，况居符竹之寄，荣幸实多。誓当负刺慎身，履冰励节，下安凋瘵，上副忧勤，未死之间，期展微效。身地远，仰首天高，蝼蚁之诚，伏希怜察。无任感激恳款彷徨之至，谨遣某官某乙奉表陈谢以闻。臣某诚惶诚恐顿首顿首，谨言。

他对天子李纯的心态是复杂的：五年前，他以莫须有之罪遭贬，令其对李纯十分失望，心中有怨；现如今，过了不算太长的时间，他被量移，说明皇上心中有他，他又心怀感激。除去个人恩怨，他从理性判断，认可他是有为之君和可能的中兴之帝。

第二项工作，他借到县城街头吃午饭之机，在一家家具店里，自掏腰包订制了一把当地特产老藤椅——躺椅，令其将货送到州衙，安置在自己办公室的屏风后面，从此他要以州衙为家了。

第三项工作，他对州衙所有官员提出要求：上班必须穿着整洁的官服，相互见面要行礼，待人接物要客气。到达当天，在酒楼雅间，他在即兴而作的诗中，已经对初见面的同僚提出了批评：

"吏人生梗都如鹿"——这也确乎是白居易：人温和、诗尖锐。

第四项工作，州衙全体官员集中起来连开三天汇报会，向新任刺史全面汇报忠州情况。

第五项工作，亲率同僚深入民间前往生产第一线做调查研究。

其诗不欺人，他在与元稹的通信赠诗中都在写忠州的情况：

即事寄微之

畲田涩米不耕锄，旱地荒园少菜蔬。
想念土风今若此，料看生计合何如。
衣缝纰颣黄丝绢，饭下腥咸白小鱼。
饱暖饥寒何足道，此身长短是空虚。

元稹被其一心扑在工作上的精神所感动，在回信中建议他向忠州的邻州，万州刺史——好官名官杨归厚请教，此人是刘禹锡的儿女亲家，白居易在其赠诗中向杨归厚介绍忠州的情况："山束邑居窄，峡牵气候偏。林峦少平地，雾雨多阴天。隐隐煮盐火，漠漠烧畲烟。赖此东楼夕，风月时翛然。"继而以父母官的名义为本州子民发出泣血的求助："竹枝苦怨怨何人？夜静山空歇又闻。蛮儿巴女齐声唱，愁杀江楼病使君。"

如其诗中所述，上任不久他就病了，抱病继续工作，大诗人面子大，杨归厚当即回信，欢迎他前往万州取经。

于是第六项工作，便是抱病组团前往万州取经，做实地考察。

俗话说：新官上任三把火——白刺史上任倒没烧什么猛火，而是实实在在地做了以上六项工作。

## 72

根据上述调查研究与借鉴学习，白刺史为忠州制定了"肃政、宽刑、均税、细耕、养树、扶贫、崇文"的发展方针。

"肃政"是对其所领导的执政队伍的整肃，他发现在这山高皇帝远鸟不拉屎的地方，官员们精神涣散、萎靡不振、工作乏力、享乐成风……这个状况不改善，一切都是奢谈。

"宽刑"是针对唐律制定过严所采取的应对措施，对于可判可不判的小错，都给予免于起诉的处理；对现在狱中的轻罪犯都给予减刑处理；疑罪从无。

"均税"是针对土豪劣绅兼并土地，勾结官府逃租避税，把赋税负担转嫁给中下层平民的恶劣现象，进行赋税面前人人平等的改革。

"细耕"是针对本州农业耕种水平太过原始落后，绝大多数地方还处于刀耕火种的现象，官府资助农户改善劳动工具、学习精耕细作的农业技术，提高土地的产量。

"养树"是根据本州的土壤气候条件天然适合植树造林，本州濒临长江，水路交通发达。他倡导州民广泛种植杏树、桃树，所结果实由州府统购并销往外地。不但种树，且还养花，他差人去庐山将映山红移植到此……

"扶贫"是对60岁以上的孤寡老人，州府要专门登记在册，每月给予一定的补贴。

"崇文"是针对本州地处偏远、州民平均受教育程度偏低的现象，兴办公学，尊师重教，崇文敬诗。谁家孩子，在各级科考中若有斩获，这个家庭将被给予不同等级的奖励。

从以上发展方针的制订看，有短期便能见效者，有长期方能大成者——这充分说明：他不是做给谁看，不是在表演，而是真在为眼前的"蛮儿巴女"谋幸福。他在《种桃杏》一诗中写道："忠州且作三年计，种杏栽桃拟待花。"——一语泄露了这个爱打算盘的太原人可一点都不糊涂：一任刺史的任期也就三年，他做的事情显然并不以此为局限，多数恐怕属于"前人栽树"的傻瓜行为，可他还要执意这么做，此人为官之境界由此可见一斑！

这一年，在他一心为公埋头苦干的时候，在远方还有几件大事发生：一、天子大赦天下，与其在本州所实行的"宽刑"之策不谋而合。二、刑部侍郎韩愈对皇帝迎佛骨一事上表反对，被贬为潮州刺史。礼佛的白居易对其反佛的立场不屑一顾，又觉得韩'国师'到底还是个有脾气的人——而白居易已经没脾气了！对此白居易没有幸灾乐祸。三、当代大诗人、大作家柳宗元不幸病逝于柳州任所，享年47岁。对于他来说，柳宗元是朋友刘禹锡的朋友，是诗敌韩愈的朋友，与白居易始终未成为朋友，柳于生命中的最后十年，在那遥远的南方，诗文佳作不断，他都是在刘禹锡的来信中读到的，心中十分钦佩，也是他在心中视为对手的能够给他带来写作压力和动力的同行之一。就像孟郊去世,他吟诵《游子吟》一样，现在柳宗元去世，他吟诵的是其晚年杰作——也是其一生诗歌创作的巅峰大作：

江　雪

千山鸟飞绝，万径人踪灭。

孤舟蓑笠翁，独钓寒江雪。

## 73

元和十五年（庚子，公元 820 年）。

正月里朝中便传来令人震惊的消息：天子李纯服丹药暴卒，长安将举行国葬大典。宦官梁守谦杀吐突承璀，立太子李恒为皇帝。

又一位皇帝死在了对丹药的迷恋上，死在了追求长生不老的途中……对此，白居易并不感到惊讶，他对丹药的危害早有觉悟，所以学过炼丹术却从不服丹药。李纯既殁，谥号昭文章武大圣至神孝皇帝，庙号宪宗，葬于景陵，对其43岁的生命，二十载帝王生涯，白居易在心中默默给予了高度评价，与朝廷的盖棺论定颇为一致，认为他最大的功绩便是结束了自代宗广德以来藩镇跋扈的战乱局面，领导国家重返和平发展之路，重振经济，恢复国力，是"元和中兴"的缔造者，为再造盛世打下了坚实的基础。白居易庆幸自己近20年时光生活、学习、工作、写作于这位有为之君、中兴之帝的时代，他到目前为止所取得的成就离不开这个相对稳定的时代，令他感到有些遗憾的是：他并未如自己所期望的那样与这位皇帝建立起一种相互信赖的私人关系，所以才会遭贬——遭受仕途上的重大挫折，无法取得权力的高位从而对国家做出更大的贡献（他认为自己是完全可以的），如今这将成为永远的遗憾！有传言说，李纯并非服丹药而死，而是被宦官下药害死的——他不相信，但是这个传言也非同小可，只能说明朝中宦官集团势力之大，叫人心生恐惧！

有鉴于此，他并没有妄生早日重返长安的非分之想，而是更加珍惜现在的职位，不论谁当皇帝，在任何时代，身为一名地方官，做好自己的本职工作，为当地人民群众谋幸福总归是没错的！

而一切的见效似乎比他预想的要快：忠州变了！

"肃政"令各级官员的精神风貌焕然一新，工作效率大大提高；"宽刑"反而让社会风气变好了，从狱中提早释放的人员充实了田间的劳动力；"均税"增加了本州的财政收入，土豪劣绅被大诗人的声名所震慑，以为他在朝中必有强有力的后台支持，暂时还不敢造次；"细耕"全面推广，在春耕中大行其道；"养树"让忠州变美了，这个春天，忠州变成了一座姹紫嫣红的花城……

这个春天，他在几位本地名士的倡议下，在州衙举办了一场诗酒大会。在会上，当代"诗王"带头吟诗：

郡中春宴，因赠诸客

仆本儒家子，待诏金马门。

尘忝亲近地，孤负圣明恩。

一旦奉优诏，万里牧远人。

可怜岛夷帅，自称为使君。

身骑样牁马，口食涂江鳞。

暗澹绯衫故，斓斑白发新。

是时岁二月，玉历布春分。

颁条示皇泽，命宴及良辰。

冉冉趋府吏，蚩蚩聚州民。

有如蛰虫鸟，亦应天地春。

薰草席铺坐，藤枝酒注樽。

中庭无平地，高下随所陈。

蛮鼓声坎坎，巴女舞蹲蹲。

> 使君居上头,掩口语众宾。
> 
> 勿笑风俗陋,勿欺官府贫。
> 
> 蜂巢与蚁穴,随分有君臣。

席间,一位年逾八十的康姓老叟,举杯起立道:"我老康头,大字不识,白丁一个,哪里会吟诗?我只想借此机会对白大人和白夫人表达一下感谢,他们对我这个孤寡老头多有照料……"——原来他是白刺史私人承包的扶贫对象之一,"我只想说,皇上派来个白青天,咱们忠州有救啦!我想请白青天干了这杯酒……"

众皆鼓掌,有人高声齐呼:"白青天!白青天!"

白刺史站起身来,走上前去,双手接过酒杯,一饮而尽。

"我还有个不情之请,白大诗人……能不能……赠老夫一首诗?"老头还没完。

宾客中有人议论道:"老头过分了!"

不料,白刺史随口道:"这有何难?"

走到案前,提笔便书:

### 赠康叟

> 八十秦翁老不归,南宾太守乞寒衣。
> 
> 再三怜汝非他意,天宝遗民见渐稀。

写完,他面朝老人,吟诵了一遍……

众皆鼓掌,有人高声齐呼:"白青天!白青天!"

## 74

新皇即位,朝廷必有重大的人事变动——这是每一个地方官都会有的常识。尽管白居易时刻关注着朝中的任何动向,尽管他从朝廷奏报上得知自己的贵人裴度将继续为相,他也不会料想到一切竟然来得那么快,因其查过忠州州志,了解到以往历任忠州刺史的平均实际任期,"安史之乱"前是八九年,"安史之乱"后是五六年,他距平均实际任期也还早着呢。

所以到了这年六月,当新皇诏书急下,任命他为尚书司门员外郎,待新任刺史到任后速返长安任职……

他先是惊——大惊!

继而是喜——狂喜!他为期六载的贬黜生涯到此结束了,在政治上重获新生!妻儿为即将重返长安而欢喜,妻儿的喜悦加重了他的喜悦!

再而是惑——困惑!不知道朝中的权力格局到底发生了怎么样的变化,没有人在书信中告诉他一二,他也不便向任何人打听……

最终是憾——遗憾!他成了大唐国史上忠州刺史一职上任期最短的官员:一年半。他的治郡方略仅仅只是初见成效——甚至连这都谈不上,他感觉对不起自己一年半来心心念念的"蛮儿巴女"!他希望新任刺史能与他同心同德、爱州爱民,将他未竟的事业进行下去,彻底改变忠州的面貌、人民的生活……

在他滞留忠州的最后两个月中,他全力以赴地站好最后一班岗。唯恐做得不够多,迎来新刺史并移交权力之后,人们还可以看到卸任的"白青天"带着他的一双儿女到处种树——他花自己的薪俸为忠州买了最后一批树苗,将自己的薪俸散发给康叟等孤寡老人,在父母官的位置上,他有一个执念:得之于本乡,还之于本乡,到走的时候,不带走一片云彩!

而历史是公道的:忠州有四贤之郡的传说,却未有多大的影响;白居易一来,以最短的任期却令忠州一跃而成三峡名郡,恐怕不仅仅是因为他自身有名……

夏末秋初的一个凌晨,天蒙蒙亮,这一家人没有惊动任何人,悄无声息地去了码头,登船,经三峡,由商山路直奔长安而去……

# 官

第四卷

# 第十六章　且求容立锥头地

## 75

国都长安,天高云淡,秋高气爽。

白居易一家人回来了,先在白夫人杨欣怡的娘家小住一段,又在昭国里租了一座宅院住下。白夫人原本就是长安的女儿,白龟郎生在下邽长于长安,白阿罗虽说生在江州,是江州的女儿,但是打小便听父亲、母亲和哥哥碎碎念长安,现在终于见到了他们口中的这座"天堂",果然是个特别好玩的地方……一家人其乐融融,沉浸在初回长安的欢喜中。

白居易在朝中,也是好消息不断:元稹自虢州长史返京。张籍迁秘书郎。李绅为翰林学士。元宗简为郎官。韩愈自袁州还京为国子监祭酒。李绛为御史大夫。崔植同中书门下平章事。裴度镇太原，加拜平章事。

某日，在朝堂之上，君臣议完正事，新皇李恒对众臣问道："尚书司门员外郎白居易在否？"

立于后排的白居易出列回禀："臣在！"

上曰："白爱卿，请近前叙话。"

白居易在众臣艳羡的目光中阔步走上前去，欲行三拜九叩之礼……

"白爱卿，免礼！"上曰，"长安城中酒肆多，屏风上皆是白爱卿画像，白爱卿在《自题写真》一诗中有云'合是山中人'，看来全然是在自谦，朕自幼熟读白诗，今日得见真人，竟是我大唐官员气宇轩昂相貌堂堂的标准形象，只是太瘦了些，有欠丰伟，爱卿身体无恙乎？"

白居易回禀道："谢皇上牵挂微臣，臣自幼体弱多病，近六载在南方，条件不比京城，故瘦，但身子骨还算硬朗……"

时年 25 岁，年轻英俊、意气风发的皇帝李恒曰："世所周知，元和年间出白居易，正如开元年间出王维、天宝年间出李白，白居易是国朝以来涌现的第三位诗王，五十未到已然写出《长恨歌》《琵琶行》这样的千古名篇，白爱卿多多珍重，爱惜身体，为我朝写出更多璀璨华章——是的，如卿所写：'天意君须会，人间要好诗'——朕意君须会，我朝要好诗！"

白居易感激涕零跪地俯首曰："臣领会皇上的一片苦心！"

上问："朕不敢以汉武帝自比，白居易却可与司马相如相比，白爱卿愿意做朕的司马相如否？"

白答："臣愿意！纵肝脑涂地万死不辞！"

上曰："散朝！"

如上与正事无关的小插曲，却成为群臣散朝后的话题中心。群臣一致认为当代诗王白居易又得新皇的钦定，在崇诗的本朝便是居于国师之位了——与韩愈有仇的人开心了，一代文宗在这位皇帝旗下，就别做此非分之想了！

散朝之后，追随白居易回到府中的是他最好的朋友元稹和元稹的堂兄元宗简——恰好是元九与元八。一进院子元稹，便向白夫人杨欣怡讨酒喝："嫂子，今日朝堂上所发生的一幕该当大肆庆祝！"

## 76

回归长安，本是一喜；"诗王"钦定，又是一喜——一切向好中，白居易却表现得有点焦躁。

一切都源于官职的未升反降：尚书司门员外郎，是个不重要的闲职，官阶从六品上，月俸四万文——对于俸钱，他这个非物质男，比较容易满足，就是嫌这官太小太不重要。官阶降到五品以下，绯袍佩鱼袋不能穿了，发下的新官袍是绿袍无鱼袋，又回到了青衫之列。5岁的爱女阿罗在父亲的新官袍上找不到她心心念念的金鱼，便哭了，让他在女儿面前很没有面子……每一次上朝，他都要经受一次刺激，同朝友人元稹、李宗闵、李绛、王起、钱徽等都是绯袍佩鱼袋，只有他、张籍、元宗简三人衣着青衫，像鸡立鹤群。

亲不亲，官阶分，这段时间他与元八来往比元九要多，致元八的诗比致元九的多，在致元八的多首诗中，为官阶之低屡发牢骚，元九看了告诫他：诗勿外泄，要忍、要等！

唯一令其虚荣心得到满足的是新皇李恒专门召见了他一次，

但又平添新的困扰:这位年轻皇帝和一群太监踢蹴鞠,技艺超群,是个中高手,颇似其先祖唐明皇李隆基在马球上的表现,在治国才能上也相似吗?在此次召见中,他也窥见了自己最好的朋友、异姓兄弟元稹的另一面:似乎比自己更能讨得皇上的欢心,并且已经和太监们打得火热……这令他心中有如打翻了五味瓶一般,滋味复杂。

这一年底,他回了一趟青年时代任职过的盩厔,去出席世外高人王质夫的葬礼,顺便也重温并凭吊了自己的《长恨歌》时代……

## 77

长庆元年(辛丑,公元821年)。

正月,改元为"长庆",唐穆宗李恒时代宣告开始。

毕竟是相隔多年回到长安,白居易有心陪同家人好好过一个年,带着妻儿到城内外多处名胜景点游玩;年过完了,正月二十日出生的他还给自己过了一个低调的五十大寿……这期间,携妻儿到城中闲逛时,他去了一趟位于市中心的长安书肆,跟老板结算了他离开长安六年以来几本书的版税,令其惊喜的是,这是一大笔钱,然后夫妻俩便盘算着这笔钱该如何花,一致认为一定要用在一件大事上。

夫妻俩商量来商量去,决定买房,然后便是到城中各处去看房、选房。按照白居易本意,他很想与元八——元宗简做邻居,但发现那个地段的房子太贵,租可以,若买便超出了他的支付能力,最终在长安城内新昌坊购得一处不大不小的宅院,二月是白家的乔迁之喜,还是很低调地悄无声息地搬入新居……

连白居易自己都没有料到，此举给他带来的喜悦竟是如此之大，起因正在于他18岁那年初到长安时，他生命中的第一个贵人顾况（一直杳无音讯）对其名字的妙解："长安米贵，居大不易。"后来他用自己的亲身经历实实在在地体会到了：此言不虚！现在他漫长的租房生涯终于结束了，在他50岁这一年，以后就算辞了官他也可以永居长安颐养天年！心情大好，诗便来了：

卜　居

游宦京都二十春，贫中无处可安贫。
长羡蜗牛犹有舍，不如硕鼠解藏身。
且求容立锥头地，免似漂流木偶人。
但道吾庐心便足，敢辞湫隘与嚣尘。

有道是饱暖思淫欲，此处是新宅念旧人。咏完多首新宅之后，他竟写出这样一首诗：

寄　远

欲忘忘未得，欲去去无由。
两腋不生翅，二毛空满头。
坐看新落叶，行上最高楼。
暝色无边际，茫茫尽眼愁。

寄远——寄给远方的人，是谁呢？或许更准确地应该说：是"无寄远人"。50岁了，初恋犹存，旧情难忘，爱情这东西一定是有毒物，让有情人一生毒瘾常发……

好在白夫人不识字。

春天来了，好运到了：三月，升任主客郎中、知制诰——此职位十分显要，专为皇帝撰写各种制诰，继而充任进士重试考官。值得一提的是：皇帝的委任诏书刚好落在翰林学士、中书舍人元稹手中，他美其言道："元和初翱翔翰林，蔼然直声，留在人口。朕尝视其词赋，甚喜与相如并处一时。由是召自南宾，序补郎位。会牛僧孺以御史中丞解制诰职，司掌书命，人推尔先。"

夏天到了，好运不止：六月，与元宗简同日加朝散大夫，始着绯，转上柱国，妻杨欣怡授弘农县君。

秋天到了，好运无休：十月十九日，转中书舍人；十一月，充制策考官。

真是好运来了挡不住：一个文官，何以授从军事统帅名称延伸而来的高等功勋"上柱国"（誉达正二品）？那是年轻的皇帝了解到他是白起后人。其妻何以授弘农县君？皇上听说她本是长安贵族名门之女，在忠州多有扶助贫困老人的善举并在当地传为美谈。沾祖上的光，让老婆得好，弟弟也跟着得好了。秋初，白行简授左拾遗，在蜀中待了七年之后，重返长安，两家人终于团聚了——幸福的白龟郎是两家的儿子。

40岁的杨欣怡被授弘农县君，感到自己这辈子嫁人真是嫁对了，对自己的婚姻感到无限满足，便有点沾沾自喜……居易见状，还专门写诗，假惺惺将其教育了一番（质问其何德何能）。写完，他压根儿就没有读给老婆听，这种诗本来就是写给外人看的……

## 78

长庆二年（壬寅，公元 822 年）。

转过年来，白家的好运还是没完没了：三月，白居易堂弟——即其叔白季康之子白敏中在长安进士及第，入河东节度使李听幕府。回想当年，少年白居易到江南一带游学四载，以白季康家为落脚点，那个时候白敏中还没有出生呢，他出生于白居易 21 岁那年，今年正好 31 岁，风华正茂，相貌堂堂，前途无量……白居易见状，心有感慨，口有忠告，诗便来也：

喜敏中及第，偶示所怀

自知群从为儒少，岂料词场中第频。
桂折一枝先许我，杨穿三叶尽惊人。
转于文墨须留意，贵向烟霄早致身。
莫学尔兄年五十，蹉跎始得掌丝纶。

这是一首他早就想写并且有资格写的迟到的诗，因为白氏三兄弟早就创造了一门三进士的佳话，这不过是这个佳话的 2.0 版。长兄幼文死了，堂弟敏中又递补上来，白起的后人从文也不甘居人后，这才是真正的名门！

仕途、家人都称心如意，白居易的心情就像眼前的春天，他有闲心观察、打听长安文坛的动向了，从见面频繁的张籍口中了解到前国师韩愈还是一副文坛领袖的作风派头，以其为中心的酒局、雅聚甚多，都与白居易没关系。白听罢，心中还是有失落感的，心想：二十年前，我大作未出，你不带我玩；二十年后，我钦定"诗王"，你还不带我玩……至于这么恨吗？不就是当年误以为我也如元稹一般挺杜贬李吗？你不是早已和元稹和好，还为其亡妻韦丛写了墓志铭吗？主犯从宽，从犯从严，那我可太冤了……他决定写首诗，调戏一下韩国师：

久不见韩侍郎，戏题四韵以寄之
　　近来韩阁老，疏我我心知。
　　户大嫌甜酒，才高笑小诗。
　　静吟乖月夜，闲醉旷花时。
　　还有愁同处，春风满鬓丝。

诗成，公事公办一般直接寄往韩府。韩愈收到读了，理解成主动示好，便约见两人共同的好友张籍，一致认为双方摒弃前嫌的时机已经成熟。韩、张二人定下一个良辰吉日，准备约上白，三人同游曲江。但是到了那一天，白居易没有来，韩愈觉得很扫兴，便在曲江池畔的一块巨石上题写了一首诗：

同水部张员外籍曲江春游寄白二十二舍人
　　漠漠轻阴晚自开，青天白日映楼台。
　　曲江水满花千树，有底忙时不肯来。

最先读到的同僚马上通知白居易去看。白打马去看，看过之后，在一块迎面对峙的巨石上酬答了一首诗：

**酬韩侍郎、张博士雨后游曲江见寄**
小园新种红樱树,闲绕花行便当游。
何必更随鞍马队,冲泥蹋雨曲江头?

两大"国师",曲江对诗,构成风景,士子争睹,传为美谈……而两人却因此失去了摒弃前嫌的千载良机……白居易到底为什么会放韩愈"鸽子"呢?这与其外柔内刚绝不将就的性格有关,事到临头了,他却想:见了面,还是解决不了分歧,那又何必别别扭扭地见上一面呢?于是乎,"中唐诗王"与"大唐文宗"之不睦被铸就在历史中。

当其时,最作难的是夹在两人中间的张籍,原本他还有心再办一场曲江诗会,欲重现19年前那场诗会的盛景,白居易不合作的态度让他泄气了,办一场没有"当代诗王""一代诗魔"出席的诗会,不会有人认为这是顶级的。19年过去,水落石出,还有一位不可或缺的人物,便是大家公认的实力派大将刘禹锡,他依然走在自己不断遭贬的坎坷路上,目前就任夔州刺史,老婆死了,还是回不来,诗人也是死的死,孟郊、柳宗元……想一想,就算了,谁爱跟谁小聚就跟谁小聚吧。

白居易放了韩愈"鸽子",很快自己便遭了"报应",他被其最好的哥们儿元稹放了"鸽子",并且是在同一个地点:有一天他心情好,临时起意游曲江,差家仆送信给元稹,约其同游,结果元稹未去,事后也无任何解释……

白居易知道:元九很忙——这一次回长安后,他似乎有些变了,什么人都交往,不再局限于进士集团,与阉党、旧官僚暗中打得火热,竟与进士集团的朝中代言人、这一拨诗杰的贵人裴度产生矛盾，对他不冷不热，尽量回避见面似的……三月，元八——元宗简心病突发骤然离世。在其葬礼上，"元白"二人见了开年以来的第一面，囿于环境气氛，没有交谈……在此期间，他还向元稹赠诗一首，既是自勉，又是劝诫：

初著绯戏赠元九

晚遇缘才拙，先衰被病牵。
那知垂白日，始是著绯年。
身外名徒尔，人间事偶然。
我朱君紫绶，犹未得差肩。

白居易一片苦心，生怕对方不理解，在另一首赠诗中，已经点得再清楚不过了："已分云泥行异路，忽惊鸡鹤宿同枝。"

春暖花开，元稹的忙终于有了正果（真是求啥得啥）：元稹以工部侍郎拜相，一飞冲天！群臣议论白居易将会做到的被他抢先做到了。

为达目的，元稹不计任何代价，无所不用其极，背叛了自己的出身和立场，做了进士集团的叛徒，站在了所有旧友的对立面……对于这位新任的元相，白居易十分冷淡，一来是对其背叛行径的不屑，二来是出于士子的清高：你越有权势我就越不会去巴结你！

当其时，令白居易想不到的是：元稹又给他出了一大难题，请居易为其草拟谢上表——很显然，元对自己的文笔还不满意，要借白的笔将此事做到极致。白犹豫再三，想到元在替皇上草拟委任诏书时对自己的美言，最终还是写了，由于写得太过正常，令元很不满意。

79

元相一上任，便对他自己以及进士们的贵人裴度下了手：时两河兵乱，裴度为相，亲征蕃敌，元稹却为迎合皇上销兵之策，力主罢兵，拒不配合前方战事，勾结宦官，构陷裴度，屡误战机。裴度罢相还朝，被迫反击，三次上奏，弹劾元稹，将其奏章当堂公示，让百官评理……群臣纷纷上奏表态，身为皇帝宠臣的白居易觉得自己更不该沉默（沉默不是当过谏官的他的风格）。至于如何表态站哪一边，他经过一番不无痛苦地思索，决定无条件忠实于自己的内心：实事求是、大公无私、忠君报国，于是便写下下文做奏章：

论请不用奸臣表

臣某言：臣闻主圣臣忠，圣主既明，臣辄献至忠之诚，上明国之典，下去邪之疑。伏望陛下纳臣之谏，则海隅苍生，兵屯咸偃。无大臣之谏，则国必败，有大臣之谏，则国必安。非（疑）元稹之愆，其事有实，亦不虚矣。矫诈乱邪，实元稹之过，朝廷俱恶，卿士同冤。裴度论议之谋，陛下已令奖度之勋，不允所请，理已为乖。今陛下含忍，不为窜逐，处之台司，同议国典。天下人心，无不惶战，何执元稹之言，居度散司之职？且同议裴度今功业今代一人，卿侯士庶，无不同惜。今天下钦度者多，奉稹者少，陛下不念其功，何忍信其奸臣之论？况裴度有平蔡之功，元稹有嚣轩之过。东都留守，诚即清闲，人劳之功，不合居于散地。伏望陛下圣恩照明，并无矫言，伏乞追裴度，别议宠荣。臣素与元稹至交，不欲发明，伏以大臣沈屈，不利于国,方断往日之交,以存国章之政。臣等职当谏列,不敢不奏,谨奉表以闻。无任兢迫战切之极,瞻望回恩,天下同庆。

这便是白居易的另一面——军国大事面前,大是大非面前,敢于对自己最好的朋友下手!在皇帝面前直斥其为"奸臣"!这个手下得可是太重了!一夜之间,风行半世的"元白"友谊神话在世人眼中沦为笑柄,白居易自己却在皇帝、百官、进士集团眼中成为大公无私、大义灭友的为官楷模,赚足了道德(包括职业道德)分数……

面对破鼓万人捶的元稹,最致命的一刀是兵部尚书李逢吉捅的,内外检举,告元稹勾结凶手和王府司马于方,密谋刺杀裴度。文武百官为之大惊,皇帝下令缉拿于方等人,将元稹、裴度二人各打五十大板——同时罢相。裴度以仆射留朝,元稹出为同州刺史,李逢吉代替二人,再度出任宰相。

这叫什么事儿啊?在愈演愈烈的"牛李党争"之中,元稹背"牛"投"李",最后捅了他一身窟窿的还是"李"这一方,这是政治权谋失败的窝囊案例!这叫什么命啊?元稹初次入朝,在左拾遗的位置上待了83天就被贬了,如今好不容易当了一回宰相,在相位上待了90天,实际掌权期只有区区一个月,其他时间都在刑部大狱中接受审查……

你没有这个命,霸王硬上弓!

正是因为想到此时此刻的元稹死的心恐怕都有,在诏命下达他必须离开长安的这一天,白居易赶回家中抄录了自己的一首旧作,让家仆上门去送给他:

放言五首（其三）

赠君一法决狐疑，不用钻龟与祝蓍。
试玉要烧三日满，辨材须待七年期。
周公恐惧流言日，王莽谦恭未篡时。
向使当初身便死，一生真伪复谁知？

此诗本来就是他对元稹旧作《放言五首》的应答，写于七年前自己初贬江州时。元稹当时劝居易不要寻死轻生，现在告元稹切勿自杀——当此时，他已听到元稹想以死为他自己洗白的传闻……

# 第十七章　宦途气味已谙尽

80

元稹此次罪大，贬得却不远，就在距长安三百里外的同州做刺史。他人一到同州，信便来了，密密麻麻写了十几页，大呼冤枉，并倾诉冤情……信中还夹寄了两首新作：

寄乐天二首
荣辱升沈影与身，世情谁是旧雷陈。
唯应鲍叔犹怜我，自保曾参不杀人。
山入白楼沙苑暮，潮生沧海野塘春。
老逢佳景唯惆怅，两地各伤何限神。

> 论才赋命不相干，凤有文章雉有冠。
> 羸骨欲销犹被刻，疮痕未没又遭弹。
> 剑头已折藏须盖，丁字虽刚屈莫难。
> 休学州前罗刹石，一生身敌海波澜。

在长安夏夜的燥热中，读着元稹的来信，白居易发现自己并未丧失对于朋友的信任：元稹为了博取更高权力背离初衷卖身投靠是真，暗中买凶意欲刺杀政敌有假；读着元稹的新诗，居易放心了，目前的元稹，暂时不会自寻短见，或许朋友们都比他想象的皮实、坚韧，想一想在南方蛮夷之地兜兜转转无尽头的刘禹锡，从宰相之高位被贬到京兆附近做刺史，又算得了什么呢？

读完信，读完诗，白居易问自己：是否还愿意把元稹当朋友？是否还愿做元稹的朋友？心底里有个洪亮的声音抢先回答："愿意！我愿意！"

眼前所发生的错综复杂、瞬息万变的一幕幕，令居易不得不慎重考虑当前的时局和自身的处境，他发现自己回到长安将近两年来，经历了一段外表热闹的假繁荣：二封"诗王"、钦定"国笔"、官阶有升、荣誉加身，封妻荫子，但在朝中并未得到任何重用，他的上奏、他的谏言，很少被采纳——这与宪宗时代形成鲜明对照，令其心中颇有落差感。他最近一项不成功的上奏是：官军讨伐王廷凑无功，国库空虚，贼势犹盛，他上书论兵，皇帝不听……

当此时，又发生了一件事。

白居易回到长安这两年来，常相往来的人中还有其在忠州的前任李景俭，李比白早一年回到长安，除仓部员外郎、谏议大夫，元稹罢相被贬之后，他作为元的好友，心中甚是郁闷，约白居易到西市喝酒，准备将大公无私、大义灭友的白居易痛骂一顿——白敏感地意识到自己赴约便是挨骂，便用了自己惯用的一招：放他"鸽子"！不去！结果逃过一劫⋯⋯

事情是这样的：李景俭与五个朋友在西市一家酒肆喝大酒，喝大进宫，大闹中书省衙府，大骂王播、崔植、杜元颖三位宰相——李虽贵为皇亲国戚，但借酒撒疯，醉骂朝政，面辱重臣，不是小罪，被皇上贬放出京，同去五人同时遭贬。白居易闻之，紧急上奏，欲救这六人，皇帝不听⋯⋯

一连串的亲身遭遇令白居易不得不思考当朝皇帝到底是个什么东西，尽管他对自己相当不错，但毫无疑问，这是一位心无大志、才疏学浅、玩物丧志、花天酒地的昏庸无能之帝，同贬元稹、提李为相足见其昏聩，远不及其父李纯。别以为臣不挑君，白居易外表谦和，内心可是骄傲着呢：他认为这个皇帝配不上他白居易，伟大的诗人必有伟大的君王与之相配，李白、王维配明皇，配"开元、天宝盛世"，白居易配宪宗，配"元和中兴"，而眼前这位竖子是配不上他的⋯⋯

他忽然退意萌生，不可遏制，当夜题诗一首：

自　问

黑花满眼丝满头，早衰因病病因愁。

宦途气味已谙尽，五十不休何日休。

81

有了退意，白居易连夜差家仆将家住附近的胞弟白行简约来商议。兄弟俩猫在书斋中，不饮酒只吃茶，彻夜长谈。弟弟坚决支持哥哥急流勇退，因在蜀中共事的经历令其太知道新任"李相"是个什么东西，有此心术不正且阴险狡诈的宰相，上头再有个不思进取、昏庸无能的皇帝，哥哥纵然一身本事，非但不能有所作为，还会时刻处于凶险之中而无法自保……退，以退为进，是上上策！

兄弟俩一直谈到东方既白，报晓的雄鸡都叫了，行简回家休息去了，居易回到卧房一直睡到正午，午饭时他一边吃一边问夫人："娘子，一转眼咱们回到长安已快两年了吧？"

夫人应答："可不是吗？再过一个月就整整两年了，日子过得真快！"

"这两年过得怎么样？"

"好啊，除了好还是好，最苦的日子咱们都过过了，现在的生活怎么能说不好呢？"

"想不想出去转一转，换个地方再住住？"

杨欣怡聪明绝顶，知道丈夫有大事要和自己商量，便问龟郎和阿罗："你们俩吃饱了吗？"

"吃饱了！""吃饱了！"兄妹俩回答。

"那就去玩吧，阿爹阿母有事商议。"杨欣怡道。

两个孩子走后，居易将朝中时局、自己想法以及昨夜与行简商议的结果原原本本告诉了欣怡，欣怡道："夫君，你不必对我讲得这么详尽，不必太在意我的感受，我杨欣怡嫁给的是白居易，不是长安，夫君想去哪儿，我自然是跟到哪儿，孩子是我们的孩子，自然也一样……"

居易面露欣慰的笑容："好吧，不过这回去的地方，应该比江州、忠州好些。"

说完，直接去了书斋，伏案起草请辞奏疏。

作为起草诏书最多的钦定"国笔"，他充分展示了自己最大的特长，写成了一篇声情并茂的美文：他首先感谢当今圣上对自己的恩宠有加，再自省自己为圣上为朝廷为国家立功甚微，接着以忠州为例详尽阐述了自己的治郡理念，篇末请求圣上赐自己一州一郡，让自己实践自己的理念，大干一番，报效国家，言之凿凿，发乎其心。

白居易的请辞奏疏递了上去，迅速即见结果，七月十日，皇帝下诏，免去其中书舍人等职——这么轻易地便任由朝中能臣撂挑子，像是个昏君所为。四天以后，七月十四日，皇帝下诏，除白居易杭州刺史——将大唐国土上最肥的一块宝地交给他去治理，又像是识人善任的明君所为。至于朝中百官的反应，阉党、旧官僚集团恨不得他赶紧滚出京城，进士集团一方分为两种：一心只想升官者觉其愚，有心想要做事者知其有大智慧。至于家人嘛，一听说此次去的是杭州，便不觉得离开长安有什么了，当其时，"上有天堂，下有苏杭"之说已有，从长安到杭州，便是从天堂到天堂。

## 82

此次出长安，与七年前不可同日而语，不是因政治上犯了错误而遭受的惩罚，而是深得皇帝信任的委以重任，不是"贬黜"，而是"左迁"，下诏之日，不限当日离开长安，三日之内启程即可。这可以让全家人一起做好充分准备从容出发，还让白居易有半日空闲来到家附近的青龙寺拜佛许愿——身为佛教徒，他对出远门要进庙这一点很讲究。

这座建于隋朝的古寺因为来过一个日本和尚空海法师而有些名气，不过空海法师在该寺拜师学佛的时间是在十七八年前，那时候白居易虽已来到长安在做校书郎，但并未拜访过该寺，也无缘认识他。日本现代小说中所写到的两人不但认识并且是好友的情节，纯粹是子虚乌有的小说家言，但也不能说全然没有一点根据，就在此时此刻，白诗已在日本风靡，贵如黄金，成为众臣讨好日本王的厚礼，日本学者在分析白诗传入日本的线路时发现最早的一条线索：极可能是空海法师回国时带回去的……只不过，这时候白居易对自己的诗在日本所产生的巨大影响以及他本人所享有的崇高地位一无所知，长安城中已经多年不见日本遣唐使了。

有一种神秘的力量让他找来找去，最终在新昌坊购得平生第一套房产（下邽村舍、庐山草堂不算）。

有一种神秘的力量让他在这个早晨得半日清闲走进这座他此前从未进过的前朝古寺……

白居易是低调的，为了不引人注目，离家前他特意脱去绯袍换上青衫——低级官员在长安多如牛毛，扔到人堆里便认不出来了……

清晨的寺院里，一片寂静，这是一个平常日子，没有多少香客，白居易只身一人径直来到大雄宝殿，跪在蒲团上，对着佛像，连磕三头，在心中默默许愿：不求官运亨通早回长安，只求此次南下全家平安……

一旁的椅子上坐着一个和尚——不，是一位尼姑，他每磕一头，她便敲一下木鱼，三头磕完，他将事先准备好的供奉——一个沉甸甸的钱袋，用双手呈给尼姑……

"阿弥陀佛！善哉善哉！感谢施主！"尼姑说——其声南音款

款,令居易听来倍感亲切。

他抬起头来,直视对方,继而发出一声惊叫:"湘——灵!"

这一声惊叫,像一道闪电,瞬间击中了那个尼姑,只见她嘴唇颤抖着:"阿连……"

现如今,全世界只有她一个人叫自己"阿连"——只有这一声"阿连"才能俘获他的心,来自他最爱的一个人,掐指一算,比他小4岁的她今年已经47岁了,变成了这样一个美丽的中年尼姑——如果美丽不可以用来形容尼姑,那就从她开始破例吧!

"你……怎么在这里?"他问她,"是在此出的家吗?"

"不……不是的。"她回答,"贫尼云游四海,上个月刚到本寺挂单。"

他潸然泪下,几近哽咽道:"十三年前,你为什么不等着我?已经等了那么多年了,为什么不再等等?"

她轻轻叹了一口气:"大诗人,你可是写《长恨歌》的人啊!哪能不晓得爱情呢?什么是爱情?就是能替自己所爱的人分忧,我当时看出来了:面对两个女人,该当如何处置,这事儿让你伤神,虽然你爱的是我而不是她……我也问过自己:能否与别的女子一起分享你,回答是可以的,可是假如让我瞅着你为这事儿犯愁一辈子,我还不如死了呢……"

他一把抓住她的手:"过去的事情都过去了,过去浪费掉的岁月就让它浪费掉好了,现在你跟我走,咱们去杭州,我刚被诏命为杭州刺史,会在那里干上几年,欣怡是个好女人,她必会接纳你的……"

"不,不……我好不容易脱离苦海,你又要把我拉下水去,我早已经不是那个名叫'湘灵'的痴情女子,贫尼是云游四海的妙探法师……"

"你可以还俗，诗人贾岛当了半辈子诗僧，不是也还俗了吗？"

"不，不，阿连哥，我感谢你教我识字、读诗、念经，我现在心里很安宁，心有大欢喜……"她挣脱着，从他的手中……

他向前进逼一步，于是在青衫之下，露出了一双已经穿得十分破旧的布履……

她见状泪如泉涌，哽咽道："这双鞋……你还在穿？"

他如实作答："十三年来，一直穿着，穿破了，补补再穿……"

她哽咽道："穿着这么一双破鞋……你哪里像个当官的……哪里像大诗人白居易……爱情太苦了……我受不了……"

当此时一队僧人鱼贯而入大殿，一场法事即将开始，居易被僧人请出殿外，他只好先离寺回家，继续收拾行囊……

吃罢午饭，他换上绯袍，再度重返青龙寺，直接找到该寺住持，光明正大，自报家门，问及妙探法师，住持的回答是：妙探法师今日上午便离寺走了。问及她常驻寺庙。回答：并不清楚，大概在南方，本寺对云游四海挂单僧尼的身世从不多加打听。

居易丧魂落魄回到家中，拿着湘灵当年送他的另一件礼物——一面镜子照来照去，何以解忧，唯有写诗：


逢　旧

其一

我梳白发添新恨，君扫青蛾减旧容。

应被傍人怪惆怅，少年离别老相逢。

其二

久别偶相逢,俱疑是梦中。

即今欢乐事,放盏又成空。

## 83

与湘灵在位于家门口的青龙寺中的重逢又错失,令南下启程前的白居易心乱如麻、手忙脚乱……

启程后最初一段路上,他如同死人一言不发,对于两个兴奋不已的孩子的各种发问爱搭不理,夫人不知其根由,以为是离别长安心有愁绪所致……出发前,夫妻俩还是很讲究地让白龟郎自己做选择:是跟着大大、婶婶、妹妹去杭州呢,还是留在长安自己亲生父母身边……这孩子真是没有白养白疼,毫不犹豫选杭州……白居易深知,弟弟行简的负担也不轻,因为还要供养长兄幼文的遗孀和幼子,再加上夫妻俩又添了一个女儿,所以将龟郎带走是最好的选择……

与七年前被贬江州的行进路线一致,走蓝田,到商州,下榻于丹江之畔的船帮会馆——那一次他在这里等妻儿等得心焦,这一次与妻儿同行去往天堂般的好江南,本应高兴才对,他却高兴不起来……将家人安顿好之后,他去会馆四周的题诗壁转转,他还是习惯性地先找自己,再找元稹……

自然都找到了。他站在元稹的一首诗前,陷入无尽的惆怅:唉,他青春年少时脑子里呈现过理想世界的样子,有两人不可或缺,一个是湘灵、一个是元稹,分别是爱情、友谊的化身,现如今前者已经失去了,后者似乎正在失去,人这一辈子,难道就是为了得到次要的而失去主要的吗？

"每到驿亭先下马，循墙绕柱觅君诗——好诗啊，真是好诗！"身旁有位同观者，随口吟诵道。

白居易定睛一瞧，脱口而呼："文昌！怎么是你，你怎么在这儿？"

文昌是张籍的字，这一日，新任杭州刺史赴任途中遇到了考察长江水利状况归来的水部员外郎，老友在异地邂逅，不亦乐乎！

两人相拥，白居易紧抱张籍不放，让张籍感到多少有点热情过度。张籍眼中的白居易是什么人？竟然敢放韩愈大师的"鸽子"！在他看来，白只会对元稹这样，他不知道此时此地的白居易是把他当作救命稻草了，指望他能将自己从旧情难忘的泥沼中拔出来……

两位老友在此会馆中泡了三天三夜，聊朝中乱局，白三缄其口；聊共同朋友，白兴致不高；聊他们携手建设的新乐府诗，竟也激不起他太大的兴趣；但是当张谈起这次出差的收获——对于长江水系水利建设工程的考察，白竟听得兴趣盎然，因为其中包括他即将赴任的杭州。听君一席话，胜读十年书！对于忠州这样的贫困州，究竟应该怎么搞，很容易看清楚，但对于杭州这样的富裕州，究竟怎么搞，反倒不容易看清楚……现在听水部员外郎这么专业地一讲，他至少明白了一点：兴修水利是他此去杭州无法回避的大问题！

呜呼！这或许是大唐帝国能够富强一方的一个注脚：两位中级官员在异地的驿馆邂逅，一不吃喝嫖赌，二不游山逛水，三不蝇营狗苟，竟然面对面谈了三天工作。让其中一个因为自己的情事而心如死灰者一下子活过来的，也还是工作！

他活过来了!

84

三天之后,告别张籍,一路徐行。

八月,至襄阳登船,沿汉江入长江。所经之处,白居易还是自己一贯的作风,破帽遮颜低头而过,尽量不叨扰地方官。过郢州时,他破了例,因为郢州刺史王镒是李景俭醉骂事件所连累的五君子之一,他当时想救而不得,他想看看自己没有救成的落难者现在活得怎么样了,便上岸登门拜访。有朋自远方来不亦乐乎!更何况是有心救自己的当代诗王!王刺史竭力挽留白居易一家多住了一阵子,每日好酒好饭好招待,还陪他们游览了郢州的山山水水……

一家人经过一番休整,登船继续南下,行船经过洞庭湖口,白大诗人诗咏大禹:"不尔民为鱼,大哉禹之绩。"思效治水,其想可鉴,其心可感!

行至江州,故地重游,故人不见,感慨万千!一家人在庐山草堂中住了几日——这也算是白家的一处地产(他已捐给州衙)……回到故居,妻儿好不开心,老白颇觉欣慰!在江州这段日子,他把更多的时间和精力放在与现任江州刺史、自己的同龄人李勃的工作交流中:江州正为旱情所苦,李刺史一面求助于朝廷,一面开始筹划治水,白居易献言献策……杭州未至,他已提前进入工作状态,或者说是为杭州的工作在做前期准备。

船上写的一首新作,尽显其所思所想:

初下汉江舟中作,寄两省给舍

秋水淅红粒,朝烟烹白鳞。

一食饱至夜,一卧安达晨。

晨无朝谒劳,夜无直宿勤。

不知两掖客,何似扁舟人。

尚想到郡日,且称守土臣。

犹须副忧寄,恤隐安疲民。

期年庶报政,三年当退身。

终使沧浪水,濯吾缨上尘。

继续航行,船行至长江下游,这位整天除了想工作就是在想诗的人又得杰作,是一首艺术水平超高的精美小品:

暮江吟

一道残阳铺水中,半江瑟瑟半江红。

可怜九月初三夜,露似真珠月似弓。

# 第十八章　与君展覆杭州人

## 85

十月一日，抵达杭州。

白居易一家人在前任刺史的宅邸住下，两任刺史的交接工作也进行得简单高效。送走前任，头一天到州衙正式上班，端坐于书桌前，准备做上班后法定的第一件事——给皇帝上谢表，正在拿捏措辞，衙役呈上一件刚寄达的包裹，他接过来心想：谁这么惦记自己？人未到，东西已经寄出了……脑中唯一掠过的是元稹英俊的面孔！他小心翼翼将这一件布包裹拆开——里面包着的是一双新崭崭的布履！稍微举近些，便能嗅到一丝暗香——那是女人自带的体香，仔细看鞋底，密密麻麻一针一线间有点点血渍……他的眼泪一下子下来了！他明白了：这个包裹是谁寄的！这双布履是谁纳的！哦，鞋底里还绣的有字，左脚鞋底绣的是：余生苦修；右脚鞋底绣的是：来世相见。

他号啕大哭，伤心得像一个受了欺负的孩子！

衙役站在一旁看在眼里，以为新刺史甫一到任便死了亲人，自己不便打听……

青龙寺大雄宝殿上忽然重逢的一幕，一遍一遍在他脑际回放着，继而延伸至某座尼姑庵的青灯下，妙探法师一针一线纳着鞋底，纤纤素手上渗出颗颗血珠，这是在棉布上刺血书……他和家人在路上优哉游哉走了三个多月，这个没有落款不知从何处寄来的包裹在路上走了多长时间？剩下的便是做鞋所需要的时间……

他越想越伤心，哭得更厉害了。

后来，他止住了哭泣，将这双布履置于地面，将脚上的破鞋脱下，换上新鞋，他站了起来，四下走了几步，真是万分合脚，无比舒服……后人云：婚恋如穿鞋，合不合脚只有当事人自己知道——此刻在白居易的心中，何谓青梅竹马？何谓刻骨初恋？何谓至高爱情？就是这一双带有点点血渍、绣有生死诺言的布履！

余生苦修，来世相见。

"来世"二字总是令人宽心，他渐渐平复下来，开始给皇帝上谢表……

86

白刺史上谢表之后，皇帝发布诏书，忧"江淮诸州旱损颇多"——杭州正是江淮大旱的中心区域。旱灾带来饥荒,最严重的地区,已经发生民变:弃锄举戈,抢夺官米,杀死官吏……凶年邪火大有燎原之势!杭州这等消费型城市的粮食市场依赖性极强,赤地歉收,米价高抬,人心惶惶,危机四伏……

到任之后,经过一番现场实地调研考察,白刺史才明白:新皇哪里是赏他了一块香饽饽来吃,而是丢给他一根硬骨头去啃。他还弄不明白:是新皇对他委以重任呢,还是新皇身边的人——阉党、旧官僚在给他制造难堪,因为朝廷的下一个举措让他看不懂了:派强臣李德裕,赶赴江淮出任浙西观察使。李是李党领袖之一,白属于进士集团,两人如何合作?新皇初登大位,似乎是在乱弹琴——问题在于,皇上不懂,身边的重臣也不懂吗?如此别扭的人事安排,是不想把江淮的事情办好吗?他有点看不懂了。

人的感受都很一致:白居易觉着别扭,李德裕也觉着别扭,但是两人一见面一接触,都发现对方是可以合作的人,因为工作上的目标是一致的,真干实干是两人共同的作风。在李眼中,白是一个睡在州衙的工作狂,可以与自己高谈阔论三天三夜大兴水利的计划,他拿出其政论旧著《策林》,其中就有关于国家水利建设的专论,十分内行,颇有见地。在白眼中,李对自己并无成见,态度友善,并且也是一心扑在工作上,在工作上主动与他打配合,大兴水利是国之大事,离不开朝廷的支持,有这么一位朝廷派下来的强臣负责与上面沟通,他的工作效率才能得到充分保障……

上通下达理顺了,左邻右舍拉通了:苏州刺史李谅、湖州刺史钱徽、崔玄亮,都是白居易故交,他们通信往来频繁,在信中交流工作经验,还不忘相互赠诗……

入冬了,江淮大地,天寒地冻,水利工程的开工须等来年开春。

老白终于得闲，登上西湖岸边望海楼，登楼登得身子热了，脱下自己身上老婆新缝制的布裘时，诗兴大发，留诗一首：

新制布裘

桂布白似雪，吴绵软于云。
布重绵且厚，为裘有余温。
朝拥坐至暮，夜覆眠达晨。
谁知严冬月，支体暖如春。
中夕忽有念，抚裘起逡巡。
丈夫贵兼济，岂独善一身。
安得万里裘，盖裹周四垠。
稳暖皆如我，天下无寒人。

一同登楼的李德裕大赞好诗，但也当即指出此诗是受了杜甫杰作《茅屋为秋风所破歌》"安得广厦千万间，大庇天下寒士俱欢颜"的影响，白居易并不在乎，在他看来，抒大情不拘小节，与道相比，文人趣味从来都是第二位的……

在这个江南的冷冬里，他又有一诗写到"裘"。

身为杭州最高行政官员，在其为本州所拟定的三年施政计划中，不但包含物质文明建设，还包含精神文明建设，他想两手抓两手都要硬：自己既然是这个帝国这个时代最有影响力与号召力的大诗人，他就做了一项"州民爱诗写诗计划"，准备每年举行一届大型赛诗会；自己既然是音乐歌舞的高级发烧友，便准备复排国之瑰宝《霓裳羽衣舞》，他向大明宫梨园自己认识的两位协律郎萧悦、殷尧藩发出了邀请函，邀请他们前来杭州帮助完成这项计划。

这两位大唐皇家歌舞团的专业编导，接到邀请并得到朝廷批准后便来了，他俩没有来过江南，想当然地以为江南没有冬天，未带冬装便来了，来了便冻病了。白刺史马上差人去成衣店给二位各做一件布裘送去，两人感动不已写诗致谢，白刺史在款待二位的酒席上回赠了一首：

醉后狂言酬赠萧、殷二协律

余杭邑客多羁贫，其间甚者萧与殷。
天寒身上犹衣葛，日高甑中未拂尘。
江城山寺十一月，北风吹沙雪纷纷。
宾客不见绨袍惠，黎庶未沾襦袴恩。
此时太守自惭愧，重衣复衾有余温。
因命染人与针女，先制两裘赠二君。
吴绵细软桂布密，柔如狐腋白似云。
劳将诗书投赠我，如此小惠何足论。
我有大裘君未见，宽广和暖如阳春。
此裘非缯亦非纩，裁以法度絮以仁。
刀尺钝拙制未毕，出亦不独裹一身。
若令在郡得五考，与君展覆杭州人。

其心可鉴：白刺史所有的工作计划都拟定成三年计划，因为他来之后在州志上查实了，杭州刺史的平均任期也就是三年（到底是上州好地方），写此诗时喝了酒上了头，暴露了自个儿的心迹：他真想在这里好好干上五年，制一件天大的布裘，给杭州人民穿上！

## 87

长庆三年（癸卯，公元 823 年）。

正月里来闹新春，自去秋到任后一直住在州衙的白刺史，回到刺史府，与妻儿一起过了一个团团圆圆和和美美的大年，由于打小便在江南一带漂泊，他也可以算半个江南人了，对于江南美食特别喜欢，家里专门雇用了一位当地的名厨……在杭州刺史的职位上，他的薪俸又有提高，一家人根本花不完，这令他感到万分知足！

春天到了，江南之春美如画，水利工程全面展开，他心情大好，春游灵隐寺、孤山寺等江南名胜，同游者便是从京城特邀来的协律郎萧悦、殷尧藩。

他们一边游玩一边谈工作：复排《霓裳羽衣舞》的工作也已经全面展开，面向全社会公开选角，他俩不想从长安调派玲珑、陈宠、沈平等名角来，想从本州选几个土生土长、原汁原味的舞者，于是海选工作便开始了……

海选地点就设在州衙后花园。这一天，白刺史正在办公室里听取几位水利专家的工作汇报，衙役进来禀报说："白大人，萧大人、殷大人差我来禀：请您抽暇到后花园去一趟，还说一定要去！"

白刺史心想，估摸着是选到可用的角色了，便对几位水利专家说："咱们稍事休息一下，一起到后花园赏花去！"

几位水利专家便随他去了。

到了才知道，后花园里好不热闹，来了好多人——好多美少女，好多善舞者，长袖翩翩，争奇斗艳。

两位考官萧悦、殷尧藩见到白刺史来了,便让出中间的座位,白落座后悄声问他俩:"怎么?有情况了?"

萧说:"还不知道有没有情况……只是有位选手口出狂言,说白大人不在场,她不跳,让我们速请你来……"

白问:"什么人这么大谱?"

殷答:"我们也不知,不过衙役悄悄告诉我,她是杭州城里大名鼎鼎的歌舞伎商玲珑——白大人知道她吗?"

白答:"尚未知。"

萧说:"那好,咱们就一起见识一下她的真本事吧!"

白道:"中!"

殷待眼前一段乏善可陈的表演结束后对着台下呼道:"下一位选手——商玲珑,请上台表演!你不是说,白大人不来你不跳吗?好了,现在白大人就坐在这里,你有多大能耐就使出来吧!"

话音未落,一位容貌出众、艳光四射的妙龄少女已经闪现在台上,很有礼貌地向台上考官、台下观众、台侧同行各鞠一躬:"小女商玲珑为诸位献歌献舞。"——开场白一语道破:这是个有日常表演经验的专业歌舞者。

萧问:"商小姐,我有点好奇,商玲珑是你的艺名吗?"

商答:"是的。"

萧问:"谁给你取的?"

商答:"师傅取的。"

萧问:"为何取这个名字?"

商答:"师傅说京城有位大舞者,艺名叫玲珑,《霓裳羽衣舞》跳得最好,师傅希望小女子能够像她一样成长为大舞者。"

殷说:"好,有志气!"

白刺史也是人，面对眼前这个尤物，也怀有好奇心，便忍不住问道："商小姐，你去过长安吗？"

"回禀白大人，小女子是土生土长的江南女子、杭州女子，尚未到过长安……"商答。

萧说："好吧，那就请商小姐为我们带来她的精彩表演吧。"

台上有古筝，本是为舞蹈伴奏所用，商玲珑指其曰："在跳舞之前，小女子可否专为白大人献歌一曲？"

殷说："当然可以，白大人就在这里听着呢。"

商玲珑走到古筝前，坐下，静默片刻，开始弹奏，继而歌声起：

> 浔阳江头夜送客，枫叶荻花秋瑟瑟。
> 主人下马客在船，举酒欲饮无管弦。
> 醉不成欢惨将别，别时茫茫江浸月。
> 忽闻水上琵琶声，主人忘归客不发。
> 寻声暗问弹者谁？琵琶声停欲语迟。
> ……

当此时，创作于七年前的这首大杰作早已经风靡全国，更是青楼中的保留曲目，其作者已在长安等多地听到过歌伎的现场吟唱，但这一版无疑是最有特色的：南音款款，吴越风情……白居易听得热泪盈眶！

台上、台下、台旁、台侧，所有人都听醉了！

一曲唱罢，掌声雷动，商玲珑道："这首《琵琶行》，我在天香楼已经演唱两年了，去年秋后，听说白大人已经到我们杭州做刺史，小女子便在心里盼着白大人会闻讯来听，但一直到现在还没有来……容我斗胆在今天这个场合将此曲献唱给白大人！谢谢你为我们歌伎写了这么好的一首诗。"

萧说："甚好，诗不必说，曲子也好，唱得更好，是不是啊，白大人？"

白刺史感动得说不出话来，只是频频点头。

殷说："好的，歌声如此动人，下面让我们见识一下你的舞蹈。"

只见商玲珑一拍手，台下便走上来几位乐师——很显然，他们与她一起来自杭州最红火的官办妓院——天香楼，一个歌舞伎盼望新上任的白刺史出现在那里也是有道理的，视察工作时都得来看一下嘛！

令萧悦、殷尧藩这两位大唐皇家歌舞团专业编导感到震惊不已的是：商玲珑别的不跳，直接跳了《霓裳羽衣舞》，不但会跳，而且跳得十分出色，她完全是专业舞蹈的功底——天香楼歌舞伎班，她是其中最红的头牌，自然是明星级的舞者。

见过大场面的白刺史又看傻了，诗人的联想力比较丰富——他在想：《霓裳羽衣舞》原跳者杨玉环在世也莫过如此吧？这个商玲珑并不像一般瘦弱纤细的江南女子，而是丰腴、性感、风骚且有活力，完全符合大唐主流审美标准……

"白大人，我看海选工作可以到此结束了，由商玲珑担任独舞和领舞。"萧悦道。

"伴舞的演员挑够了吗？"白刺史问。

"早够了！伴舞的毕竟好选。"殷尧藩道。

"那好，那就这样吧，由商玲珑担任独舞和领舞，你们的工作可以进入排练阶段了。"白刺史道。

## 88

这个春天,杭州文化的另外一大计划"州民爱诗写诗计划"也在推进中,各县、乡都举行了赛诗会,选出的选手准备参加全州总决赛——也就是白刺史计划中一年一度在杭州举行的大型吟诗会。在拟定特邀嘉宾名单时,他将邻州几位与他通信密切、工作交流频繁的刺史都列了进去,还向距离远一些的同州刺史元稹发了邀请函——在他看来,当今诗人,若单以名气大小论,除了"元白"还能有谁呢?这是于公。元稹被罢相贬出长安后,他哥俩虽已恢复了通信与互赠诗,但还没有机会见上一面,趁此机会可以相聚数日回到往昔……这是于私。他并非那种公而忘私大公无私的脸谱化的清官。元稹很快回信了,令他喜出望外——元在信中说,自己在同州干得不错,不到一年便被量移了,已被迁为浙东观察史、越州刺史,八月赴任途中会经过杭州,届时可以欢聚数日……白刺史当即决定将这个原计划在春天进行的总决赛暨大型吟诗会推迟到夏天举行,专等元稹来——为大诗人元稹、为百姓口头上传颂一时的貌比潘安的大才子而推迟是值得的!

这个春天,还发生了一件事,令"白青天"的呼声首次在杭州响起。

在白刺史看来,这不过是一件日常工作中的小事,概括起来就是有人匿名举报:富阳县乡试,王县令带头舞弊,官宦子弟赵秀、贾珍被录,江南一带闻名的才子沈林、钱明落榜,王县令难辞其咎。白刺史读之大怒,他在京城多次参与或主持进士科或官吏拔选大考,处理起来很有经验,他当即前往富阳县,将几位涉事考生——

录取未录取的都叫来，他自己亲拟考题，一诗一赋，果不其然，被录取的官宦子弟都是粗通文墨的混混儿，落榜的知名才子才是真人才……事情败露，王县令被抓，又交代出一连串发生在富阳县的腐败案……富阳县百姓派出代表跑到杭州州衙给白刺史送匾，上书三个大字"白青天"——从此，全州上下便叫了起来……

白刺史对同僚们感叹：老百姓真是太容易满足了，仅仅是纠正偏差，恢复正常而已，便令他们感恩戴德喊出"青天"！他对佛发誓要在自己的任期之内为杭州百姓干一件造福千秋后世的大事！

这个春天，也是白刺史生命的春天——他生命中的第二春在52岁这一年看似不可避免地到来了……因为一个尤物来到他的身边，变成他日常工作的一部分：萧悦、殷尧藩两位舞蹈编导整日在州衙率领着商玲珑等一班舞女排练《霓裳羽衣舞》，身为领导白刺史常去探望他们。打小在青楼长大的商玲珑敏锐捕捉到了白刺史对自己的偏爱——这不是上级对下级，也不是长辈对晚辈的爱，而是男人对女人的爱，自然不会放过这个千载难逢的机会，便主动把自己送上去，白刺史也是人，《长恨歌》的作者——大唐最懂风情的男诗人，哪里把持得住？一个52岁的老爷们儿的生命便被一个18岁的红舞女点燃了。

春天过去，夏天到来，当八月到来的时候，元稹如约而至，"元白"相见，亲密如常。"州民爱诗写诗计划"全州赛诗会总决赛暨大型吟诗会在西湖之畔举行，活动举行之日人山人海——白刺史要的轰动效果达到了，要啥明星？"元白"就是最大的明星！很多人都是冲着"元白"来的，要一睹传说中的"元白"风采，并且迅速形成了舆论：45岁的"元相"容貌已经不似传说中的潘安，

52岁的白刺史倒是风采不减当年,比屏风上的画像活灵活现……还有一位明星,那便是商玲珑,江南版《霓裳羽衣舞》经过从春到夏的反复排练,在吟诗会上进行的公开首演,美轮美奂迷人眼,都称玲珑为小玉环……

元稹此次过杭州,是带着家眷来的,一家人全都住在白居易的刺史府中,两个大男人白天出去参加各种活动、应酬,到了晚上还是会回到家来,就像过去一样同榻而眠,聊至深夜……几日欢聚,他们已经完全冰释前嫌,一如往昔,甚至比往昔还要亲密,离开前夕,该聊的似乎都已聊尽,元稹像是无话找话,忽然问居易:"乐天,问你一个问题,你喜欢商玲珑吗?"

问得十分突然,居易如实作答:"喜……喜欢呀!"

"喜欢到什么程度?"

"这……不好说。"

"肯定达不到湘灵那种程度吧?"

"不可同日而语。"

"也达不到欣怡这种程度吧?"

"达不到……"

"好,那我就直接问你一句话,你愿意为她赎身纳她为妾吗?"

"未有此想。"

"那好,那小弟就不客气了,我准备为她赎身纳她为妾,我悄悄问过她了,她愿意。此路与妻女同行,不方便带她走,麻烦你过些日子备好车马将她送往越州,我在那里等她……"

居易听罢,一言未发,心中五味杂陈……这几天里,商玲珑一直陪着他俩游东逛西,果然陪出故事来了,元稹勾搭女子,润物细无声,向来不需要太大的动静……商玲珑也没错,他从未给她做过任何许诺，她当然可以答应别人，再说了，前任宰相有意为之赎身，一般青楼女子很难拒绝……

元稹一家走后，商玲珑用他留下的一笔钱从天香楼赎了身，准备乘坐白刺史派出的马车前往越州，白刺史送她上车，商玲珑一把抓住他的手说："白大人，如果你愿意纳小女为妾，小女就不走了……"

白刺史深沉地叹了一口气："还是……走吧，元大人是个好人，可以依托终生……"

## 89

这一年里，一场严重危机又悄然来临：持续两年的江淮旱情，入夏之后变得更为严重，三个月里没有降过一滴雨，江南无雨便失了灵性，天空如火，河道干枯，大地龟裂，生命焦渴……

一切似乎都在考验着白刺史！他来得真不是时候，"人间天堂"正在走向地狱，杭州已经变成一座危城，州民纷纷出逃，暴乱随时都会爆发……

这可如何是好？白刺史在积极调动着自己的抗旱经验：元和三年（己丑，公元808年）春，南北大旱，宪宗李纯发布《罪己诏》，大赦天下以祈雨，当年年轻气盛血气方刚时任翰林学士、左拾遗的白居易还曾积极上奏，建议皇上增添"给灾区减税""拣放后宫宫女""降系囚""绝禁奉""禁掠卖"等项条款，皇帝全都照办。据说，德音报世七天后，果然感动上苍，普降甘霖，拯救万民，身为"国诗"，他以诗记之，写出《贺雨》……

面对上苍，这是一位开明有为的皇帝所能做的，这是那时敢于死谏的他在皇帝身边时所能做的，现如今他身为一介地方行政长官、杭州人民的"父母官"又能做点什么呢？大兴水利建设无疑是长久之计，但是远水解不了近渴——放眼当下也不能坐以待毙呀！

他想到的办法是组织公祭率众祈雨。对于一名十分标准的儒释道三位一体的价值观的坚定信奉者，对于一名有神论者，对于一名唯心主义者来说，这并非"不是办法的办法"，而是一种行之有效且久经考验的手段。

身为一名佛教徒，他先去寺庙祈雨，不灵；再去道观祈雨，还不灵；再去名山祈雨，依旧不灵；最终去龙泉祈雨……

每一次祈雨仪式，他都亲临现场、亲率民众、亲自起草并朗诵祈雨文，在其为第四次祈雨而写的《祈皋亭神文》中，他情之所至，不再祈求，而是命令皋亭神："四封之内，雨泽需足，稼穑滋稔"，并拷问神灵："长史虔诚而不答，下民颙望而不知，坐观农田，使至枯悴，如此，则不独人之困，亦唯神之羞！"——这岂止是将应用文写成了大美文，完全是一位大诗人无意间写出的大手笔，白居易岂是常人乎！为民他敢于拿神是问！

为百姓求雨，为苍生祈福，他已经打破了县令以上官员不到现场的清规，现在他又要打破官员祈雨不解衣的戒律——脱了一个光膀子，用艾草鞭打己身，嘴里吟诵完自己的祈雨文，又开始背诵自己的一篇旧作《黑龙饮渭赋》：

龙为四灵之长,渭居八水之一。饮醴之清流,落彬彬之元质。忽兮下降,贲然跃出。首蜿蜒以涌烟,鳞错落而点漆。动而无悔,爰作瑞于秦川；应必有征,乃效灵于汉日。观其攸止,察其所为。

行藏不忒,动静有仪。睛眸炫耀,文彩陆离。跃于泉于焉表异,守其黑所以标奇。或隐或见,时行时止。顺冬夏而无乖,应昏明而有以。于是稽《大易》,按前史。叶圣人之昌运,飞而在天;表王者之休征,下而饮水。尔乃降长川,俯高岸。气默默以黯黯,光灿灿而烂烂。闻之者心骇而屏息,睹之者目(阙)血而改观。一呼一吸,而声起风雷;或跃或腾,而势超云汉。睹夫莫智匪常,莫黑至祥。契昌期于南面,合正色于北方。拖尾回翔,擘波腾骧。饮清澜之浩浩,动素浪之汤汤。顿颔而碎珠迸落,奋鬐而细雨飞扬。警水府兮鱣鲔奔走,骇泉室兮蛟鼍伏藏。元云从而浅深一色,白日照而左右交光。且彼候时出处,凭虚上下。度弱水而斯驭,去鼎湖而是驾。闻茂先之剑飞,是长房之杖化。岂若此炎精冥契,水德潜禀。元甲黯以凝黛,文章斐兮摛锦。逼而察也,类天马出水而游;远而望之,疑晴虹截涧而饮。已而负苍天,去清渭。排冥冥之寥廓,反浩浩之元气。则知水物之灵,鳞虫之。盛矣哉!抑斯龙之所谓。

他对神灵,真是软硬兼施,打一打还要揉三揉,骂一骂还要吹三吹,神灵果然中招了,一个喷嚏,电闪雷鸣,一场大雨倾盆而下,连降数日,救万民于水火,杭州百姓传颂道:白青天通神,他就是一个神!

# 第十九章　留一湖水救凶年

## 90

长庆四年（甲辰，公元 824 年）。

去年夏末的一场甘霖救了杭州，挨过两年干旱难熬的日子之后，州民们过了一个好年，白刺史与民同乐，与家人一起享受着新春的快乐。转眼到了正月十五元宵节，州衙精心准备的一场大型灯会却被勒令临时取消，并取缔一切娱乐活动……

噩耗随即传来：当朝皇帝李恒服丹药暴卒，享年 29 岁，太子李湛即位。

这条噩耗令白刺史哭笑不得，回到府中对妻议论道："瞧这点儿出息啊，三十未立便殁了，死都要死得跟他爹一样，毕生功业却不及他爹一根汗毛。"

白妻欣怡道:"这丹药有什么好的,除了害死人还有什么用!"

"迷恋者相信丹药可以带给他们长生不老。"

"为了长生,结果早死。"

"说得好,一语中的!不过,以我了解的这位皇上,就算他不迷恋丹药,恐怕也活不长,内侍太监放出话来:吾皇威武,一夜七次郎……"

"那可真是活不长,感觉上就是一个天生的玩家……"

"没错,只要是玩,项项皆通,只要是正事,立马昏庸无能、手足无措……"

"不过,他对你倒是不坏,他登基这五年来,是咱们家最好的一段日子吧,倒是他那有为之君、中兴之帝的父亲让你遭受了迄今唯一一次贬黜,让咱家过了一段苦日子!"

"唉!娘子看得明白,讲得透彻!这就是我最大的困惑:也许我不论写出多少好诗,也难以在历史上取得李白那样的地位——因为他的名字注定会与明皇李隆基这等伟大的君王联系在一起,与开元、天宝盛世联系在一起,而我却生逢一个个小皇帝走马观花的小时代。"

"夫君不必为身后事而烦恼,顺天命,尽人事,历史是由后代书写的,谁知道他们会如何书写呢?管他们会如何书写呢?"

一个在位五载的年轻国君死了,或许在大唐帝国的不少地方,甚至不知道他的登基、他的存在、他的执政……他便死了!

一切照旧。

## 91

年一过完，连53岁生日都没来得及过，白刺史便扑向了杭州水利建设第一线——三大标志性工程：整治西湖、修筑钱塘湖堤、复浚六井即将完工。他也在观察自己的表现：皇帝死了，他还在干，说明不是为皇帝而干；新皇登基，朝局不稳，权力有待重新划分，他这个杭州刺史还能不能干下去（杭州毕竟是上州，是朝廷眼中的一块肥肉）？一切还都是未知数，说明不是为自己头上的那顶乌纱帽而干；那到底是为什么而干呢？在其心中，只有一种答案：为民而干——甚至不是为自己名垂青史、流芳百世而干（身为当代最杰出的诗人他有大把佳作帮他实现这个目标），就是为民，只是为民，一心为民，身为一州之民的"父母官"，为本州人民谋幸福让他感到无比幸福！

这个春天，三大工程的最后一段工期，他干脆住在西湖之畔临时搭建的指挥所的帐篷里，与他并肩战斗的是浙西观察史李德裕，两人近乎完美的一搭一档充分说明：只要心中有民，一心为民，就一定能够干成为民造福的大事。眼看大功即将告成，李德裕才将此伟大工程在朝廷方面所遇到的万般阻力和盘托出——概括起来：牛党支持，李党阻挠，最终通过，是昏庸的小皇帝忽然清醒了一瞬间。而在地方上所遇到的种种困难，白不愿对李说的，也是到了这时才说出这一二。总之，这一切来得太不容易了！

春末，三大工程均告完工，庆典大会在西湖之畔隆重举行，人头攒动，百姓云集，"白青天"的喊声，此起彼伏，不绝于耳，李德裕观察使观之，由衷感慨道："为官若此，死而瞑目！"萧悦、殷尧藩率领他们精心打造的歌舞团,又一次演出了江南版《霓裳羽衣舞》,白刺史看罢,酷评了一句:"失了玲珑,没了灵魂!"话一说完,眼前一黑,倒在地上,不省人事……

这一切都发生在光天化日的众目睽睽之下,于是一条消息口口相传,不胫而走:"白青天"为杭州兴修水利累倒在地不省人事,生命垂危……

## 92

"白大人,醒醒啊!睁开眼睛看看玲珑吧!玲珑在越州,听说您病倒了,便马不停蹄地赶来,听姐妹们说白大人昏倒之前还惦念着玲珑,玲珑真是有负于大人……"

昏睡中听到这番话,白刺史睁开沉重的眼皮,看到的第一个人是商玲珑,眼泪无声地从眼角淌落下来,口中发出虚弱无力的声音:"……元大人带你来的?"

"不,是我自己来的。"商玲珑道,"一个姐妹跑到越州通知我,说白大人病倒了,病倒前还在念叨我,我便赶来了……没想到,白大人病得这么重!"

"元大人……怎么没有来?"白刺史问。

"也许他不知道白大人病了吧。我匆匆上路,没有去见他……是这样的:我到越州之后,并没有进元府,他也没有纳我为妾,说是夫人反对,我一直住在外面,也不是总能见到他……"商玲珑答。

白刺史听罢,又将双眼闭上了,心中有些失望:看来女人比男人更懂得这一个"情"字!

"夫君，你已经昏睡快十日了，玲珑一来，日夜陪着你，已经三天三夜没合眼了……"站在一旁的白夫人欣怡道。

当其时，只听扑通一声——那是商玲珑给杨欣怡跪下了："夫人大量！夫人仁慈！千万别赶我走，我想留下来，一直陪在白大人身边，不要名分，就当丫鬟，白大人是条铁骨铮铮顶天立地的汉子，知冷知热有情有义的好男人，元大人根本比不了的，他就是根逢场作戏的花花肠子——这种男人我在青楼里天天见……"

白夫人欣怡沉吟片刻道："我虽然整日深居白府，大门不出二门不迈，但也不是瞎子、聋子、傻子，你与老爷的缘分我也略知一二。既然有缘，既然你对老爷一往情深，那就留下吧，至于名分嘛，等你给白家生了儿子，再纳为妾……夫君，你看这样安排玲珑合适吗？"

白刺史微微点了点头。

跪在地上的商玲珑冲杨欣怡叩首道："玲珑感谢夫人大恩大德！这辈子当牛做马无以为报！"

在商玲珑的精心陪护下，白刺史火速恢复了——原本并无恶疾，只是积劳成疾，在三大工程最后冲刺的这个春天，他生怕朝局不稳而致节外生枝、前功尽弃，干得太狠了！

五月刚恢复上班，新皇诏命便到了：任命他为太子右庶子，分司东都。官级、薪俸有降的闲差——是年仅16岁的新皇李湛听闻他累倒在杭州刺史的工作岗位上的体贴任命，他唯有谢主隆恩！实事求是地说，他目前尚未完全康复的身体状况也不适合继续冲在一线大干了。对于这项诏命，他已提前有知，新任宰相、牛党领袖、他的"学生"牛僧孺曾有信来征询过他，"分司东都"是他自己提出来的——由此见得，他对长安朝廷中的权力斗争已经心生厌倦、避之不及。

上州刺史平均任期短（谁都想来），杭州刺史的平均任期也就是三年，白居易只干了一年十个月，是任期最短的一任杭州刺史，却是享誉最高的杭州刺史，这便是想干、真干、实干、大干与不干、慢干、悠着干的区别！

接下来的三个月是等待新刺史到任，完成工作交接，在此期间他为新刺史专作一文：

### 钱塘湖石记

钱唐湖事，刺史要知者四事，具列如左：

钱唐湖一名上湖，周回三十里，北有石函，南有笕。凡放水溉田，每减一寸，可溉十五余顷；每一复时，可溉五十余顷。先须别选公勤军吏二人，立于田次，与本所由田户，据顷亩，定日时，量尺寸，节限而放之。若岁旱百姓请水，须令经州陈状，刺史自便压帖，所由即日与水。若待状入司，符下县，县帖乡，乡差所由，动经旬日，虽得水，而旱田苗无所及也。大抵此州春多雨，秋多旱，若堤防如法，蓄泄及时，即濒湖千余顷田无凶年矣。（州图经云："湖水溉田五百顷。"谓系田也，今按水利所及，其公私田不啻千余顷。）自钱唐至盐官界，应溉夹官河田，放湖入河，从河入田。准盐铁使旧法，又须先量河水浅深，待溉田毕，却还本水尺寸。往往旱甚，即湖水不充。今年修筑湖堤，高加数尺，水亦随加，即不啻足矣。脱或水不足，即更决临平湖，添注官河，又有余矣。虽非浇田时，若官河干浅，但放湖水添注，可以立通舟船。俗云：决放湖水，不利钱唐县官。县官多假他辞以惑刺史。或云鱼龙无所托，或云菱茭失其利。

且鱼龙与生民之命孰急？菱茭与稻粮之利孰多？断可知矣。又云放湖即郭内六井无水，亦妄也。且湖底高，井管低，湖中又有泉数十眼，湖耗则泉涌，虽尽竭湖水，而泉用有余；况前后放湖，终不致竭，而云井无水，谬矣！其郭内六井，李泌相公典郡日所作，甚利于人，与湖相通，中有阴窦，往往堙塞，亦宜数察而通理之。则虽大旱，而井水常足。湖中有无税田约数十顷，湖浅则田出，湖深则田没。田户多与所由计会，盗泄湖水，以利私田。其石函、南笕，并诸小笕闼，非浇田时，并须封闭筑塞，数令巡检，小有漏泄，罪责所由，即无盗泄之弊矣。又若霖雨三日已上，即往往堤决。须所由巡守预为之防。其笕之南，旧有缺岸，若水暴涨，即于缺岸泄之；又不减，兼于石函、南笕泄之，防堤溃也。大约水去石函口一尺为限，过此须泄之。余在郡三年，仍岁逢旱，湖之利害，尽究其由。恐来者要知，故书于石。欲读者易晓，故不文其言。长庆四年三月十日，杭州刺史白居易记。

字里行间，其心之诚，其情可感，定稿之后，他发现此文不仅可以为这一任新刺史所用，今后历代皆可用之，便请人刻在石碑上，将石碑立于钱塘堤坝上……百姓望石碑为钱塘堤坝取名：白公堤！

老百姓最知道：谁待他们好！这个白居易，原本只是小囡课本里的大诗人，来此赴任仅仅只有一年半，杭州便大变样了，它更大的改善还将体现在未来，这个人为了工作差点把自己累死……杭州百姓把对此人的感戴之情全都用在送别上了：万民上街，壶浆相送，"白青天"的喊声重又在美丽的西湖上空响起……

百里以外的越州刺史元稹专程赶来相送,当场吟诗一首,说出了人民的心声:

代杭民答乐天
翠幕笼斜日,朱衣俨别筵。
管弦凄欲罢,城郭望依然。
路溢新城市,农开旧废田。
春坊幸无事,何惜借三年。

元稹赶来相送,白居易心中对于自己病倒时他未来看望的一点不满也消散了。再次见到商玲珑,元稹虽有几分尴尬,但也能够应对,元对商说:"你回到白大人身边是对的,好好跟着他吧!"元对白说:"我本掠人之美,现在物归原主。"

两年前来时,白居易带着欣怡、龟郎、阿罗,一家四口而来;两年后走时,家庭成员增添了玲珑(尽管身份待定),还有萧悦、殷尧藩率领的他们精心打造的歌舞团……一行人启程,准备先走水路再转陆路,向着东都洛阳而去……

在路上,大诗人为杭州人民留下了一首诗:

别州民
耆老遮归路,壶浆满别筵。
甘棠无一树,那得泪潸然。
税重多贫户,农饥足旱田。
唯留一湖水,与汝救凶年。

还是他为官的老规矩：在哪儿挣的钱，没有花完的，就留在哪儿。在杭州两年，欣怡存了不少钱，他全都留下了，作为捐款，给尚未完工的其他水利工程用……

真是不带走一片云彩——不，大诗人带走了两块天竺山的石头！

## 93

这一年初秋，白居易一行抵达大唐东都洛阳。对于洛阳来说，老白也是相隔多年后的归来。

归来之后，他做的第一件事自然是入职，太子右庶子，东宫中闲官，官阶正四品下，比起杭州——这个上州刺史的从三品有降，薪俸也有所降低，不过心随身走，他现在的身体状况也只能令其对此闲职感到满意。

第二件事是安家，同科进士、同朝知制诰、同任中书舍人的老友、现任河南尹的王起为他选了一处超大的三手宅院，占地多达十七亩，他积蓄已捐、囊中羞涩，只能够按月租，王起看不过眼，自掏腰包为他修缮并买了下来……为什么要住得这么大？他这一行，不光一家五口（多了商玲珑），还有萧悦、殷尧藩率领的歌舞团三十三位歌舞伎——他之所以把她们全都带出来，是将其视为一笔国家财富，留在杭州吧，新刺史似乎对他们兴趣不大，带到洛阳来，是想让东都哪个官办机构接纳她们，从此升格为有日常演出的专业团体。想法很丰满，现实很骨感，萧、殷二人从中挑选了五个人准备带到长安去充实大明宫梨园——皇家的歌舞团，其他人怎么办呢？白居易只好自己先养着，将其变为白府歌舞团。

世人未曾听说过哪个官员在自己家养歌舞团的，只听说过官员蓄家妓的，并且朝廷呼吁并鼓励官员将退休官妓蓄为家妓，所以外界风传说，白大官人谱大，在杭州蓄了三十三个家妓并带到东都洛阳。关于商玲珑也已有风传：说是"元白"这二位爷关系有多好呢？两人共纳一个小妾，是杭州的红舞女，在元家住一年，再换到白家住一年……总之，家庭成员一下猛增到三十八人，能不住得大些吗？

第三件事是编书——编订个人诗歌总集。来杭州送别时，元稹刺激了他也感动了他：送他一套新鲜出炉的《元氏长庆集》，多达一百卷！又送他一套为他续编而成的《白氏长庆集》五十卷！接过这两套书，老白热泪盈眶了：被罢相遭贬的这些年里，这个家伙可真没闲着啊！这才是这个饱遭争议者的底色！近朱者赤近墨者黑，近本色的诗人必然会倾力于诗。老白被老元刺激得将东宫闲官带给他的大把空闲用来续编他的个人诗歌总集。他初编个集是在初贬江州次年，当时编成十五卷，如今八年过去了，可以扩编到五十卷，虽然只有元稹的一半，但他对自己是满意的，这八年来，他完成了仕途之上的触底反弹，重回正规，写作上也是加速前进……编书的事一直持续到冬天，元稹的序也寄来了：

> 《白氏长庆集》者，太原人白居易之所作，居易字乐天。乐天始言，试指"之""无"二字，能不误。始即言，读书勤敏，与他儿异。五六岁识声韵，十五志诗赋，二十七举进士。贞元末，进士尚驰竞，不尚文，就中六籍尤摈落。礼部侍郎高郢始用经艺为进退，乐天一举擢上第。明年拔萃甲科，由是《性习相近远》《求元珠》《斩白蛇剑》等赋，泊百节判，新进士竞相传于京师矣。

会宪宗皇帝册召天下士，乐天对诏称旨，又登甲科。未几，入翰林掌制诰，比比上书言得失，因为《贺雨》《秦中吟》等数十章，指言天下事，时人比之《风》《骚》焉。

予始与乐天同校秘书，前后多以诗章相赠答。会予谴掾江陵，乐天犹在翰林，寄余百韵律诗及杂体，前后数十章。是后各佐江、通，复相酬寄。巴、蜀、江楚间洎长安中少年，递相仿效，竞作新词，自谓为"元和诗"，而乐天《秦中吟》《贺雨》《讽谕》《闲适》等篇，时人罕能知者。然而二十年间，禁省、观寺、邮堠、墙壁之上无不书，王公妾妇、牛童马走之口无不道，至于缮写模勒，炫卖于市井，或持之以交酒茗者，处处皆是。其甚者，有至于盗窃名姓，苟求自售。杂乱间厕，无可奈何！予尝于平水市中，见村校诸童，竞习歌咏，召而问之，皆对曰："先生教我乐天、微之诗。"固亦不知予之为微之也。又鸡林贾人求市颇切，自云："本国宰相每以一金换一篇，其甚伪者，宰相辄能辨别之。"自篇章以来，未有如是流传之广者。

长庆四年，乐天自杭州刺史以右庶子诏还，予时刺郡会稽，因得尽徵其文，手自排缵，成五十卷，凡二千二百五十一首。前辈多以"前集""中集"为名，予以为国家改元长庆，讫于是，因号曰《白氏长庆集》。大凡人之文各有所长，乐天之长，可以为多矣。夫讽谕之诗长于激，闲适之诗长于遣，感伤之诗长于切，五字律诗百言而上长于赡，五字、七字百言而下长于情，赋、赞、箴、戒之类长于当，碑、记、叙、事、制诰长于实，启、奏、表、状长于直，书、檄、词、策、剖判长于尽。总而言之，不亦多乎哉！至于乐天之官秩景行，与予之交分浅深，非叙文之要也，故不书。长庆四年冬十二月十日，微之序。

白居易读了又读,出声朗读,脑中除了"知音"二字闪不出别的。

这真是打不烂、拆不散的伟大友谊,回到诗友关系上时更显其纯粹!"元白"二字从根本上是属于诗的!

或许正是在如此这般的心境之下,在这一年的年底,当他从好友、水部员外郎张籍(对其在杭州大兴水利倾力支持)的长安来信中得到韩愈的死讯,表现得十分冷淡:专程去参加葬礼他肯定是不会的,连首悼诗都未写是不是有点过分?或许是老白比后人更通人情也更为懂诗:诗不欺情,无情便无诗。不论到底因为什么,他与"一代文宗"这辈子注定是缺缘少分的,强求不得。

后世研究者,总怀一种善良的心思:想要强行撮合以成人之美,制造佳话——其实大可不必!世无空穴来风,有则有之,无则无之:中唐已有"元白""刘柳""韩柳"之说,还将有"刘白",但自始至终绝无"韩白"!

# 第二十章　欲立功名命不来

## 94

宝历元年（乙巳，公元825年）。

赶在新年到来之前，将《白氏长庆集》五十卷最终编定，白居易轻轻松松过了一个好年：裴度、崔群、王起、杨归厚等好友就是他的左邻右舍，他把他们请到家里来，请夫人杨欣怡为他们做长安风味的面食，请杭州带来的厨子为他们做江南菜，请爱姬商玲珑率家中蓄养的歌舞伎班为他们表演《霓裳羽衣舞》……最令他感到惊喜的是小堂弟白敏中从天而降，突然蹦了出来，到他家里来过年，原来白敏中是跟随义成军节度使李昕在郑州、滑州一带挂职锻炼，趁过年休假跑来探望堂兄一家！在白居易心中，始终难以忘怀他的亲叔叔——白敏中之父白季康对自己的恩情，他憋着劲要回报到白敏中身上,他也看出来了:别看这小子现在官位卑微,籍籍无名,但他颜值高、素质好、德行优,小小年纪,竟然已在仕途之上留下了些许美谈……假以时日,必风生水起而出人头地。他将自己在东都洛阳所有的人脉关系都介绍给了自己的小堂弟!还让他感到高兴的是——年前得到的喜讯:胞弟白行简也升了新职,为礼部主客郎中,官阶升至从五品上,月俸五万文,一家人在长安住着自己留下的宅院,日子过得相当安逸!

从前一年初秋到这一年初春,整整半年时间里,白居易处于休养生息的状态,除了编书,他还重拾古筝、围棋、书法等业余爱好,研习医术、养生、美食、茶道,为家蓄的歌舞伎班编创新曲新舞……时年五十有四,他准备就这么过下去了,他写给自己的私人医生及医学老师侯三的诗,最能表现他此时此地的心境:

### 赠侯三郎中

老爱东都好寄身,足泉多竹少埃尘。

年丰最喜唯贫客,秋冷先知是瘦人。

幸有琴书堪作伴,苦无田宅可为邻。

洛中纵未长居得,且与苏田游过春。

## 95

一道三月四日拟定的诏书,于二十九日方才抵达洛阳东宫,任命白居易为苏州刺史,即刻启程赴任。

白居易本人接过诏书大吃一惊,又不无欣喜,终于大感不解:首先,他只能想到这是刚与他在洛阳欢度完春节的当朝宰相裴度的提议，裴是自己的大贵人，唉，人这一辈子，帮你的人永远在帮你！但是，老裴上奏，上面就会准奏吗？毕竟宰相头上还有人，当其时，他的"学生"、牛党领袖牛僧孺已被罢相离开长安外任武昌节度使去了，国家大事由宦官王守澄、权臣李逢吉把持，年仅17岁的新皇李湛跟他短命鬼的爹一个德性：踢蹴鞠很有天赋，其他事狗屁不通……新皇懒得做决定？难道阉党领袖王守澄、李党领袖李逢吉会让他这一个持牛党立场的清流将这个国家最肥的两块肉染指个遍？先别说究竟干得如何，仅仅当过苏、杭两州刺史的履历，便是官宦生涯最荣耀的资历，够吹一辈子……所以，朝中到底发生了什么，让他捡到了这么一个大便宜？他一时难以参透。

来不及多想了，现在所要做的是：赶紧启程，即刻上路。这回出行，不是一家四口，而是一门近四十人——朝廷任命的苏州新任刺史白居易要携其贤妻、养子、爱女、爱姬、厨子、家妓、爱驹……声势浩大再下江南！

全部行程分为两段，第一段，登官船入黄河，到汴州；第二段，在汴州换船走汴河，沿千里漕运航线到苏州，全程水路。到达汴州换船时，他们一行上岸停留五日，只因在此担任汴州刺史、宣武军节度使的老友令狐楚属于"过其门不打招呼便会怪罪之人"——此一条是一贯低调的白居易在旅途中惊不惊动地方官员的标准。这一次，他似乎很急切地想要见到这位老友，这位"令狐相"——是的，在他被贬江州的岁月里，长其6岁的令狐楚便入朝拜相了。"令狐相"亦善诗，尤其善写骈文，是白居易和刘禹锡共同的朋友，与"刘白"多有唱和，此人诗才明显不及"刘白"，但政商与政绩却高于"刘白"，白居易这么急于想见到他，是想请他帮自己参详一下他刚离杭州刺史任又任苏州刺史的朝政迷局。无功不受禄，好事得太多让他心里很不踏实：真不知是福是祸？

汴州五日，"令狐相"派专人陪同白居易这一大家子游汴州，好吃好喝好招待，自己则与白在近处小游，以清谈为主帮其解惑，他果然消息灵通、政商高超：他与白之贵人裴度不睦，首先否定掉了裴度上奏的猜想，认为是与白在杭州期间有过工作上完美合作的浙西观察使李德裕的上奏，得到了与之同为一党的李党领袖李逢吉的支持——李对白的态度一直很怪，甚至十分欣赏！这批任命的草案到了新皇李湛那里，这位不学无术只会踢蹴鞠的家伙，别的人一概不认识，白居易的名字让他眼前一亮（打小便读其诗），朱笔一勾便通过了……这又是一个叫人哭笑不得的荒诞现象：皇帝越昏聩，老白越得利，尽得名大之好处……

"乐天！"令狐楚总结道，"你不用想那么多，让我去我就快快去，让我干我就好好干，就像在杭州一个样，短短两年干出那么多政绩，谁还能说你什么？你记住：在通常情况下，无能者也会任用能人，坏人也会喜欢好人，你是天下闻名的好人，所以会得些莫名其妙的好处，其实又全在情理之中。"

高，实在是高！

"令狐相"一点拨，白居易拨云见日，茅塞顿开。

五日之后，白居易一行换船赶路，朝东南方向去了……

96

船行至常州，白氏一行再次登岸，停留三日。只因常州刺史贾餗也属于他心目中"过其门不打招呼便会怪罪之人"——长庆初，他俩在长安共同出任进士科考官，都做过中书舍人，算是老同事。故人相见分外亲，贾刺史隆重设宴款待白氏一大家人，祝贺白居易荣任苏州刺史，预祝他成为先后出任杭、苏刺史并且都干得出色的第一地方官！又吃到他喜欢的正宗江南菜了，又喝到暖胃的江南黄酒了，感戴于故人的盛情款待，席间，白居易赋诗一首：

赴苏州至常州，答贾舍人
杭城隔岁转苏台，还拥前时五马回。
厌见簿书先眼合，喜逢杯酒暂眉开。
未酬恩宠年空去，欲立功名命不来。
一别承明三领郡，甘从人道是粗才。

三日之后，继续赶路，五月五日，抵达苏州。

令白居易完全没有想到的是：并非出自卸任刺史的组织，苏州百姓纷纷走上街头，来到码头，清扫道路，载歌载舞，欢迎"白青天"抵苏……看来，"白青天"之美名并不局限于杭州一地，已经传遍江南一带。从物质生活来说，这里已是大唐帝国最好的地区，人们心中的"人间天堂"，但是人民还想过得好上加好，杭州人民的经验之谈使苏州人民坚信：这位"白青天"可以帮助他们实现这个美好愿望。

心怀感动，白居易抵达苏州的当晚，便赋诗一首：

去岁罢杭州，今春领吴郡，惭无善政，聊写鄙怀兼寄三相公
为问三丞相，如何秉国钧。
那将最剧郡，付与苦慵人。

岂有吟诗客,堪为持节臣。
不才空饱暖,无惠及饥贫。
昨卧南城月,今行北境春。
铅刀磨欲尽,银印换何频。
杭老遮车辙,吴童扫路尘。
虚迎复虚送,惭见两州民。

外人读此诗,以为"三相公"乃李程、窦易直、裴度三位宰相,他与次日才写的《苏州刺史谢上表》一同发往长安大明宫的信,其中一封的信封上写的是"李逢吉"……由此可以看出白居易的为人处世之道,当他感受到他人的善意与热忱时,一定会做出积极的回应,哪怕他属于朋党相争的对立一方,即所谓"政敌"。他不是死守概念而是懂得变通的活人。

在《苏州刺史谢上表》中,他深情款款地写道:"当今国用多出江南。江南诸州,苏为最大,兵数不少,税额至多。土虽沃而尚劳,人徒庶而未富……然既奉成命,敢不誓心?必拟夕惕凤兴,焦心苦节,唯诏条是守,唯人瘼是求。"明知对方是腹中空空的昏君一个,但还照诉衷肠,他只是把对方当作他必须要忠的"君"这个符号罢了——借用这个符号以记下自己的志。

对苏州,他有志,因有情:该城是他少年时代游学江南到过最多的城市,是其心中的一座故城,如今再次归来的他在一篇题为《吴郡诗石记》的散文中写道:"贞元初,韦应物为苏州牧,房孺复为杭州牧,皆豪人也。韦嗜诗,房嗜酒,每与宾友一醉一咏,其风流雅韵,多播於吴中,或目韦房为诗酒仙,时予始年十四五,旅二郡,以幼贱不得与游宴,尤觉其才调高而郡守尊,以当时心,言异日苏、杭苟获一郡足矣。"回望当年，还是走了一个在苏州县衙当差的亲戚的后门，准其进入官方雅集宴会场地，但是不得近嘉宾之身，远远地望一眼，他便满足了；远远地望一眼，他便得到了他想要的——此生的奋斗就是要成为韦刺史那样的人：既是好诗人，又是好官员，风流雅韵，才调高超……这便是年少的他在其心中立下的志。现如今，四十载过去了，他这两个目标都已实现，不论诗名还是宦声都明显超过了他当年的偶像，现在他来到苏州，来到韦的职位上，只想在政绩上再来一次直接对比的超越，不是为自己虚荣心的满足，而是为苏州人民谋幸福。人的一生，岂能无憾？兜兜转转四十载，他从未与偶像韦应物有过真正的交集，再也没有与最早发现他的伯乐顾况重逢过——现如今，他们恐怕都已不在人世了……好在，他这半生将他们一直揣在心中，激励自己不断前行，向上攀登！

## 97

诚如在其诗中所写："一别承明三领郡"——在嫌贫爱富的官员眼中只见其"杭城隔岁转苏台"：接连出任两个被誉为"人间天堂"的显赫大州的刺史——白居易自己却忘不了他在忠州这个贫困州的执政经历，连那里的宝贵经验他也要拿来：种树栽花，绿化美化苏州，一场全州民植树活动开始了。

苏杭同属于江淮流域，大兴水利工程是共同面对的课题，从杭州拿来的经验是一定要搞标志性的大项目——他选择筑建苏州山塘堤，最终筑成一条长达十四里的车马通行大道，成为城中最繁华的一条商业街。或许是受到杭州百姓的影响，苏州百姓将此堤也称作"白公堤"。真的是你为百姓做一点，百姓将你美名传。

除了将自己以往成功的经验拿来，他连来的路上所学到的经验都用上了——两节前写到他在汴州见过令狐楚：这位"令狐相"是位文武兼备的全才，用白居易的诗说："尽解呼为好才子，不知官为上将军"，用刘禹锡的诗说："少有一身兼将相，更能四面占文章"，所以在汴州停留的五日，他可不光请"令狐相"帮他参详一下朝政迷局，还好好向其讨教了全套的治郡方略——其中包括治军。因为此次诏命，与之前任命的杭州刺史不同，此次担任的苏州刺史，诏命中的全称是"使持节苏州诸军事守苏州刺史"，即是说他还兼任了唐军江南战区苏州部队司令员，手下有多少兵士呢？用其诗说："版图十万户，兵籍五千人""十万夫家供课税，五千子弟守封疆"。他上任后，加强了这五千兵士的日常训练，一半用于维护地方治安，一半拉上水利建设第一线，不到一年时间，苏州已成夜不闭户之城，百姓将这支训练有素的军队呼之为"白家军"，士子同僚中有人议论道：白居易似乎天生会治军，如果有战，他或许是高适那种将才——将N代！如果有战，他或许如其父白季庚死守徐州城不破，到底血管中流淌的是华夏战神白起的血啊！

他还向江湖传说学习，像李白在扬州计划所做的那样，发起成立一个官民联办的助学助考基金会，本州是大唐帝国最富裕的州（无须加之一），富人多多，筹募基金比较容易。

至于减税、轻刑之类的，都属于常规操作，不值得细说。

另外一些举措，属于举手之劳，譬如全州民爱诗活动暨一年一度的吟诗会，譬如已经成为他私有的歌舞伎班在苏州城里的挂牌演出，成为国泰民安、歌舞升平的一大点缀，爱姬商玲珑又红遍苏州……

他依然是一个住在办公室的人，他依然是一个常去第一线的官,他以身作则带动同僚:连续工作九日,"旬休"一日,他设"旬宴"款待手下:"无轻一日醉,用犒九日勤。"

尽管朝中有人能够通天,李德裕仍任浙西观察使,这令他与白居易近乎完美的合作关系有了持续性,尤其是他与朝廷的沟通协调能力令白可以不受干扰,心无旁骛地投身苏州的实际工作中。

这一年,到了年底,胞弟白行简在家信中告诉他喜讯:行简加朝散大夫,着绯,时年50岁,与居易加朝散大夫时同龄,同为司门员外郎、主客郎中……这则喜讯令白居易喜不自禁,行简虽然文名远不及他,但是在仕途上走得可一点都不慢,未来仍然可期!白家的顶梁柱不止他居易这一根。

## 98

宝历二年(丙午,公元826年)。

显而易见,白居易这一生属于儒释道兼修但有点重儒释而轻于道,他是从来不会找道士给自己算卦的——如果真找到一位高人的话,当能够看出这一年对他来说是凶年。过完年去州衙上班后,白居易发现自己蚊蝇乱飞的眼睛花得已经看不清文牍上的字了……身体上出问题是最容易引起人反思的:他想到去年南下苏州前,他忘了入庙烧香;而四年前南下杭州前,他特意去了长安青龙寺,并在那里与自己一生之爱湘灵邂逅……

他想立刻补上这一课,便在一个"旬休"日去城外西南的灵岩山,去山中的灵岩寺拜拜佛,拜佛就拜佛好了,但又有什么做得不对吗?商玲珑仗爱撒娇,非要跟他一块去,杨欣怡拦都拦不住,商又不会骑马,只好与白同骑一匹马,幸好有家仆骑马跟着,就在上到山腰，寺庙显现的瞬间，马不知受了什么惊，忽然失了前蹄，将两人摔了出去，商玲珑职业舞者一枚，身轻如燕，反应快，啥事儿都没有，可怜老白，被重重地摔在山坡上，摔了个腰腿损伤、鼻青脸肿，被家仆用马驮回去，卧床休息了三旬才好……

这是一次严重的健康警报，他却只理解成意外事故，伤愈之后，便去上班，继续冲在各项工作第一线……到了五月，他忽然眼前一黑，什么都看不见了，变成了一个活生生的瞎子！一个月后，尚未恢复，他只好向朝廷告百日长假。又过一月，眼睛又能看见东西了，只是有点模模糊糊，就在这时一个噩耗突然传来：胞弟白行简骤然离世，享年51岁！噩耗传来，居易肝肠寸断，泪流不止，眼又失明。

他这身体状况，急赴长安奔丧变得不可能了，他想：一定要让已经14岁的白龟郎去为自己的生父送葬，陪在生母身边，派谁送他去呢？商玲珑积极请缨，遭到杨欣怡强烈反对而未遂，最终是派家仆将白龟郎一路送往长安。与此同时，白居易给堂弟白敏中写信请他急赴长安代他料理白行简后事，在信中还夹寄了自己口授的白行简的墓志铭。

失去兄弟，如断手足，他万念俱灰……

百日假满，按制罢官卸任，重返原居地，等待朝廷重新任命。

他还是看不见——这倒让他感到心安，他不想看着自己心有亏欠的苏州在他眼前一寸一寸地远去，他这是"出师未捷身先死"，觉得自己愧对苏州人民！

离别之日，当十万人上街欢送"白青天"的声浪传入耳鼓，他默默流泪——或许正是因为流的泪多，冲淡了眼中的黑暗，他又重见光明了……

他忽然顿悟：与活着和看见相比，什么都不重要！

# 第五卷 隐

# 第二十一章　广大教化主

## 99

白居易何以会觉得自己亏欠了苏州？像苏州这种上州刺史的平均任期是三年，他的工作计划都是照三年做的，与杭州一致，他心里希望能干上五年……但是他才实打实地干了一年零两个月，身体便出了大问题！他在苏州刺史职位上的薪俸是禄米两千石，是其入仕以来最高的一任，但他却没有给苏州留下一文钱——他的这个习惯被自己打破了，因为现在的他有一大家子人需要养活！自己做不到的，就不会勉强去做，这便是白居易。

他是手里握着一封信——淮南节度使王播的邀请函登船挥别苏州的，邀请他在回洛阳途中登岸扬州为金秋诗会捧场，还告知：白的老友刘禹锡被免和州刺史，亦返洛阳，他也向刘发出了邀请，刘回信答应了。

说实话，如果王播的信中不提这一茬，白居易是不会在扬州登岸的，不是他架子大，而是大病初愈，心态比较消极，干什么都打不起精神，就算是当过宰相的王播邀请，他也提不起兴趣，但是一看到刘禹锡将会出现，他反而对这个诗会来了兴趣而充满期待了。

"唉，如果微之也能来，那就齐全了！"在船上，他对其妻杨欣怡说——这话说得有意思："齐全"指的是什么？外界都知道"元白"有多好，不知"刘白"亦很好，此时他说"齐全"，一语道破这二位于他的重要性：一个都不能少！另外一个意思是当下诗坛的意义：韩愈、柳宗元已亡故，在第一排的诗人中，只剩下白居易、元稹、刘禹锡，王播办诗会，三人请出其二，就一定是大唐诗坛的顶级诗会了，缺一个叫人惋惜！

船行至扬州，停靠扬子津码头。船尚未停稳，白居易便看见王播、刘禹锡两人正站立在码头上迎候，想不到老刘竟先于他到了……

十一载后再相见，"刘白"相拥泪沾襟。

禹锡道："乐天！看来苏杭这两个'人间天堂'真是养人啊，在你身上丝毫未见江州、忠州这些荒僻之地的戾气，好一派韦应物式的风流雅韵，你终于养成你偶像的样子了！在这乱糟糟的码头上，如鹤立鸡群！我呢，我记得你在下邽为母丁忧期间写的《自题小像》中自嘲像山人，这么多年过去，反倒是我长成了山人，如鹰落悬崖！"

居易道："梦得！妙喻！有才！只不过我这鹤是病鹤，将成瞎鹤；你这鹰是健鹰，是不死鹰！"

王播听罢，当即垂泪："乐天！梦得！码头上人多眼杂，不宜久留，咱们先赴酒楼，把酒斟上，再细细长谈，谈它个通宵！"

"刘白"称是。

一行人等跟着王刺史走出扬子津码头，行进中，居易问王播："此次诗会，可否邀请微之？"

"王相"听罢，头一抬、胸膛一挺，掷地有声道："数当今诗杰，我只请硬骨头！"

## 100

金秋十月，秋高气爽，风景如画，扬州金秋诗会隆重举行。

两位特邀嘉宾——当代大诗人白居易、刘禹锡在太师椅上坐镇，扬州刺史王播全程主持，江南著名舞伎商玲珑率白家歌舞伎班献舞唱诗，当地及周边诗人争先恐后登台吟诵，观众如潮，争睹"刘白"真容……

诗会在热烈的气氛中进行了半日，最后的压轴节目便是"刘白对诗"这个环节——

刘禹锡先来一首《白太守行》：

> 闻有白太守，抛官归旧谿。
> 苏州十万户，尽作婴儿啼。
> 太守驻行舟，阊门草萋萋。
> 挥袂谢啼者，依然两眉低。
> 朱户非不崇，我心如重狴。
> 华池非不清，意在寥廓栖。

> 夸者窃所怪,贤者默思齐。
> 我为太守行,题在隐起珪。

刚吟至"苏州十万户,尽作婴儿啼",台下便掌声四起,更有甚者,高呼"白青天"——由此可见,这个美名已经传遍江南……

在热烈的掌声中,在人们殷切的目光注视下,泱泱诗国里最亮的一颗巨星白居易起身吟其对诗《答刘禹锡白太守行》:

> 吏满六百石,昔贤辄去之。
> 秩登二千石,今我方罢归。
> 我秩讶已多,我归惭已迟。
> 犹胜尘土下,终老无休期。
> 卧乞百日告,起吟五篇诗。
> 朝与府吏别,暮与州民辞。
> 去年到郡时,麦穗黄离离。
> 今年去郡日,稻花白霏霏。
> 为郡已周岁,半岁罹旱饥。
> 襦袴无一片,甘棠无一枝。
> 何乃老与幼,泣别尽沾衣。
> 下惭苏人泪,上愧刘君辞。

对诗吟罢,掌声雷动,呼喊"白青天"之声四起……

第二回合,白居易先起:

### 醉赠刘二十八使君

为我引杯添酒饮,与君把箸击盘歌。

诗称国手徒为尔,命压人头不奈何。

举眼风光长寂寞,满朝官职独蹉跎。

亦知合被才名折,二十三年折太多。

## 刘禹锡对诗道:

### 酬乐天扬州初逢席上见赠

巴山楚水凄凉地,二十三年弃置身。

怀旧空吟闻笛赋,到乡翻似烂柯人。

沉舟侧畔千帆过,病树前头万木春。

今日听君歌一曲,暂凭杯酒长精神。

第二回合似乎更得在场士子诗者的称赞,他们纷纷向两大诗歌巨星竖起大拇指,更有甚至,在台下做拜服状……

"王相"登台总结:"俗话说,文无第一,武无第二——国朝当下最大的两位诗杰同时拿出他们的高水平,就没有必要分出高下了,我预感'刘白'第二轮对的这两首诗将成千古名作——这也充分说明了举办这次诗会的必要性,在此本官向扬州州民做出如下承诺:只要我王播还在任上一日,金秋诗会就还会一年年办下去,恳请'刘白'两位大诗人继续赏光,莅临本州!"

台下掌声四起……

"刘白"同时起身,向观众行拱手礼,算是谢幕……

"刘白"上一次同台吟诗还是在二十三年前轰动一时的曲江诗

会上，即便是那时的"白"尚未写出《长恨歌》《琵琶行》这样的大杰作，那时的"刘"也无法跟那时的"白"相提并论同日而语。如今，23年过去了，即便今日之"刘"还是没有留下《长恨歌》《琵琶行》这样的大杰作，但是他现在的创作能力却可做"白"的对手——甚至是当下唯一的那个对手，这便是"二十三年折太多"的磨难对他的反哺，终于得到当代"诗王"、当朝"国师"最为客观、公正、崇高的评价："诗称国手徒为尔，命压人头不奈何。"而其自况自勉的豪迈佳句："沉舟侧畔千帆过，病树前头万木春。今日听君歌一曲，暂凭杯酒长精神。"却是身心受到打击意志有些消沉的"白"目前最需要的，还有他这个意志如钢的人：大唐帝国被贬时间最长的"贬王"，却是"白"心中的"诗豪"……

在随即举行的盛大夜宴上，王刺史请两大诗人为扬州留下墨宝，刘禹锡好玩，将大家酒后开玩笑称之的"贬王"题写出来，逗得众人一片欢笑，白居易则是题写了自己心中油然而生的两个字："诗豪"，不留扬州，呈送老友，从此以后，这个诗号，不胫而走，迅速传遍大江南北……

接下来的日子，"王相"陪"诗王""诗豪"遍游扬州名胜。两大诗人一边游览随时对诗，二人登上栖灵塔，白随口吟道："半月悠悠在广陵，何楼何塔不同登。共怜筋力犹堪在，上到栖灵第九层。"刘对曰："步步相携不觉难，九层云外倚阑干。忽然笑语半天上，无限游人举眼看。"

或许在游人眼中，只看到两个率真快活的老神仙，他们不知道这便是真诗人，是大唐诗人原本就有的样子！

## 101

"刘白"扬州相遇后,并不急于北归洛阳,在"王相"的热情挽留下,他们在扬州住了一个多月。

十二月,他们一行来到楚州,楚州刺史郭行余是他们共同的朋友,热情款待,挽留他们一起过年,他们欣然答应,没承想这是一个不得欢庆的新年:就在距新年还有几天的时间,当朝皇帝李湛驾崩,庙号为敬宗,对外发布的死因还是服丹药过量,年仅18岁,与其父、其祖父死因相同。到了年底,李湛之弟、江王李昂即位,时年18岁,诏令举国进入国丧期,国丧期间不得举行任何娱乐活动,老百姓欢天喜地准备的过大年打水漂了。身为朝廷命官,即便是在私底下也不好违抗诏命,是以,他们在楚州过了一个十分无趣、寡淡的年,能淡出鸟来!

二月,"刘白"一行人行至汴州,汴州刺史令狐楚是二人更好的朋友和尊敬的兄长,去年白居易赴苏州时曾在此小住五日,此次来,想多住些日子,毕竟令狐楚与刘禹锡已经多年不见了,于是便又住了一个月。在这一个月里,他们天天谈论的都是国家大事,几乎无一首诗留下,这对"刘白"来说是很稀有很罕见的……

"你们真的以为皇上是服丹药过量死的吗?祖孙三代人全是服丹药死的?骗鬼去吧!""令狐相"到底是政商发达的消息灵通人士,说出的朝中真相令消息闭塞的外放官员"刘白"瞠目结舌,"他是被阉党刘克明、苏佐明之流设计暗害,活活被掐死的!宪宗、穆宗死的时候,便有太监害死之传闻,我还有点不相信:量他们没有这么大的胆子!但这一次是有人亲眼所见,我是彻底信了,这事儿也后证了宪宗、穆宗都属于非正常死亡……"

"你说好端端一个国家怎么竟被一帮没鸡巴的腌臜货攥在手里，玩弄于股掌之中？！"刘禹锡怒不可遏。

"那他弟弟、这位江王李昂是怎么上来的？"白居易则显得十分冷静。

"乐天问得好！确实不那么简单！"令狐楚道，"刘克明、苏佐明等害死皇帝，欲立绛王、李湛之叔李悟即位，遭到宦官首脑王守澄、梁守谦的反对，王动用内枢密使大权，调动神策军，联合宰相裴度，于两日之内将刘克明、苏佐明等百余奸贼全部诛杀，还有绛王李悟，也一并死于刀下……这场政变才算收场。"

"那岂不是小阉杀皇、大阉平乱？国家还不是掌握在阉党手中？"刘禹锡道。

"那就要看新皇是个什么人了？让我们拭目以待吧！"令狐楚道，"二位与裴度交好，我与之一向不睦，但是我也承认，此人国之栋梁也，又一次拯救社稷于危难时刻，立新皇有大功，新皇也将大权交给了他——加集贤殿大学士、太清宫使、兼中书门下侍郎，这是前贤魏征、郭子仪才有的待遇啊……以我参之，皇上是想用裴度来制衡阉党，所以，我进士集团在朝中的力量并未被削弱，反而有所增强，至于咱们仨的个人前途嘛，我与此人不睦，恐难得被重用，能保住现有职位就不错了，你二位与之交好，机会便来了！尤其是梦得，千年铁树要开花，你总算是熬出来了！"

……

就这样，三人在一起聊了一个月的国事，面对眼前纷乱的政局，三人的心态各不相同：当过宰相的令狐楚恨不能重返高位为国做出更大的贡献；刘禹锡是渴望去一个重要的岗位做些实实在在的工作，将逝去的23年光阴多少捞回来一点；归隐之意最浓的是白居易：朝局乱如麻凶如刀，老子身体如此不堪，不会再傻傻地真干喽！

一个月后，"刘白"一行离开汴州，刘禹锡直接回洛阳，白居易打算先去自己的出生地——新郑，怀旧之后，再回洛阳。分手前，知道刘妻病死在遥远蛮荒的南方的白居易请刘禹锡在歌舞伎班的舞女中挑一个，娶为妻或纳为妾随他便，刘禹锡反问道："玲珑小姐可挑乎？"白回答："不可以！"刘便另选了一位叫作紫玉的姑娘带走了。这一路上，遇到达官贵人，白居易通常都会这么做：给这些年轻的姑娘找到一个好归宿，但也要看什么人，一定要找可靠的人，他最好的朋友元稹就是一个反面的例子。

"刘白"分手后，白居易一行来到新郑，纯粹是因为居易本人要看一看自己的出生地——他12岁离开之后再也没有回去过的故土！不是荣归故里，不是衣锦还乡，老宅尽成废墟，族亲不知何往，他回来不是回给谁看，只是想来看看自己的来历，求得一份心灵的知足感！他也心怀一念：看看生身之地是否可做自己最终的归隐之地。看过之后，十分失望……他甚至未在家乡过夜，便离开了。

## 102

白居易率家人回到洛阳履道里白府，默不作声，深居简出。

回到洛阳后第一件事便是开始着手为亡弟白行简编个人全集，他本人多产，总觉得弟弟薄产，可仅就自己手中掌握的粗粗一点，他便惊讶地发现弟弟的全集也能编出个十来卷……

三月十七日，皇诏至洛阳，诏命白居易速返长安履职，官授秘书监,并赐紫金鱼袋,官阶从三品。对于这项任命,他一点都不感到突然,因为早些时候,他已经得知:裴度、韦处厚出任宰相。裴度是其一生的贵人,自不必说,韦处厚——就是当年官吏拔选考试,元稹得第一他得第二时的那个第四名,与之交情不浅,也会替他说话,新皇任命的两相都是其好友。

一听说要举家搬回长安了,最高兴的莫过于白夫人杨欣怡,她是长安的女儿,返长安便是回家乡;在白家暂时还没有名分的商玲珑也很高兴,她还从未到过长安,心中充满向往……爱女阿罗自不必说,歌舞伎班的姑娘们也如喜鹊一般叽叽喳喳笑开颜……在大唐帝国乃至世界上的任何地方,听到长安的召唤,都是一件大喜事吧。

刘禹锡在刘府为白家人设了隆重的饯行宴,回到洛阳才一个月,他已将带回来的紫玉姑娘娶为正妻,紫玉以夫人的身份出面招待大家。酒过三巡,对于尚未得到新任命的现实,白居易劝刘禹锡道:"梦得莫心急,我到长安必见裴、韦两相,他们都是自己人,必会为兄力争!新皇初立,那些陈芝麻烂谷子的历史积案应该放下了!"

"乐天,我不急,我他妈都等了23年了,还有什么等不起的,有紫玉和孩子们陪着我,我心定定的,要不是为了他们能过上好日子,我真想辞官归田算了。"刘禹锡说。

望着这位铁骨铮铮的老硬汉,这位仕途著名的"贬王",这位大唐杰出的"诗豪",当代家喻户晓的名篇《陋室铭》的作者,白居易的心里充满了钦佩与敬意!

白也是说一不二之人,这样说,就会这样做,他返回长安第一件事便是亲自出马登门拜访裴、韦两相,一方面为自己的任命表示感谢,另一方面便是替刘禹锡力争,历史积案哪那么容易被忘记啊，此事一直拖到六月份才算有了眉目——诏授刘禹锡为主客郎中，分司东都——这是个虚职，虽然无法满足刘本人将余生用来干实事的理想，也未能满足"刘白"同住长安的愿望，但是让其家人过上好日子的目的是可以达到的。不管怎么说，刘禹锡长达23年的贬谪岁月终于结束了！

给刘的诏命下达后，远在长安的白为他松了一口气。

领了紫色新官服，回家穿上那一日，还是好玩的，想起爱女阿罗小时候爱玩自己的金鱼袋，江州被贬换青衫，她还为找不到金鱼而哭过，一转眼她已经12岁了，父亲将腰间的金鱼袋取下让她去玩，她反问："这有啥好玩的？"说完便找商玲珑老师上琵琶课去了，她跟着父亲学古筝也已经很多年了，她在声乐方面明显遗传了父亲的天赋令父亲很欣慰——她的有着很深的歌舞伎情结的父亲觉得女孩儿就该学这一套。

在此期间，白居易还去下邽的家族坟地凭吊了亡弟白行简，与其遗孀、女儿，还有弟弟一直养着的大嫂、侄儿汇合，白家最后的担子只能由他来挑。

好在，他从三品的七八万的薪俸养活这四十多人的大家庭还是可以的。

103

新皇果然新面貌，不似其兄大玩家，欲学其父重振朝纲，继续中兴大唐，政治策略上向进士集团倾斜。重返长安后，白居易与裴、韦两相过从甚密，对新皇的这番心迹是洞悉的。

他已经没有年轻时因李白传说而产生的虚妄幻想——是上两

个皇帝让他各有各的失望，所以他并未期待新皇的召见，一点也没有。而在另一边，新皇登基后面临着前两任先皇思考过的问题：泱泱诗国近二十载，有一位地位稳固的"诗王"在，如何安置他？这是一个不小的问题，用好了，于政有利；用不好，国之损失。再加上裴、韦两相老将他挂在嘴边赞不绝口，令新皇不会不认真对待：秘书监的职位是自己想到的，一代名相魏徵也做过秘书监，白若真有为相之才（裴、韦两相认为其有），还可以进一步任用……上朝时，白居易无所上奏，他还没有瞅准文武百官中哪一位是自己打小所学的课本里的作者，召见白最起码可以满足自己的好奇心。

夏日的一个不上朝的上午，新皇李昂召见秘书监白居易，裴、韦两相陪同召见。

偌大含元殿里只有他们四个人。

白居易一身紫袍腰佩金鱼袋，腰杆挺得笔直，来到皇帝面前行三拜九叩大礼："吾皇万岁万岁万万岁！"

皇帝曰："白爱卿平身。"

白居易站起身来，立于殿上。

皇帝曰："朕印象中白爱卿身体一直不大好，这个印象不知对否？"

白居易回禀道："甚是！臣生于大历之年藩镇内乱期间，颠沛流离，自幼体弱多病，人到中年还是没有多大改观，在杭州、苏州刺史任上都留下了病倒或告病的记录，实在是有负圣托！"

皇帝曰："虽然病倒，白爱卿在这两任上干得十分出色，深受当地百姓拥戴，朝廷看在眼里。此次任命你为秘书监，掌皇家图书，就是考虑到你的身体状况，不宜担当政务太重之职。"

白居易回禀道:"皇上体恤微臣病体如斯,皇恩浩荡,臣万分感谢!"

皇帝曰:"掌皇家图书,让手下去打理便可,白爱卿腾出手来,再写出一两首《长恨歌》《琵琶行》那样注定名垂青史的巨作便是你对大唐最大的贡献了!"

白居易回禀道:"谢皇上!臣字字谨记于心!"

皇帝曰:"十月十日是朕18岁生日,朕欲在麟德殿举办一场儒释道三教论衡,白爱卿可做儒学首席参与论辩,此事也交由白爱卿全盘打理。"

白居易回禀道:"臣定不负皇上重托,全力办好这场论衡!"

简短的召见结束后,三人步出大明宫去了裴度相府。

客厅里,清茶一杯端上来,裴度问白居易:"乐天,今日圣上召见你,你可知其要义?"

白居易故作不知:"将三教论衡交给臣去办。"

韦处厚曰:"乐天,如果只是托事给你,下道诏书即可,何须亲自召见?这是新皇在封你做诗王啊!这是诗人白居易被第三个皇帝封'诗王'啊!王维、李白也只被同一个皇帝各封过一次……"

裴度曰:"韦相所说俱属实,但还不尽然,这是在加封'国师',韩愈——韩退之在世时,他是'国师',你是'诗王',所以你俩才尿不到一个壶里嘛!他这一走,'诗王''国师'集于你一人之身,三教论衡既是皇上生日大典,又是你白居易的加封仪式,你既是给皇上办事,又是给自己办事,你可一定要办好啊!需要我俩相助的随时提出来!"

白居易听明白了,连连点头称是。

从夏到秋,除了皇家图书馆的日常工作,白居易一直忙于操办三教论衡。

十月十日，秋高气爽，天高云淡，在长安最好的季节里，三教论衡如期举行——这本是大唐帝国的国家论坛，展现的是这个国家的意识形态、宗教哲学、思想伦理、人文精神，只是到了前任皇帝敬宗——那个大玩家蹴鞠王那里被中断了，新皇李昂即位，特意定在自己18岁生日大典来恢复举办这项隆重的传统文化活动，他想向朝野释放一个怎样的信号？昭然若揭。

活动当日，麟德殿内，济济一堂，新皇李昂亲自主持，坐在儒家首席的是秘书监白居易，坐在佛教首席的是安国寺引驾沙门义林，坐在道教首席的是太清宫道士杨弘元——明眼人一望便知，这便是新皇加封的儒、释、道三大"国师"，这个论坛是对"国师"的钦定。

新皇主持，论坛开始，三位首席，各自发言，陈述三教，用来引发他方的论辩……

作为论坛的实际操办者，白居易自觉应该主动充当活靶子，便说道："臣学浅才微，狠登讲座。窃以义林法师明大小乘，通内外学，于大众中能师子吼。臣稽先王典籍，假陛下威灵，发问既来，敢不响答。"

于是义林法师便问道："首以《毛诗》称六义，《论语》列四科。请备陈名数。"

白居易答曰："孔门之徒三千，其贤者列为四科，《毛诗》之篇三百，其要者分为六义。六义之数，四科之目，十哲之名，引佛法比方，以六义可比十二部经书，四科可比六度，以十哲可以比十大弟子。"

义林法师发难道："曾参至孝，百行之先，何故不列于四科？"

白居易答曰："曾参年幼，未曾追随孔子周游列国，故未列入。儒书奥义，既已讨论，释典微言，亦宜发问。"

义林法师道："贫僧所问者不过芥子纳须弥山一节而已。"

白居易转而请问太清宫道士杨弘元："请教杨道士《黄庭经》中养气存神长生久视之道。"

杨弘元不答，以问代答："请教秘书监白大人《孝经》何以说'敬一人而千万人悦'？"

以问答问，妙不可言，博得全场掌声一片。

一上午的论辩就这么过去了，主持人、新皇李昂总结道："观其问答旨意，初非幽深微妙，不可测知。今日论衡，可谓精彩之至，三位大师，给朕上了一课。白爱卿之'三养'学说：儒养志、释养心、道养身，甚合孤意。朕览《白氏长庆集》，读到元稹序中所言倭人以白诗做厚礼争献日本王——朕就此事请教过日本国来使，确有其事，倭人还给白爱卿起了两大美号：'广大教化主'和'文殊菩萨之化身'——十分贴切，白爱卿正是儒释道集大成者也，朕择其一亲笔题书制成匾，在此颁发给白爱卿！"

两位太监抬匾而出，新皇李昂起立颁发，白居易上前迎匾，扑通一声，双膝跪地，新皇李昂将"广大教化主"金匾交到他手上时，他已经热泪盈眶了……

在这一瞬间里，他感到无限满足——他必然会感到满足，因为这是大唐——不，是华夏史上诗人所能得到最高形式的加冕礼，此前没有过，此后也不会有了……

# 第二十二章　不如作中隐

## 104

三教论衡办得好，新皇李昂一高兴，便派白居易前往东都洛阳巡视考察。老白乐颠乐颠地便去了，头顶新加冕的"诗王""国师""广大教化主""文殊菩萨之化身"迎接一众官友的祝贺，其虚荣心得到巨大的满足，但与刘禹锡形影不离的私聚，才是他真正快乐的时刻，他们饮酒、品茗、对诗、观妓、谈天、说地……两人私下约定：等再老一些，从朝中隐退，定要择一城同住，比邻而居，一起享受人生、诗歌、艺术。看到此生受尽磨难的老友——"一代贬王"到了晚年总算和家人一起过上了好日子，白居易感到无比欣慰！

年前回到长安，与自己家人一起过年。这个家已经空前之大了，将近五十人，令他更感到自己责任重大——亲兄弟三人如今只剩他一个了，必须担起这份责任。一大家子在一起过了一个热热闹闹、团团圆圆、和和美美的新年，令他十分享受。过完年便是他57岁生日，一贯低调的他只在家族内部给自己暖了一下寿。家庭寿宴上，多喝了两杯，想到自己的母亲就是在57岁上走的，胞弟51岁便走了，他产生了一种现代人称的"基因危机意识"，变得更加惜命了：自己的身体并不好于母亲和弟弟，能活到今天已经实属不易，大概能活多长他们便是参照。自然，他所掌握的知识让他无从了解他们兄弟二人天生羸弱、一生多病的根源在于其父母那亲上加亲的婚姻。

过完年、暖过寿，好事又来了——新皇诏曰：白居易由秘书监转刑部侍郎，封晋阳县男——这个信号非常明显：李昂赐白居易金匾"广大教化主"，其用意可不仅仅满足于让他当"诗王"和"国师"，他就是想试试，他就是在试探：此人是否有经天纬地之才？是否可以成为他的"魏徵"？

从皇家图书馆馆长忽然调任司法部副部长——这个信号，意味着什么？中小吏出身、已经在宦海中浮沉了半世的白居易不可能不晓得，他对涨到八九万的月俸感到惭愧，他将所授"晋阳县男"爵位下的五百亩可以世袭耕种的"永业田"交还给了国家，谁说"山西人九毛九"？竟也有如此慷慨大方之人！对物质待遇如此点儿清之人，会是一个对官职麻木的人吗？且看其转为刑部侍郎后，每天上完班回到家里都在干什么？他开始续编《白氏长庆集》，编成《后集》五卷，新编元白唱和《因继集》二卷，将后者交长安书肆出版，白诗在日本贵如金，在其祖国也是抢手货……由是观之，其心不在宦而在于诗！

其实，在稍早所作的《祭弟文》中他已亮明心志："孤苦伶仃，又加衰疾，殆无生意，岂有宦情。"

总之，他此时的想法既与帝不合拍，又与相不合拍：裴度、韦处厚两相，一看他这个皇家图书馆馆长忽然调任司法部副部长，还加封了"晋阳县男"的爵位，便明白了皇帝的心思，趁热打铁，加紧举荐白居易为相。世无不透风的墙，当然也包括大明宫的墙，阉党、旧官僚集团一听说这项上奏，顿时炸了窝，与白居易出任苏、杭刺史时形成鲜明对照，真是一州可让（上州肥肉也可让）、一相不可让（进士集团已经占据两相了），这两派的大臣纷纷上奏举报白居易：有人发现他在苏、杭大兴水利建设时，还是留下了一些烂尾工程；有人（八成是太监）指斥其生活作风腐败、淫荡，在家蓄妓33人（数字非常精确）；有人（八成还是太监）诬陷他与前相元稹长期保持断袖之好；有人揭露他为永世不得翻身的"永贞党人"刘禹锡翻案谋官；有人肯定其才但也指出他是个病秧子（在苏、杭刺史任上或病倒或告假）——一个病秧子如何做得了日理万机的一国之相？有人鞭挞其倚仗诗名目空一切；有人甚至指摘其长期假冒"白起后人"不知为自己捞取了多少无形资产……

裴、韦两相将此奇谈怪论学给白听时，白气得吐了血……一贯觉得自己做人好的人终于受到了打击！爱惜羽毛的人才会元气大伤！裴、韦见状，便不再强求，白本人还是老办法：一张休百日长假的病假条递了上去……

105

这个秋天，白居易居家养病，某日午后，"裴相"带着自汴州调回长安出任户部尚书的令狐楚（两人已经捐弃前嫌）、出任陕州司马的王建、仍在水部员外郎任上的张籍、仍在主客郎中任上分司东都的刘禹锡来了，外放者都是借进京述职之机赶来看望他的……

看到老白气色有所好转，五人都很高兴，"裴相"打趣道："乐天，你这个腐败分子老色鬼，老用你蓄养的家妓来引诱本相，幸好本相立场坚定意志如钢没上你的当，否则这个相位就不保了，为自己人谋福利也谋不成了……不过老夫今日来，却是要主动向你索贿来的。"

老白出语也惊人："裴相待我，恩重如山，寒舍上下，除了妻妾儿女，裴相尽管带走！"——此语一出，道出了一个秘密：白之所谓"妾"自然指的是商玲珑，即是说在白的心中，已经将其视为爱妾了。

"裴相"扑哧一笑："乐天请勿紧张，老夫要的是物，不是人。"

"何物？裴相直说！"

"汝心爱之物！"

"心爱之物赠予裴相又何妨？"

"是竹吧？"刘禹锡插言道，"乐天爱竹天下知！"

"裴相"道："梦得快猜到了，不过他家有竹林一片，取其几根，他不会心疼，我要之物，他只有两只，养在洛阳，必然心疼！"

"鹤！"刘禹锡脱口而出。

"看来还是梦得知乐天啊！""裴相"肯定道，"难怪世人口中叫了几十年的'元白'已经改成了'刘白'。"

白居易听罢，一言不发，那确实是他心爱的一对宝贝儿——是他的精神图腾，让他就此放弃，舍不得啊！

一方心有不舍,一方誓不罢休,"裴相"道:"看来向大唐'诗王'讨要东西非得用诗来乞不可,笔墨伺候!"白府管家赶紧清理书案,磨起墨来,"裴相"思忖片刻,落笔成诗:

> 白二十二侍郎有双鹤留在洛下,予西园多野水长松,可以栖息,遂以诗请之
>
> 闻君有双鹤,羁旅洛城东。
> 未放归仙去,何如乞老翁。
> 且将临野水,莫闭在樊笼。
> 好是长鸣处,西园白露中。

诗成,自吟一遍。
白居易听罢,从病榻上爬起,来到书案前,沉吟片刻,挥毫泼墨:

> 答裴相公乞鹤
>
> 警露声音好,冲天相貌殊。
> 终宜向辽廓,不称在泥涂。
> 白首劳为伴,朱门幸见呼。
> 不知疏野性,解爱凤池无。

诗成,自吟一遍。
"我来!"刘禹锡摩拳擦掌,加入进来:

> 和裴相公寄白侍郎求双鹤
>
> 皎皎华亭鹤,来随太守船。

青云意长在，沧海别经年。
留滞清洛苑，裴回明月天。
何如凤池上，双舞入祥烟。

诗成，自吟一遍。

"好诗啊好诗！"张籍赞叹道，"当今国朝，敢在白府赋诗，敢在'刘白'面前班门弄斧，是需要一点勇气的，我也来献个丑，以诗为裴相乞鹤。"说吧，提起笔来，一挥而就：

和裴司空以诗请刑部白侍郎双鹤
皎皎仙家鹤，远留闲宅中。
徘徊幽树月，嘹唳小亭风。
丞相西园好，池塘野水通。
欲将来放此，赏望与宾同。

诗成，自吟一遍。

令狐楚、王建没有赋诗，只是好言相劝老白，甚至提出了"真舍不得，就送一只"的折中方案。

白居易这个没有去过太原的非典型性太原人，有时候慷慨大方得要死，但也真有"九毛九"的时刻，他死活不松口，将堂堂一国宰相搞得好没有面子，这么大一通折腾，连只鹤毛都没有得到。正在大家以为要败兴而归时，白居易忽然开口道："裴相，乐天贪得无厌，还有一事求裴相，裴相如果答应乐天，双鹤一定奉上。"

"乐天跟我别客气，当着自己人但讲无妨。""裴相"道。

白居易正色道："诸位都是自己人也都清楚，裴相、韦相一直向圣上大力举荐乐天出为相,如今裴相年事已高,韦相病入膏肓,王涯趁机回京,大有出相之可能。此人在我母坠井身亡一事上对我落井下石,我视之为终生仇敌,绝不与之同立于朝,恳请裴相为乐天安排一个分司东都的职位,从此远离朝廷,乐得清静,多活几年……"

"这有何难?""裴相"道,"仕途上,进则难,退则易。"

"好,我今晚便去信让洛阳那边将双鹤送来长安。"白居易道。说罢,意犹未尽,又来到案前,题诗一首:

### 送鹤与裴相临别赠诗

司空爱尔尔须知,不信听吟送鹤诗。
羽翮势高宁惜别,稻粱恩厚莫愁饥。
夜栖少共鸡争树,晓浴先饶凤占池。
稳上青云勿回顾,的应胜在白家时。

真乃诗人本色,不出佳作誓不罢休,以诗乞鹤的风雅游戏,最突出的一首佳作还是出在白居易赠给双鹤的这一首……众人啧啧赞叹:"诗王",不愧是"诗王"!

"老爷,门外来了一后生——自称新科进士杜牧求见!"管家禀报道。

白居易稍一犹豫,"裴相"便替他做主道:"老友欢聚,来个生人,不便说话,请他改日再来。"

"喏!"管家道。

## 106

太和三年（己酉，公元 829 年）。

新年前后，几位好友相继离世：韦处厚、钱徽、崔植、孔戡……令白居易情绪十分低落。对于如何过年，他给家人的指示是："不大过。"整个春节期间，他都宅在书斋里，面对元稹年前寄来的二十三首近作，一一酬和……眼下，似乎只有写作这件事能够疗愈其心！

一月份，白府里冷冷清清。

二月份，府里却突然热闹起来，张灯结彩，大办喜事——商玲珑入白府六年之后终于被纳为妾，成为白府二奶奶，一切皆因其怀孕了！第一位郎中初诊断后，白老爷不敢相信——不敢相信自己 58 岁的病体还能播下新生命的种子，又一连找了三位郎中，结论都是有喜了！白老爷大喜过望，几欲奔走呼号；白大奶奶也很高兴，觉得应该兑现自己定下的规矩，便主动提出并亲手操办白老爷和商玲珑的喜事……

还不知是儿是女，但不管怎么说，他又将有后了——为了后代，他也要郑重其事地安排好自己今后的生活，在自己人生的第二次喜宴上，他向请到的最尊贵的嘉宾、他一生的贵人——当朝宰相裴度大人敬酒道："分司东都！分司东都！""本相晓得！本相晓得！""裴相"将喜酒一饮而尽。

家有喜事，心中狂喜，却闭门不出，整个三月份，他躲在白府书斋中编定《刘白唱和集》上、下卷，三月下旬脱稿交由长安书肆印行，趁机结算以往所出之书，又收获了大笔版税。

三月末，皇帝终于下诏：白居易除太子宾客分司东都、令狐楚出任东都留守。白居易长舒了一口气，在心里默默地对二太太商玲珑肚子里的孩子说："儿子啊！当爹的已经为你安排了最好的生活，你就放心大胆地来到这个世界吧！"

然后，他为自己及家人安排了一场对长安的盛大告别——主要是为跟了自己二十一年的爱妻杨欣怡，人家本是长安的女儿，是贵族名门之女，跟着他连个长安都待不长，现在又要离开了，这一次的离开极可能是终生性的，白居易将自己58岁所做的一切决定都视为终生性的，是没有想到自己会活得很长，内比母弟，外比李杜，他觉得自己也就能活个60岁出头吧，所以这次离长安，极可能是终生性的——从他将长安的宅子随手卖掉便可以看出个中端倪，他还将自己渐渐成熟的"中隐"思想诉诸笔端：

中　隐

大隐住朝市，小隐入丘樊。

丘樊太冷落，朝市太嚣喧。

不如作中隐，隐在留司官。

似出复似处，非忙亦非闲。

不劳心与力，又免饥与寒。

终岁无公事，随月有俸钱。

君若好登临，城南有秋山。

君若爱游荡，城东有春园。

君若欲一醉，时出赴宾筵。

洛中多君子，可以恣欢言。

君若欲高卧，但自深掩关。

亦无车马客,造次到门前。
人生处一世,其道难两全。
贱即苦冻馁,贵则多忧患。
唯此中隐士,致身吉且安。
穷通与丰约,正在四者间。

四月初,当朝宰相裴度在永乐坊兴化池亭设宴,为即将东出洛阳的白居易饯行,刘禹锡、张籍作陪。

饯行宴上,情绪最为反常的当属白居易:他像一团快乐燃烧的火,除了快乐还是快乐,对于即将离开的长安没有丝毫离愁别绪,宴会一开始,他便吟了一首诗:

### 病免后喜除宾客

卧在漳滨满十旬,起为商皓伴三人。
从今且莫嫌身病,不病何由索得身。

中间,在"裴相"的提议下,四人玩了两轮联句,成果如下:

### 宴兴化池亭送白二十二东归联句

东洛言归去,西园告别来。白头青眼客,池上手中杯。

——裴度

离瑟殷勤奏,仙舟委曲回。征轮今欲动,宾阁为谁开。

——刘禹锡

坐弄琉璃水,行登绿缛堆。花低妆照影,萍散酒吹醅。

——白居易

岸荫新抽竹,亭香欲变梅。随游多笑傲,遇胜且裴回。

——张籍

澄澈连天境,潺湲出地雷。林塘难共赏,鞍马莫相催。

——裴度

信及鱼还乐,机忘鸟不猜。晚晴槐起露,新雨石添苔。

——刘禹锡

拟作云泥别,尤思顷刻陪。歌停珠贯断,饮罢玉峰颓。

——白居易

虽有逍遥志,其如磊落才。会当重入用,此去肯悠哉。

——张籍

**最终,还是以白居易即席赋诗一首收场:**

### 长乐亭留别

灞浐风烟函谷路,曾经几度别长安。

昔时蹙促为迁客,今日从容自去官。

优诏幸分四皓秩,祖筵惭继二疏欢。

尘缨世网重重缚,回顾方知出得难。

"好诗!好诗!"刘禹锡赞叹并和其道,"洛阳旧有衡茅在,亦拟抽身伴地仙。"

"老人也拟休官去,便是君家池上人。"张籍亦和之。

连多年老友也无法想到:最爱长安的白居易今番离别长安时竟是如此的欢乐,饯行宴上的他最像其字"乐天"……

谁能理解即将老来得子的快乐——那让一切变得无足轻重的

快乐呢!

## 107

人间四月天是被大诗人白居易摸过顶的：人间四月芳菲尽——在这春光明媚的大好时节，白府一行五十余人，分乘十余辆马车，浩浩荡荡，离开长安，一路东进，前往洛阳。过陕州时，与担任地方官的老友王起、王建相会，歇了几日脚。四月末，抵达洛阳履道里旧宅，推门进家，便口占一首：

归履道宅
驿吏引藤舆，家童开竹扉。
往时多暂住，今日是长归。
眼下有衣食，耳边无是非。
不论贫与富，饮水亦应肥。

最末两句，是对自己早年旧句的化用："我心既无苦，饮水亦可肥"，那是江州所作《对酒示行简》中的，如今胞弟已是天上人，他只有对自己再说一遍。

全家住下之后，他斥资修缮了这座老宅，主要是手上有了闲钱：卖掉长安的房产，又结算了一大笔版税，让他囊中充盈，七八万的月俸，管他这一大家子的日常开销，还是够的。

有后世学者指出，东都洛阳是白居易"中隐"妙选之地——与其这样说，毋宁说是东都洛阳以及分司东都的官吏制度催生了他的"中隐"思想。他在洛阳过上了他想要的生活：闲官闲到可以不去坐班，更是远离朝廷内部你死我活的权力斗争，但身为一名高级官员、文化名人，他又绝不寂寞：东都留守令狐楚、河南尹冯宿、辞官归隐的崔玄亮都是老友故交，并且住得也近，可以常聚常欢，他的遍布大唐各地的粉丝终于得机跳到他面前来，与之结成纯粹的友谊，萧庶子就是一个代表。此人堪称白诗活字典，能够记得住白居易创作的任何一首诗，并且随时提供详解，跟白居易一来二去混熟了，便当面索诗，白当场赠其一首：

萧庶子相过
半日停车马，何人在白家。
殷勤萧庶子，爱酒不嫌茶。

从此此人名声大噪——真是做白居易的粉丝也能出名啊！

白居易喜滋滋地望着二太太商玲珑的肚子一天天变大，乐哉乐哉地等着自己盼望中的儿子降生到世上来，等到九月份，又一大喜讯传来：在朝廷内部，随着进士集团连死几位重臣，势力有所削弱，阉党、旧官僚集团又开始蠢蠢欲动，他们没有忘记投到他们这边来的前相元稹，上奏皇上将其转为尚书左丞。不管怎么说，老元即将从浙东重返长安，回京路上必经洛阳，距上次见面又过了五年，老白喜不自禁。

元家人到了，比亲戚还要亲的两家人又欢聚在一起，比过年还要热闹。老白为老元在经过那么多年的宦途漂泊之后终于重返京城而高兴；老元为老白即将老来得子而开心——他坚决认为商玲珑会给老白生个儿子，他认为老白与他同命，早年得女，女有夭折，老来得子，养儿防老。他在两年前终于得子，取名道护，这次也随全家来了……所以，他认定老白也会得子。他还煞有介事地瞧了瞧白家二奶奶的身形变化，从背影看几乎看不出是个孕妇，这就是生男孩的体态……哦，商玲珑原本是冲着元家二奶奶的位置去的而未遂，六七年过去，老元不觉得尴尬，别人也不会觉得有啥尴尬。

"元白"相见，不谈朝政、国事，只谈诗文，或许原本就是如此，只是现在更加明显，他们的友谊是超越政治立场、个人风格、道德标准的典范，但又并非是空中楼阁，他们友谊大厦的地基还是在于文学。家宴上，他们同饮欢谈的是诗，老元说："这些年，在坊间，'刘白唱和'之名大有取代'元白唱和'之势，微之颇不以为然，没有'元白'哪有'刘白'？咱俩才是唱和之风的刮起者。"到晚上，他们同榻而眠时谈的是文："微之不计酬劳应其孙之邀为杜甫撰写墓志铭一事天下传为美谈，该文也必将传世！"

"乐天！"老元一把抓住老白的手腕，"我死后墓志铭只能由你撰写。"

老白不以为然："这什么话！我比你虚长 7 岁，照常理应该走在你的前头。"

老元执着道："那就一言为定，后走者为先走者写墓志铭。"

斯年白居易 58 岁，元稹 51 岁，但从外表上看不出年龄有差，元稹属于年轻时太过灿烂，未老而先衰；白居易则属于年轻时相貌平平，越老越显帅……


108

最好的朋友元稹来到洛阳住在家里，白居易也在第一时间差管家通知了在洛的几位好友，但是却没有反应。老白心里明白：这几位好友令狐楚、冯宿、崔玄亮都属于进士集团的人，对元稹这位历史上的变节者还是不肯原谅，不想见那就不见了吧，对朋友老白从不强求，他与老元天天厮混就已经足够开心了……未料想，三天之后，在元家人动身启程赶赴长安前夕，东都留守令狐楚的请柬到了，他在府中设家宴款待元稹，特邀白居易做陪……哦，这可是一位前相在招待另一位前相啊！规格实在不低！老白心里明白：这是"令狐相"在给自己面子，还有一大可能：如今哥儿几个都是奔六十的人，几多同僚都已不在人世了，仕途上遗留的许多事，该放下的就放下了。

这天傍晚，"元白"乘坐专程去接他们的马车如约来到令狐府。果不其然，老白料想的另外两个陪客冯宿、崔玄亮已经到了，还有一位他一见人，便在心里噗哧一声笑了：萧庶子——他的大粉丝来了！"令狐相"没有通过白便直接邀请萧来，可谓煞费苦心，正解当为：既然有个布衣在场，咱们几个当官的就勿谈朝政与国事；既然这个布衣是个诗痴，除了聊诗对别的一概没兴趣，咱们就跟着他的话题走，把今晚的夜宴搞成一个诗酒会不好吗？嗨，"令狐相"真是老狐狸、鬼脑子！

即便如此，这天的夜宴也没有搞成纯诗会，怀旧与叙旧成为一大主题，怎么可能不是呢？元稹、白居易、崔玄亮是同一年参加的官吏拔选考试，崔是"元白"初次见面的现场见证者……陪客中还有两位年轻人，面熟的是"令狐相"的公子令狐绹，面生的是其好友、已被"令狐相"招入其幕府的年仅17岁的少年才俊李商隐。"令狐相"介绍完两位年轻后生后继续说："今晚夜宴，咱们一则把酒喝好，二则随时口占——'元白'在此,岂可不对诗？

我对两位后生说过了：你们真是有福气，大唐之大，不是随便谁都能有幸目睹'元白'真人对诗的，你们做好笔录——今夜，二位少年不得饮酒，有他们在一首诗一个字都不会丢失。"

一场夹杂着各种叙旧话题的诗酒会一直持续到大半夜，最终，东道主"令狐相"派府中多辆马车将客人一一送回家去……翌日一早，元家人出发前，那位17岁的少年才俊李商隐上气不接下气地赶到了白府，将连夜整理誊抄好的昨夜"元白"各自的口占笔录呈上——此举还有那一笔俊秀的小楷字令白居易欣赏备至，便邀请他和令狐公子以后常到府中来玩，小李听罢受宠若惊："可以吗？真的可以吗？"

什么叫真诗人？什么叫不世出的天才？少年李商隐在现场又一次领教到了，就在"元白"搂搂抱抱的离别之际，"元相"又有二首口占出：

过东都别乐天二首
君应怪我留连久，我欲与君辞别难。
白头徒侣渐稀少，明日恐君无此欢。

自识君来三度别，这回白尽老髭须。
恋君不去君须会，知得后回相见无。

这一年的欢乐还没有完，冬十二月，白家二奶奶商玲珑顺利产下一名男婴，母子平安。

58岁有了儿子，是华夏人标准的"老来得子"，是人生之大喜事！白老爷大喜过望，将儿子的命名权直接交到其生母、自己的爱妾商玲珑手上,商玲珑想了一个月,为其取名为:阿崔——一个十分江南化的名字,与其江州出生的姐姐阿罗相呼应。

喜滋滋的老白只给两个人写了报喜信,一个是三个月前预言他必生贵子的元稹;一个是五年前便以诗预言他"雪里高山头白早,海中仙果子生迟"的刘禹锡……这一方面说明,以上二人在其心中的分量之重;另一方面,唯有这个时代的诗杰才会意识到并好生羡慕白居易人生的完美:诗名早立,金榜题名,仕途通达,家庭和美,人生平顺,膝下无子是唯一遗憾,现在这距完美所差的最后一块拼图拼合上了!他们二人最希望老白完美——老白心中明镜似的。

这些日子,老白常在自己书斋里,哼着小曲儿,反复书写"诗豪"刘禹锡的妙句:"雪里高山头白早,海中仙果子生迟。"

阿崔满月这天,白居易在东都洛阳最豪华的酒楼大宴宾客,天黑下来,礼花初放,焰火升空,繁华街市中走过的路人看了问:"这是谁家办喜事呢?"

"大诗人白居易老来得子!"消息灵通者回答。

# 第二十三章　皮亡而毛存

## 109

太和五年（辛亥，公元831年）。

年满花甲的白居易依然重佛轻道，以至于在其现实生活缺那么一位道士朋友观其面相便可道出：这一年又逢其凶年，二十年方才一遇的凶年。

前一年还是好事压轴，十二月二十八日，诏令白居易改任河南尹——这个职务似乎更适合现在的他，太子宾客太闲了，州刺史太忙了，河南尹不闲不忙，如今他老来得子，精气神十足，正能量满满，能够为国为民做出更多实际的贡献，何乐而不为呢？华夏士子，自汉以来，都是儒家教育出来的，即便是隐入山林，机会一来，也会立马挺身而出……更何况只是隐于吏的所谓"中隐"。

改任新官，跨入新年，不亦乐乎！除夕夜宴，看到主桌上环坐着正妻杨欣怡、爱妾商玲珑、爱女白阿罗、幼子白阿崔，两位侄儿兼养子白龟郎、白景守，大嫂和弟妹，还有刚刚出为邠州节度副使便急匆匆赶来过年的堂弟白敏中……众亲环坐在其两边，笑语喧声不断，白居易感到无限满足，家人要为他做六十大寿，他便应允了。一月二十日，六十大寿这天，商玲珑率白家歌舞伎班为寿星表演了新创的舞蹈节目，歌舞伎班也更新换代了，走了些旧人，来了些新人，14岁的樊素是歌伎头牌的胚子，15岁的小蛮是舞队领舞的接班人。

厄运在夏日悄然降临，像一阵穿堂而过的妖风吹过午睡中的小阿崔的身体，从此高烧不退。老夫少妾生下的孩子原本体质便弱，这一烧便要了命，其症状与二十年前白老爷的长女金銮子一模一样，白老爷遍请洛阳城中最著名的郎中、东宫中的御医也把烧退不掉，眼睁睁看着孩子病死了……那年头婴幼儿夭折率高，不会令他想到这与其父母亲上加亲的婚姻会有什么关系，下一代逃掉了，下下一代却逃不掉，二奶奶哭得死去活来，白老爷也一病不起，在河南尹的任上才干了半年，又一个"百日长假"开始了……

对诗人白居易来说，最有效的疗愈方式是写诗，一首《哭崔儿》让他哭了出来：

哭崔儿

掌珠一颗儿三岁，鬓雪千茎父六旬。
岂料汝先为异物，常忧吾不见成人。
悲肠自断非因剑，啼眼加昏不是尘。
怀抱又空天默默，依前重作邓攸身。

来到世上跨过三载，其实只有一岁半的生命就这么没了，一个刚会叫爹娘尚不能说出一句完整话的幼子说没就没了，当爹的能不为之痛哭！

二奶奶商玲珑这一通长哭，将自己的金嗓子哭哑了，且是终生性的，从此再也不能登台演唱，再加上儿子说没就没了，也暂时失去了跟大奶奶杨欣怡在家族内部争权夺利的心性；诗人白居易这一通长哭，反倒将心中的郁结哭了出去，让自己免生一场大病。一个月后，他已经愿意开门迎客了——所见的第一拨客人自然是他的几个老伙计令狐楚、冯宿、崔玄亮，连带几位新朋友萧庶子、令狐绹、李商隐……

白居易对李商隐似乎有着一份天然的好感——最初与其写了什么没有任何关系。当其时年方十七的李商隐尚未写出任何拿得出手的诗作，正跟令狐楚学写骈文，由散文改写骈文——因有好感，送客之际，老白便悄声告诉小李，嘱其单独来坐……

小李便如约多次私访白府，向老白讲述其自幼丧父、家境贫寒、身为长子"佣书贩舂"养家糊口的苦难身世，博得虽是中小吏出身，情感却极其平民化的大诗人的同情。老白为小李指明了文学与人生的双重明路：文学上要以诗为主攻目标（谁叫你生在大唐呢），科举上要以进士科为最终目标（如此官才可以做大）。照理说，这孩子是有福气的，一来东都洛阳，便遇上一位前相做靠山（并与其子成好友），紧接着又遇到大唐帝国钦定诗王做事实上的导师，为其拟定了万分正确的人生攻略，那他以后的道路会走成什么样子呢？

先不管那么多，他们的私聚，他们的恳谈，对身处丧子之痛中的老白有一定的疗愈作用。

## 110

但是,谁也想不到的是,"祸不单行"这句话究竟有多厉害?

七月底,元稹夫人裴淑的亲笔信带来了元稹病逝于武昌任所的噩耗,享年53岁。何以在武昌去世?这要从前一年元稹改除武昌军节度使说起,前年九月他才到长安,四个月后便改任武昌,京城何以待不住?刚到尚书左丞的任上,元稹便秉公执法出手办了七名郎官,被办者所属的势力立刻反扑——有多人上奏皇上:列举元在浙东观察史任上的种种贪污、受贿行径——对此,身为至交的白居易不是没有觉察,他觉得自己的好友越老越爱钱了,手头似乎也很阔绰,过洛阳便将自家住过的一处老宅买下,说是为了日后来住,对此白在诗中也曾委婉劝告过。如此要好的两个人,却在诸多方面大相径庭,裴淑的报丧信中也约略提及元稹死因:在武昌如火如荼的酷暑天里服丹药中毒身亡——白居易读罢,气得跳脚:害死过一串大唐皇帝的劳什子你也要以身去试吗?他在日后的诗中总结道:"微之炼秋石,未老身溘然",他在旧作之中早已亮明过自个儿的态度:"丹砂一粒不曾尝。"

经过两个月的疗养,白居易本来已经可以下地活动了,元稹这一死又一掌将其击倒在病榻之上:丧子之痛,是断其后;丧友之痛,是断其股!他出自本能的自我疗救的方法便是长歌一哭,哭为诗文——

八月,元稹灵柩自武昌运来停经洛阳,准备次年运往咸阳奉贤乡归藏于祖茔,白居易亲自前往元宅吊唁,在灵前哭诵《祭微之文》:

维太和五年岁次己亥十月乙丑朔十七日辛巳,中大夫守河南尹上柱国晋阳县开国男食邑三百户赐紫金鱼袋白居易,以清酌庶羞之奠,敬祭于故相国鄂岳节度使赠尚书右仆射元相微之。惟公家积善庆,天钟粹和,生为国桢,出为人瑞,行业志略,政术文华,四科全才,一时独步。虽历将相,未尽谟猷,故风声但树于藩方,功利不周于夷夏。噫!苍生之不遇也,在公岂有所不足耶?《诗》云:"淑人君子,胡不万年?"又云:"如可赎兮,人百其身。"此古人哀惜贤良之恳辞也。若情理愤痛,过于斯者,则号呼抑郁之不暇,又安可胜言哉?呜呼微之!贞元季年,始定交分,行止通塞,靡所不同,金石胶漆,未足为喻,死生契阔者三十载,歌诗唱和者九百章,播于人间,今不复叙。至于爵禄患难之际,寤寐忧思之间,誓心同归,交感非一,布在文翰,今不重云。唯近者公拜左丞,自越过洛,醉别愁泪,投我二诗云:"君应怪我留连久,我欲与君辞别难。白头徒侣渐稀少,明日恐君无此欢。"又曰:"自识君来三度别,这回白尽老髭须。恋君不去君须会,知得后回相见无。"吟罢涕零,执手而去。私揣其故,中心惕然。及公捐馆于鄂,悲讣忽至,一恸之后,万感交怀,覆视前篇,词意若此,得非魂兆先知之乎?无以寄悲情,作哀词二首,今载于是,以附奠文。其一云:"八月凉风吹白幕,寝门廊下哭微之。妻孥亲友来相吊,唯道皇天无所知。"其二云:"文章卓荦生无敌,风骨精灵殁有神。哭送咸阳北原上,可能随例作埃尘。"呜呼微之!始以诗交,终以诗诀,弦笔两绝,其今日乎?呜呼微之!三界之间,谁不生死,四海之内,谁无交朋?然以我尔之身,为终天之别,既往者已矣,未死者如何?呜呼微之!六十衰翁,灰心血泪,引酒再奠，抚棺一呼。《佛经》云："凡有业结，无非因集。"与公缘会，岂是偶然？多生以来，几离几合，既有今别，宁无后期？公虽不归，我应继往，安有形去而影在，皮亡而毛存者乎？呜呼微之！言尽于此。尚飨。

之后，在元宅堂屋，元稹遗孀裴淑与白居易叙话，言及将在来年元稹周年忌日将其归葬于咸阳奉贤乡祖茔，诚邀白大诗人为其撰写墓志铭，声称这是早在元和十一年（丙申，公元816年）元稹病危于通州时便交代过的事，白对此深信不疑——在洛阳最后一次相聚，元对他也是这么交代的，便在次年早早将墓志铭写出：

故武昌军节度处等使正议大夫检校户部尚书鄂州刺史兼御史大夫赐紫金鱼袋赠尚书右仆射河南元公墓志铭（并序）

公讳稹,字微之，河南人。六代祖岩，隋兵部尚书，封平昌公；五代祖宏，隋北平太守；高祖义端，魏州刺史；曾祖延景，岐州参军；祖讳悱，南顿县丞，赠兵部员外郎；考讳宽，比部郎中舒王府长史，赠尚书右仆射；妣荥阳郑氏，追封陈留郡太夫人。公即仆射府君第四子，后魏昭成皇帝十五代孙也。

公受天地粹灵，生而岐然，孩而嶷然。九岁能属文，十五明经及第，二十四试判入四等，署秘省校书，二十八应制策入三等，拜左拾遗。即日献《教本书》，数月间上封事六七，宪宗召对，言及时政，执政者疑忌，出公为河南尉。丁陈留太夫人忧，哀毁过礼，杖不能起。服除之明日，授监察御史使於蜀，按任敬仲狱得情，又劾奏东川帅违诏条过籍税，又奏平涂山甫等八十八家冤事，名动三川，三川人慕之，其后多以公姓专钰其子。朝廷病东诸侯不奉法，东御史府不治事，命公分台而董之。时有河南尉离局从军职，尹不能止；监察使死，其柩乘传入邮，邮吏不敢诘；内园司械系人逾年，台府不得知；飞龙使匿赵氏亡命奴为养子，主不敢言；浙右帅封杖决安吉令至死，子不敢诉。凡此数十事，或奏或劾或移，岁馀皆举正之。内外权宠臣无奈何，咸不快意，会河南尹有不如法事，公引故事，奏而摄之甚急，先是不快者，乘其便相噪嗾，坐公专逞作威，黜为江陵士曹掾。居四年徙通州司马，又四年移虢州长史。

长庆初，穆宗嗣位，旧闻公名，以膳部员外郎征用。既至，转祠部郎中，赐绯鱼袋知制诰。制诰王言也，近代相沿，多失於巧俗，自公下笔，俗一变至於雅，三变至於典谟，时谓得人。上嘉之，数召与语，知其有辅弼才，擢授中书舍人，赐紫金鱼袋翰林学士承旨。寻拜工部侍郎，旋守本官同中书门下平章事。公既得位，方将行己志，答君知，无何，有金人以飞语构同位，诏下按验无状，上知其诬，全大体，与同位两罢之，出为同州刺史。始至，急吏缓民，省事节用，岁收羡财千万，以补亡户逋租，其馀因弊制事，赡上利下者甚多。二年改御史大夫浙东观察使，将去同，同之耆幼鳏独，泣恋如别慈父母，遮道不可通，诏使导呵挥鞭，有见血者，路辟而后得行。先是明州岁进海物，其淡蚶非礼之味，尤速坏，课其程日驰数百里。公至越，未下车，趋奏罢，自越抵京师，邮夫获息肩者万计，道路歌舞之。明年，辨沃瘠，察贫富，均劳逸，以定税籍，越人便之，无流庸，无逋赋。莹铟年，命吏课七郡人各筑陂塘，春贮雨水，夏溉旱苗，农人赖之，无凶年，无饿殍。在越八载，政成课高。上知之，就加礼部尚书，降玺书慰谕，以示旌宠，又以尚书左丞征还。旋改户部尚书鄂岳节度使,在鄂三载,其政如越。太和五年七月二十二日遇暴疾,一日薨於位,春秋五十三。上闻之轸悼,不视朝。赠尚书右仆射,加赗赠焉。前夫人京兆韦氏,懿淑有闻,无禄早世。生一女曰保子,适校书郎韦绚。今夫人河东裴氏,贤明知礼,有辅佐君子之劳,封河东郡君,生三女,曰小迎,未笄;道卫、道扶,龆龀。子曰道护,三岁。仲兄司农少卿积、侄御史台主簿某等,衔哀襄事,裴夫人、韦氏长女暨诸孤幼等号护墙,以六年七月十二日葬於咸阳县奉贤乡洪渎原,从先宅兆也。

公著文一百卷,题为《元氏长庆集》,又集古今刑政之书三百卷,号《类集》,并行於代。公凡为文,无不臻极,尤工诗。在翰林时,穆宗前后索诗数百篇,命左右讽咏,宫中呼为"元才子",自六宫、两都、八方至南蛮、东夷国,皆写传之,每一章一句出,无胫而走,疾於珠玉。又观其述作编纂之旨,岂止於文章刀笔哉?实有心在於安人治国,致君尧舜,致身伊皋耳。抑天不与耶?将人不幸耶?予尝悲公始以直躬律人,勤而行之,则坎而不偶,谪瘴乡凡十年,发斑白而来归;次以权道济世,变而通之,又龃龉而不安,居相位仅三月,席不暖而罢去。通介进退,卒不获心。是以法理之用,止於修一职,不布於庶官;仁义之泽,止於惠一方,不周於四海。故公之心不足也,逢时与不逢时同,得位与不得位同,富贵与浮同。何者?时行而道未行,身遇而心不遇也。执友居易,独知其心,以泣濡翰,书铭於墓曰:

呜呼微之!年过知命,不谓之夭。位兼将相,不谓之少。然未康吾民,未尽吾道。在公之心,则为不了。嗟哉惜哉广而俗隘，时矣夫！心长而运短，命矣夫！呜呼微之，已矣夫！

之后，元氏家族以物作酬金送与白居易，白估算其价值六七十万，坚辞不受，元稹遗孀裴淑云：元稹对此亦交代过，价值不能低于十万——十万是"国师"韩愈在世时所创的墓志铭润笔费的最高纪录。白听罢大哭，再不推辞，将物照单收下，自己出资七十万，以元稹名义，重修香山寺，并撰文记之：

### 修香山寺记

洛阳四野，山水之胜，龙门首焉。龙门十寺，游观之胜，香山首焉。香山之坏，久矣。楼亭骞崩，佛僧暴露，士君子惜之，余亦惜之。佛弟子耻之，余亦耻之。顷，余为庶子宾客，分司东都。时性好闲游，灵迹胜概，靡不周览。每至兹寺，慨然有葺完之愿焉。迨今七八年，幸为山水主，是偿初心、复始愿之秋也。似有缘会，果成就之。噫。予早与元相国微之，定交于生死之间，冥心于因果之际。去年秋，微之将薨，以墓志文见托。既而，元氏之老状，其臧获舆马、绫帛、泊银鞍、玉带之物，价当六七十万，为谢文之贽，来致于余。余念平生分文不当，辞赘不当纳。自秦抵洛，往返再三，讫不得已。回施诸寺，因请悲知僧清闲主张之。命谨干将士复掌治之。始自寺前，亭一所，登寺桥一所，连桥廊七间。次至，石桥一所，连廊六间。次东佛龛，大屋十一间。次南宾院堂一所，大小屋共七间。凡支坏补缺，垒陨覆漏，圬墁之功必精，赭垩之饰必良，虽一日必葺，越三月而就。譬如长者坏宅，郁为导师化城。于是龛像无澡湿陊泐之危，寺僧有经行晏坐之安。游者得息肩，观者得寓目。

关塞之气色,龙潭之景象,香山之泉石,石楼之风月。与往来者,一时而新。士君子、佛弟子,豁然如释,憾刷耻之为。清闲上人与余及微之,皆夙旧也。交情愿力尽得知之,憾往念来,欢且赞曰:凡此利益皆名功德,而是功德当归微之。必有以灭宿殃荐冥福也。予应曰:呜呼。乘此功德,安知他劫,不与微之结后缘于兹土乎。因此行愿,安知他生,不与微之同游于兹寺乎。言及于斯,涟而涕下。唐太和六年八月一日,河南尹太原白居易记。

"凡有业结,无非因集。与公缘会,岂是偶然?"——白居易将他与元稹一生的友谊归于缘分,感恩佛祖,拉着亡友一起感恩,真是一个有大智慧的人!他自号为"香山居士"正在此时。在此之后,他还与夫人杨欣怡参加了在香山寺举行的"受十戒、修十善"等佛事活动。

## 111

这是一个送人的年龄,在此之后的四五年间,白居易又将好友崔群、杨归厚、杜元颖、崔玄亮、杨虞卿等人一一送走了(60岁真是生命的一道大坎儿),几乎都是请他作的墓志铭,前有韩愈,后有白居易,大唐帝国一字千金的墓志铭作家由两大"国师"担当……

俗话说,虱子多了不怕咬,身边死的人多了,便将生死看淡了,大恸减缓,转成抑郁……最关心其心情的自然还是身边的亲人:大嫂、弟妹看其膝下无子,便向大太太杨欣怡表示:愿将她们各自的儿子正式过继给老二，杨欣怡对白居易一讲，白欣然笑纳，但又做得十分得体，全家开会，在祖宗灵前举行过继仪式，将两位侄儿兼养子白景守、白龟郎正式收为自己的儿子，从此不再称"大"而叫"爹"，但是在家谱中他们还是分别记录在白幼文、白行简之子的位置上……切莫小看此事，此事办过之后，白老爷的心情明显好转了许多，他对两位儿子的教育的过问明显增多。依然年轻的二太太商玲珑心不死，还想为白老爷再生一个，等到大恸过去元气恢复，便不断将白老爷往床上引，已过花甲之年的白老爷也顺其美意，不辞辛苦，为能再生一个儿子拼尽了最后的努力，终于无果，白老爷死心了，二奶奶仍不死心，便将自己收留的两位徒弟樊素、小蛮送上了白老爷的床……

工作自然也是疗愈创伤的好办法，既然在河南尹的任上，就该胸怀中原百姓天下苍生，其诗可感：

新制绫袄成感而有咏

水波文袄造新成，绫软绵匀温复轻。
晨兴好拥向阳坐，晚出宜披踏雪行。
鹤氅毳疏无实事，木棉花冷得虚名。
宴安往往叹侵夜，卧稳昏昏睡到明。
百姓多寒无可救，一身独暖亦何情！
心中为念农桑苦，耳里如闻饥冻声。
争得大裘长万丈，与君都盖洛阳城！

但是，如今的他似乎有些心有余而力不足，休百日，干一年；又休五旬，再干一年。只要真干，准保病倒，上边大概也看出来了,对其改授太子宾客分司东都,重又回到闲职上。后来,忽有一日,当朝皇帝大概脑子进水忘记了他病秧子的属性,诏授其为同州刺史。干刺史是最累的,他干脆托病不任,遂又改授太子少傅分司东都,进封冯翊县男开国侯,他欣然接受,却又将在冯翊县的五百亩封地还给了国家。

最后,还有他在任何职位上、任何处境下都不会冷落的诗。在此期间,他编成《刘白吴洛寄和卷》,附于《刘白唱和集》之后;编成洛阳所作诗集,合四百三十二首,作序言;送文集藏于庐山东林寺,合诗文两千九百六十四首,并作记;编成《白氏文集》六十五卷,合诗文三千二百五十五篇,藏于洛阳圣善寺,记文刻石;编成《刘白唱和集》第四卷《汝洛集》。

诗事是其生活中最后一件——但却是最重要的一件事。

## 112

眼睁睁看着身边的人一个一个走掉了,令生者倍加珍惜还在的人。

白居易在《与刘禹锡书》中写道:"平生相识虽多,深者盖寡,就中与梦得同厚者,深、敦、微而已。"——深是李绛字深之,敦是崔群字敦诗,微是元稹字微之。经此四五年,上述四人者只剩刘禹锡一个了。因此,在此四五年间,与刘禹锡的两次见面是白居易最快意的事。

第一次发生在太和五年(辛亥,公元831年),十月,刘禹锡迁苏州刺史,赴任途中经过洛阳,在白府住了十五日,"刘白"日夜泡在一起,不外乎两大主题:一个自然是停不下来的"刘白唱和"——

刘禹锡初到府中,白居易写道:

送刘郎中赴任苏州
仁风膏雨去随轮,胜境欢游到逐身。
水驿路穿儿店月,花船棹入女湖春。
宣城独咏窗中岫,柳恽单题汀上蘋,
何似姑苏诗太守,吟诗相继有三人。

半月后,在福先寺为刘禹锡饯行时,"诗王""诗魔"白居易继续写道:

福先寺雪中饯刘苏州
送君何处展离筵,大梵王宫大雪天。
庾岭梅花落歌管,谢家柳絮扑金田。
乱从纨袖交加舞,醉入篮舆取次眠。
却笑召邹兼访戴,只持空酒驾空船。

"诗豪"刘禹锡当场酬和道:

福先寺雪中酬别乐天
龙门宾客会龙宫,东去旌旗驻上东。
二八笙歌云幕下,三千世界雪花中。
离堂未暗排红烛,别曲含凄飐晚风。
才子从今一分散,便将诗咏向吴侬。

在相聚的半月中，"刘白"在一起聊的第二大主题便是：苏州怎么搞？吃了半辈子杂碎的人，终于吃到了火腿，那就得吃出个样子来！作为前任，白居易将自己当年来不及实施的全部设想和盘托出，将自己做过苏、杭两州刺史的治理江南的经验全部抛给苏州新任刺史刘禹锡，刘将其逐一记录下来……呜呼，大唐帝国运行到此时，皇帝昏庸、朝廷混乱，犹如满头脓疮，只是靠着用华夏史上最严酷的科举考试筛选出来的一代素质优秀的基层官员勉力支撑着，诚如躯干还算健全……

此次相见，"刘白"老哥俩精气神迥异，一个豪情万丈，一个力不从心。说到底还是各自身体有差异：老白自幼体弱，仕途相对平顺，多少有点养尊处优；老刘自幼体健，仕途绝对坎坷，半生发配南蛮之地，反而炼成钢筋铁骨！一过花甲之年，两人身体上的差距便十分明显，一个"隐"一个"显"，一个"退"一个"进"，不过都是来自身体状况。不过，刘禹锡这个一生被贬过23年的"贬王"历经坎坷、苦难而不改其志的豪迈，大大激励着白居易尽快从丧子丧友的悲痛中走出来……

态度决定一切，果不其然，刘禹锡此去苏州赴任，用三年时间，干得风生水起，将白居易走后留下的烂尾的水利工程全都完成了，倡导"功利存乎人民"，深得百姓热爱，苏州百姓就像当年拥戴韦应物、白居易一样拥戴着他，应了白诗所言："何似姑苏诗太守，吟诗相继有三人。"浙西观察使王璠，考课刺史，报奏政绩，刘禹锡得到了极为罕见的"政最"之评。当朝皇帝得报大喜，再回看刘禹锡以往政绩，全都十分出色，只是全都被先帝们的有色眼镜忽略，于是特令嘉奖刘，赐紫袍、佩金鱼袋，此为州郡官员的极致之荣。数百年后,苏州民众还是没有忘记自己曾经有过的三位"诗太守",立三贤祠作为永久的缅怀。

第二次见面正是在四年以后——太和九年(乙卯,公元835年),十一月上旬,皇帝将白居易拒了的同州刺史改授大唐帝国的另一位在世诗杰刘禹锡。刘欣然赴任,赴任途中又经过东都洛阳,在白府小住数日。当此时,头一年被罢相以东都留守至洛阳的裴度,修葺集贤里,建成绿野堂,李绅卸任浙东观察使,以太子宾客分司东都,"裴相"在绿野堂为刘、李二友接风,特邀邻里白居易作陪。

酒过三巡,寒暄刚过,"刘白"便对上诗了,白以诗打趣问曰:"紫授白髭须,同年二老夫。……酒好携来否,诗多记得无。"刘以诗笑答:"行年同甲子,筋力羡丁夫。别后诗成帙,携来酒满壶。"一下将另两位的积极性带动起来,四人开始做连句游戏,玩得不亦乐乎。

四个老哥们儿本来玩得挺好,但是架不住酒要喝多人要话多,有人要在酒后吐真言,有人要在酒后亮风骨:刘禹锡说李绅以浙东观察使的身份到苏州来视察之后,他写过一首诗,借今天这个场合当面送给李大人,然后慨然吟诵道:

### 赠李司空妓

高髻云鬟宫样妆,春风一曲杜韦娘。
司空见惯浑闲事,断尽苏州刺史肠。

赠李绅就赠李绅吧,怎么题为《赠李司空妓》?其中的讽意太过明显了,这是在讽刺这位以"谁知盘中餐,粒粒皆辛苦""四海无闲田,农夫犹饿死"闻名天下的"悯农诗人"如今已经沦为花天酒地、骄奢淫逸的腐败官员,真是骂人不带脏字,李绅听得面红耳赤羞愤难当,但因为在"裴相"的地盘上不好发作,便憋屈难受着……白居易看在眼里,拍手称快在心头,如此之快事,他自己喝得再多也干不出来,但十分欣赏刘禹锡这么干;裴度观之,哭笑不得,身为东道主,他赶紧打圆场,说看上白家小蛮了,想纳其为妾,白居易正色道:樊素、小蛮不可以,其他随便挑。又说裴相啊,你要了我的鹤,又要我的人,这次恕我不给了。刘禹锡这才想起来:我此次从汝州来,给乐天带了一只鹤,讨要樊素他还是不给……话题便岔到别处去了。李绅之堕落之异化,官场尽知,刘禹锡临走前,白居易为之饯行,请裴度不请李绅,谈起李,裴一声长叹:人已至此,看其造化了!

这样的刘禹锡谁会不爱?白居易觉得刘似乎是他内心里很想做但没有做成的那部分的自己!

113

在此四五年间,与少年李商隐前后历经四载的交集往来亦是让白居易从丧子丧友的人生大恸中走出来的一剂良药。

诚如前文所述,老白对小李有一份天然的好感。小李有时自己来,有时与令狐绹一起来,他们的年龄与白景守、白龟郎相仿,很能玩在一起,还会带上小不了几岁的白阿罗……这让白居易萌生了想将其收为女婿的想法。有一年过年,两家欢聚,白居易在酒后说出了"我来生愿做李商隐之子"这样叫人匪夷所思的酒话来,待其酒醒之后,令狐楚私下里问过他:是不是想将小李子收为义子?白居易矢口否认了,在他看来自己的两个名义上的儿子本来就是养子、义子,再多一个义子实无必要,还是做女婿更好,但在此时他不会对令狐好友透露自己的想法。亲生女儿白阿罗原本就是他的掌上明珠,幼子一夭折,她便更显得金贵了,在择偶方面他绝对不会勉强女儿,私下里问女儿对眉清目秀的才子李商隐感觉如何,一直跟着小妈商玲珑学习歌舞乐器的白阿罗似乎对文才不敏感,直言"没感觉",打小从湘灵那里尝到过天下最真爱情的白居易明白了,便将这个念头打消了。

这四年中,李商隐继续跟着令狐楚学写骈文、跟着白居易开始正式学写诗,在诗文方面都拜了很明确的师傅。但其后来日渐形成的诗风与老白却并无明显的师承关系,甚至在方向上南辕北辙,起因正在于想法与选择——年纪尚轻的他想法却很对:他感觉诗思明晰、语言晓畅、通俗易懂的诗风已经被自己的师傅写到顶了,加上盛唐的李杜,三人已经遮盖了唐诗大半的天空,自己要想出头——崭露头角,必须另辟蹊径,有一个人的诗让他看到了这种可能性,这个人便是悄悄地来又悄悄地去的一生只活了27岁的无名诗人李贺。此时李贺已经故去了15年,他不为人知的诗开始在青年学子中传阅,李商隐、令狐绹一读便很迷恋,他们将李贺诗带给了白居易,老白对这个小李并非一无所知,他隐约记得当年韩愈帮鼓噪过一个后生,小李在世时确实是拜到韩愈门下的。现在,他认真读了李贺诗,觉得大体上可归为韩愈领衔的奇崛派,他作为天生的自然派,自然派中最自然者,不可能全盘接受奇崛派,但还是指出能够写出"黑云压城城欲摧""天若有情天亦老"这样句子的诗人是有才的,并为之如王勃一般短寿的生命、坎坷的一生而叹息。由是观之,白、李之师徒关系是十分平等的,是一种真正在诗歌上相互交流的宽松而平等的关系,这完全取决于白的为人,他会让所有人都觉得很舒服很放松,从来不会强加给别人什么,所以给了李在诗上一个充分的发展空间——在白居易门下学李贺诗走自己的路。

美好的事物总是短暂的。太和六年(壬子,公元832年)二月,令狐楚自天平节度使改河东节度使兼北都留守、太原尹,向北去了白居易从未回过的祖籍,白以诗相送,少年李商隐也随其幕府迁走了,对此后生的离去,老白有点恋恋不舍。

太和九年(乙卯,公元835年)十一月二十一日,长安朝中甘露之变发生,宦官仇士良诛杀四宰相及诸官吏千余人,尸血涂城,京师大骇,举国震惊。

对于有生以来所目睹的最血腥的事变,白居易感受复杂,被杀者以及受牵连者有其友亦有其仇,最主要还是惊恐与庆幸——他提早觉悟离开长安这个是非之地无疑是正确的,在此期间,他曾回过下邽一趟,去参加叔父白季康与婶母的合葬之礼,到了下邽都不去百里外的长安——他的直觉真好!他的"中隐"之策无疑是英明的。对此他写了不少诗,有一天,他忽然接到徒弟李商隐从太原寄来的夹在信中的一首诗:

重有感

玉帐牙旗得上游,安危须共主君忧。
窦融表已来关右,陶侃军宜次石头。
岂有蛟龙愁失水,更无鹰隼与高秋。
昼号夜哭兼幽显,早晚星关雪涕收。

反复读过两遍之后,他在心里说了句:义山,你出师了!

# 第二十四章　夜深知雪重

### 114

开成元年（丙辰，公元836年）。

皇帝还是那个皇帝，只是改元了。

对于时年65岁的白居易来说，朝局令人生畏，公务令其生厌，其心沉于家事。

家事有好有坏。

先说好事吧：过年期间，有人上门求亲——苏州名士谈世芳携其子、国子监四门博士谈弘谟求上门来。十年前，在白居易担任苏州刺史时期，谈世芳跟他有过交往，对他在苏州的工作多有支持，两个孩子小时候就见过面，并在一起玩过。这个春节，父亲谈世芳从苏州来，儿子谈弘谟从长安来，先在洛阳一家驿馆集合，再一起来敲白府的门,可见其心之诚。老白一把年纪了,出入官场文坛大半辈子,什么样的青年才俊没见过,并不在乎他出身如何、现职怎样,他只在乎一点:女儿感受如何?出生在他被贬去的江州的女儿这一年整整21岁了,早到了谈婚论嫁的年龄,此前也见过几个公子,一个都没有看上,包括才气逼人、前途无量的李商隐。这一次,其表现却大不同于以往,在屏风后面看过这位谈公子后,便躲进闺房不出来,亲妈去问无应答,小妈去问无应答,亲爹去问方才弱弱回一句:"女儿听从父亲安排!"——当爹的心中便明白了,于是两家人一起上桌吃饭,谈公子一见天生丽质、气质超群的白家大小姐,眼儿都直了:真是女大十八变,这哪里还是小时候那个有点男孩气的小阿罗啊?而白阿罗看他的眼神,被对现实最敏锐的文学家白居易捕捉到了:那是他太熟悉的眼神——那正是湘灵当年看他的眼神!而自己当年看湘灵亦似这谈公子看罗儿吧?这就叫一见钟情!于是,在饭桌上,当谈世芳再表求亲之意时,白居易当即欣然同意,并主动提出婚期的方案。双方家长一致决定:速办婚礼,越快越好!

于是,谈弘谟、白阿罗的婚礼便在立春这天举行,由谈家在长安安排。将女儿嫁回长安,老白夫妇都很欣慰,但老白以年老体弱为由婉拒了远赴长安出席女儿婚礼的邀请,让夫人杨欣怡代为出席并趁机回娘家探亲。

这或许是冥冥之中的安排,杨欣怡回长安出席女儿的婚礼,正赶上与病入膏肓的堂哥杨虞卿见最后一面,与亲哥杨汝士一道将杨虞卿的灵柩运来洛阳祖茔安葬……这便是家中的那件坏事。

这么多年过来了,杨家兄弟在仕途上发展得都不错:杨虞卿是死在工部侍郎任上。杨汝士在该年由工部侍郎迁检校礼部尚书,充剑南东节度使,在办完杨虞卿的丧事而举行的宴会上,白居易还即席赋诗祝贺大舅子新任。大哥到家里来住上一段,也算是给白家大奶奶杨欣怡撑了腰,这些年二奶奶商玲珑恃宠撒娇任性,还有樊素、小蛮这两个虽无名分但却被白老爷捧上天的小女子作乱,让她感受到挑战和威胁,现在娘家掌门人来了,提醒那些歌舞伎们:老娘可是京都名门贵族出身,尔等都给我老实点儿!对于28年前,由长兄做主缔结的这桩姻缘,双方其实都非常满意,对白居易来说,自己中小吏家庭出身,初入京都想找靠山,"靖恭杨家"至少可以壮其声威,而娶到的这个杨欣怡,也实在是个好女人、好主妇,本以为是个大户人家的娇小姐,但却与他相濡以沫……他心里虽然一直揣着湘灵,但他又是一个现实主义者,所以,他对欣怡对杨家是心怀感恩的;对杨家兄弟来说,与白居易结亲之后,他们一直享受着白大诗人亲戚的红利,走到哪里都不会被忽视被漠视,并且妹妹的幸福是写在脸上的——对杨欣怡来说,白居易就是她最中意的男人,是她的爱情的理想对象,也肯定算得上是一个顶天立地的好丈夫!而在他人眼中,这绝对是一桩惹人艳羡的好姻缘!

春天里,白家办完喜事,又办丧事——唉,这人世这人生不就是一出连一出的悲喜剧吗?夏天里,白居易又回到自己的日常工作状态中,编成《白氏文集》六十五卷,合诗文三千二百五十五篇,藏于洛阳圣善寺,记文刻石。其后编成《刘白唱和集》第四卷《汝洛集》。

夏末,刘禹锡瘸着一条腿回来了,他因为急患足疾,请辞同州刺史,改以太子宾客分司东都,比白居易之太子少傅分司东都低一级,都是养老的闲职。

居易问:"梦得,你的腿怎么瘸啦?"

禹锡答:"乐天,怪不着我腿啊,要怪只怪这路不平!"

秋天里,牛僧孺因公事来到洛阳,登门拜访"老师"白居易,赠其绫绢百匹、秦筝一只,白居易"老师"在府中设宴,拉挚友刘禹锡作陪,为"学生"牛僧孺接风,酒酣之际,白大诗人现场赋诗一首:

> 同梦得酬牛相公初到洛中小饮见赠
> 淮南挥手抛红旆,洛下回头向白云。
> 政事堂中老丞相,制科场里旧将军。
> 宫城烟月饶全占,关塞风光请半分。
> 诗酒放狂犹得在,莫欺白叟与刘君。

白、牛的所谓"师生关系"来自三十年前,牛僧孺与李宗闵参加制科大考得中高第时,白居易时任制策考官,按照士子传统,这就算"师生关系"了。当然,白的政治立场以及所属的利益集团,并不因此而决定,他原本就是进士出身,自然而然属于进士集团,并且始终忠实于自己的立场和集团,只是醉心于诗,在政治上表现得不那么投入和激进罢了。现在他已经步入晚年——自己人生的"中隐"阶段,丝毫不避讳与政治斗争的标志性人物——"牛党"领袖牛僧孺的交际往来;牛虽说是个政治人物,却也是个文学修养十分深厚并且很有生活情趣的一介鸿儒,到此时他已经完成其文学巨著《玄怪录》传奇十卷,与早年的元稹、白行简一样,成为唐传奇的代表性作家,他还是奇石收藏大家,与"刘白"气味相投,很能玩在一起。甘露事变后,白居易在自编文集时,对事变死难者和落难者的赠诗照单全收，一首都不规避，他就是这样一个光明磊落的君子、一心在诗的诗人，正如他与进士集团的"叛徒"元稹的私人友谊，从不顾及"牛党"其他人的感受一样，活得自我而又自在。

## 115

开成二年（丁巳，公元837年）。

李绅在河南尹任上只待了两个月便被调任汴州，由李珏接任。李珏是个有为之官，还做过三年宰相，一上任便想烧上三把火。第一把火他盯上了每年三月三举行的民间"修禊"活动——就是到洛水之滨临水洗濯，祭祀祓除不祥晦气，以往都是由民间自发组织，官方不会介入，今年他要加入进去，搞成官民合办，洛阳既为东都，高官、名流云集，正是他可资利用的对象，最终组成了一个16人的嘉宾阵容：东都留守裴度、太子少傅白居易、河南尹李珏、太子宾客萧籍、刘禹锡、李仍叔、前中书舍人郑居中、国子司业裴恽、河南少尹李道枢、仓部郎中崔晋、司封员外郎张可绩、驾部员外郎卢言、虞部员外郎苗愔、和州刺史裴俦、检校礼部员外郎杨鲁士、四门博士谈弘谟，合宴舟中，唱诗伎乐，在现场各赋一首十二韵的诗。这个嘉宾阵容囊括现居洛阳及周边地区官员中的善诗者，包括临时到达洛阳者：杨鲁士是白夫人杨欣怡的二哥，他来洛阳既是探妹又是祭奠堂兄杨虞卿；谈弘谟是专程送妻白阿罗回娘家，大婚一年后，白阿罗怀孕了，回到娘家可以得到更好的产前照顾。于是在三月三洛水之滨举行的"修禊"活动中，白家人大出风头，大诗人白居易自不必说，其内弟、女婿也都登台，还有白家歌舞伎班的精彩演出，樊素的演唱、小蛮的领舞、商玲珑的编排，都属于专业顶尖水平……

由于官府的主动介入，将群众自发的"修禊"活动办成了一场大型文艺演出，吸引了比往年更多的群众前来围观争睹，对一般士子来说，他们是来看"刘白"真身的，他们如愿以偿——在现场目睹了"刘白对诗"真人秀，他们还顺便见到了传说中的"裴相""李相"的真模样；对于广大人民群众来说，他们只是来看当代"诗王"白居易的，他们见到一位一身紫袍的白头翁，一身轩昂的儒雅之气，弹琴吟诗，气场逼人……多年以后，留在他们心中的大诗人便是这样一副样子！

对白居易本人来说，这是其偏居东都"中隐"洛阳的岁月中少有的却是隆重的一次出场亮相，他似乎很享受这一天，在现场所赋的那首十二韵的诗的小序中写道："由斗亭，历魏堤，抵津桥，登临溯沿，自晨及暮，簪组交映，歌笑间发，前水嬉而后妓乐，左笔砚而右壶觞，望之若仙，观者如堵。尽风光之赏，极游泛之娱。美景良辰，赏心乐事，尽得于今日矣。"

在春暖花开的日子里，在李商隐的来信中，他得到了自己的徒弟和令狐绹进士及第的大好消息，为其真心高兴，他心里明白有"令狐相"的势力罩着他，小李正走在一条康庄大道上，无缘将其收作女婿是有一点遗憾的。一到冬天，坏消息便来了，令狐楚疾病而逝，享年72岁。这两年间，他送走的友人尚有黄甫镛、张仲方，替逝者撰写墓志铭都是他的活儿。

这一年是好年，即便到了冬天，也还是好消息多，"刘白"共同之好友皇甫曙罢泽州刺史归洛阳，在刘禹锡的撮合下，将其爱女嫁与白龟郎，白居易与皇甫曙结为亲家，算是门当户对，喜事说办就办,办得热热闹闹。

喜上加喜的是:儿媳妇刚娶进门,外孙女便降生了,尽管已经再三经历新生儿的夭折,他还是为新生命的诞生而喜欲狂,他又很高调地给外孙女取名为引珠,并在十二月二十四日这一天,在白府为之办了满月酒宴,将其在洛好友全都请来,欢聚一堂,其动静之大,令个别来宾不以为然,悄声议论道:"至于吗?又不是孙子!"

## 116

开成三年(戊午,公元838年)。

除夕之夜,白居易与妻妾儿女一起守岁,跨至新年便熬不住了,自去睡了,老人觉少,黎明即醒,他感觉枕边多了些冷气,发现窗户纸上透进来的光似乎比平时亮堂一些,推窗一看,整个院子,银装素裹,被一场新落的大雪所覆盖,雪还如扯絮一般飘落着……

老白跑到院子里,活蹦乱跳,大呼小叫……待其他人纷纷起来赏雪时,他已经跑到白府外面去了……

他一路小跑,跑过履道里的街道,直奔刘禹锡家的宅院,将门拍得山响,高声呼道:"梦得!梦得!赏雪去!赏雪去!"开门进得刘宅,也不管老哥们儿现在已经变成腿脚不利索的瘸子,一见面拉起刘便朝外跑……

两位"奔七"的老头像小孩一样在雪地上堆雪人、打雪仗,这满天满地的新雪,令诗人白居易想起往昔的雪夜,他问刘禹锡的堂兄刘禹铜——就是刘十九:能饮一杯无?昔年的佳作像暗夜中的火把,瞬间点燃了他的写作欲望,沉吟片刻诗便来了:

### 夜 雪

已讶衾枕冷,复见窗户明。

夜深知雪重,时闻折竹声。

事实上,他没有听见折竹声,但这就是想象力,这就是创作。

"妙哉!妙哉!"刘禹锡赞叹道,"我哪里会有诗魔快,暂以旧句应景:二八笙歌云幕下,三千世界雪花中——当年在福先寺酬兄的句子。"

"绝句!绝句!"白居易赞叹道。

不知不觉中,两个老头已经一路玩到了闹市,看见路边小店卖早点,便走进去喝上一碗面疙瘩汤,问老板有酒没有,老板说有家酿,便上了一坛。酒过三巡,老白头诗又来了:

### 雪夜小饮赠梦得

同为懒慢园林客,共对萧条雨雪天。

小酌酒巡销永夜,大开口笑送残年。

久将时背成遗老,多被人呼作散仙。

呼作散仙应有以,曾看东海变桑田。

将雪晨写成雪夜,显然是出于营造意境的考虑。

"好诗啊好诗!"老刘头赞叹道,"乐天出手太快,我跟不上啊!微之活着时,曾在信中跟我抱怨过,说乐天出手太快,让他反应不及,当世诗人没有跟得上你这'诗魔'的,能够跟上白乐天者,大概只有传说中的李太白!杜子美显然不是个快手,王摩诘也不是。"

"微之要活着,那该多好啊!"老白头唏嘘一句,泪落两行。

老刘头见气氛变得伤感起来,不宜久留,便跟老板结了账,拉老白头回家。

回家路上,刘为了让白从感伤中走出来,便将话题转移到别处去,信口问了一句:"乐天,你想江南吗?"

白不回答,刘以为他还在感伤之中难以自拔,便也不再说话,默默无语一瘸一拐地陪着他从闹市区回到履道里……

"乐天,先别着急回家,到寒舍用午饭,咱哥俩再喝两杯——我有私藏家酿!"刘说。

白还是不说话,跟痴了一般,直接吟出诗来——

忆江南三首

江南好,风景旧曾谙;
日出江花红胜火,春来江水绿如蓝。
能不忆江南?

江南忆,最忆是杭州;
山寺月中寻桂子,郡亭枕上看潮头。
何日更重游!

江南忆,其次忆吴宫;
吴酒一杯春竹叶,吴娃双舞醉芙蓉。
早晚复相逢!

"诗豪"听罢,佩服得无法言语,这个雪晨,诗神雪片般降落,附体在"诗魔"身上,让其无以复加地宣示实力:我正是大唐帝国活着的"诗王"!

《忆江南三首》当然不是白居易的巅峰之作，但却是腿长得最长的作品之一，这样的作品一旦被写出来，自己便会风一般地流传。白居易此生名大，在广大人民群众中间拥有大量读者，正是因为有不少这样的诗，他在功利上已经没有需要的晚年时光又来了这么一篇——或许是他的最后一篇？对他来说，这注定是他晚年创作中的一个大年，在这一年里，他在文章方面又出名篇：

### 醉吟先生传

醉吟先生者，忘其姓字、乡里、官爵，忽忽不知吾为谁也。宦游三十载，将老，退居洛下。所居有池五六亩，竹数千竿，乔木数十株，台榭舟桥，具体而微，先生安焉。家虽贫，不至寒馁；年虽老，未及昏耄。性嗜酒，耽琴淫诗，凡酒徒、琴侣、诗客多与之游。

游之外，栖心释氏，通学小中大乘法，与嵩山僧如满为空门友，平泉客韦楚为山水友，彭城刘梦得为诗友，安定皇甫朗之为酒友。每一相见，欣然忘归，洛城内外，六七十里间，凡观、寺、丘、墅，有泉石花竹者，靡不游；人家有美酒鸣琴者，靡不过；有图书歌舞者，靡不观。自居守洛川泊布衣家，以宴游召者亦时时往。每良辰美景或雪朝月夕，好事者相遇，必为之先拂酒罍，次开诗筐，诗酒既酣，乃自援琴，操宫声，弄《秋思》一遍。若兴发，命家僮调法部丝竹，合奏霓裳羽衣一曲。若欢甚，又命小妓歌杨柳枝新词十数章。放情自娱，酩酊而后已。往往乘兴，屦及邻，杖于乡，骑游都邑，肩舁适野。舁中置一琴一枕，陶、谢诗数卷，舁竿左右，悬双酒壶，寻水望山，率情便去，抱琴引酌，兴尽而返。如此者凡十年，其间赋诗约千馀首，岁酿酒约数百斛，而十年前后，赋酿者不与焉。

妻孥弟侄虑其过也，或讥之，不应，至于再三，乃曰："凡人之性鲜得中，必有所偏好，吾非中者也。设不幸吾好利而货殖焉，以至于多藏润屋，贾祸危身，奈吾何？设不幸吾好博弈，一掷数万，倾财破产，以至于妻子冻馁，奈吾何？设不幸吾好药，损衣削食，炼铅烧汞，以至于无所成、有所误，奈吾何？今吾幸不好彼而目适于杯觞、讽咏之间，放则放矣，庸何伤乎？不犹愈于好彼三者乎？此刘伯伦所以闻妇言而不听，王无功所以游醉乡而不还也。"遂率子弟，入酒房，环酿瓮，箕踞仰面，长吁太息曰："吾生天地间，才与行不逮于古人远矣，而富于黔娄，寿于颜回，饱于伯夷，乐于荣启期，健于卫叔宝，幸甚幸甚！余何求哉！若舍吾所好，何以送老？"因自吟《咏怀诗》云：

抱琴荣启乐，纵酒刘伶达。
放眼看青山，任头生白发。
不知天地内，更得几年活？
从此到终身，尽为闲日月。

吟罢自哂，揭瓮拨醅，又饮数杯，兀然而醉，既而醉复醒，醒复吟，吟复饮，饮复醉，醉吟相仍若循环然。由是得以梦身世，云富贵，幕席天地，瞬息百年。陶陶然，昏昏然，不知老之将至，古所谓得全于酒者，故自号为醉吟先生。于时开成三年，先生之齿六十有七，须尽白，发半秃，齿双缺，而觞咏之兴犹未衰。顾谓妻子云："今之前，吾适矣，今之后，吾不自知其兴何如？"

## 117

去年洛水之滨"修禊"盛会后,朝廷又来了一次人事洗牌——权力再分配,"刘白"虚职未动,东都留守裴度调任北都留守、太原尹、河东节度使——步令狐楚后尘,去了白居易至今都没有去过的原籍。

一年过去,老白思贵人心切,作长诗一首《寄献北都留守裴令公》,寄往太原。"裴相"收到诗后,读得荡气回肠,遂精选一匹红鬃骏马,附上两句诗,派手下专程送往洛阳白府。

收到这份大礼,老白喜不自矜,展读附诗,他哈哈大笑念出声来:

君若有心求逸足,我还留意在名姝。

骑在高头大马上,当着一家子正在用饭的人,他将"裴相"附诗读出然后道:"这个老色鬼心还不死啊?他所谓'名姝'有所指——他早就盯上咱家小蛮了,问我要过两次。"——有道是:说者无心听者有意——饭后,说者直接去了书斋,小憩片刻写了一首诗:

### 酬裴令公赠马相戏
安石风流无奈何,欲将赤骥换青娥。
不辞便送东山去,临老何人与唱歌。

他把自己写笑了，正为自己的戏作得意扬扬之际，二太太商玲珑求见——往常，二太太很少到书斋来见他，他知其必有家中急事，便请她进来，问她何事这么急。

"老爷！"商玲珑问其曰，"您刚才骑在马上说：裴老爷看上咱家小蛮了——这不是戏言吧？"

"绝非戏言，确有其事。"白老爷回答。

"那敢情好！"商玲珑道，"老爷说者无心，小蛮听者有意，饭后找到我这个师傅，说她愿意跟裴老爷，随便什么名分都可以……让我找老爷说说。"

白老爷听罢，哑口无言，心中有如打翻了醋瓶一般，想起以往，"裴相"两次问他要小蛮，"诗豪"一次问他要樊素，他都以樊素、小蛮不能点而挡回去了，这两个尤物是三太太、四太太的不二人选……眼下，小蛮的心思却大出其所料，这可如何是好？男人都是有自尊的，尤其是在女人面前，白老爷最终还是硬起心肠说："天要下雨，娘要嫁人，送她去吧。"

于是便差家仆将小蛮专程送到太原去，所附的诗还是那一首戏作。

日后读到那诗以及刘禹锡戏他激他的诗的人们，以为这未成事实，以为这只是三个老哥们儿用诗过嘴瘾，便是大错特错了：小蛮一到太原一入裴府，便被古稀之年的裴老爷纳为小妾，当作宝贝。

但乐极生悲，有道是：人到古稀不纳妾——74岁纳了最后一个小妾的"裴相"在一年之后春风得意重返长安，死在了爱妾小蛮的香被里，这二十年间大唐帝国的中流砥柱、一代名相以醉卧花丛君莫笑之姿收场，享年75岁。

噩耗传到洛阳，白居易着实被震撼到了，当即萌生一个想法：他也68岁了，即将跨入古稀之年，悬崖勒马还来得及，他欲将白府养了十六年换了三代人的歌舞伎班全部遣散——这个想法说出来立刻得到妻妾二人的同时支持，立即执行，对外只说是薪俸有降、家计困难、养不起了，为了做得像那么回事儿，还将一半的家仆辞退、将多余的马匹卖掉，当家的大太太与白老爷一样都是信佛之人，为人良善，给每人分发了一笔不薄的安家费，大家都恋恋不舍又心满意足地各奔前程去了，只有一人哭着闹着坚决不走，那便是樊素，她对白老爷哭诉道："马儿走的时候都在流眼泪，樊素怎么能够说走就走呢？没有老爷，樊素什么都不是！樊素一辈子的宠爱都是老爷给的！"——或许，大千世界的真相是有小蛮便有樊素，方才平衡。白老爷未置可否，这个时候，发生了一件事——

十月的一天，白居易到东宫去办公，阅览朝廷奏报，其中的《艺文志》摘有论诗者言，一个叫"杜牧"者的观点令其后背直冒冷汗："某苦心为诗，本求高绝，不务绮丽，不涉习俗，不今不古，处于中间……痛自元和已来，有元、白诗者，鲜艳不逞，非庄士雅人，多为其所破坏，流于民间，疏于屏壁，子、父、女、母，交口教授，淫言媟语，冬寒夏热，入人肌骨，不可除去。"

"杜牧"——何人者？他着实不知。

不管他是谁，他是谁一点都不重要，可怕的是朝廷奏报中摘录了他的观点——这背后一定有着一个相当可怕的政治背景……

反复读，各种想，他的脑袋快要炸了，眼前一黑，一头栽倒于地……

## 118

　　白居易中风初发醒过来之后，看见的第一个人是樊素，这下便暂时可以不走了，将其纳为三太太似乎是情理之中的事，但是半年后，到了次年三月，他还是将她"赶"走了——长安大明宫梨园来信点了她的将，让她速去报到，这等于是私家歌舞伎班的主唱被皇家歌舞团相中了，能不去吗？白老爷开导她说："你留下，只是白居易的三个女人之一；你去了，就是大唐最好的歌姬；孰轻孰重，你自己掂量！"樊素说："能够成为白居易的女人就是天底下最幸福的了……"——她有感而发或许说得没错，但最终还是被白老爷无情地"赶"走了——白居易老泪纵横抱病将其送到白府大门口——同一时段，享受到同等待遇的是亲家皇甫曙，他离洛赴任绛州刺史……

　　白居易处于昏迷中时，刘禹锡便来了；等白醒过来，刘便来得更多，现在他俩成了一对瘸子，谁也别笑话谁了。作为相知一生的朋友，刘禹锡知其病从心来——知其心结所在，他到底也是一位高级官员，到底也是大唐著名诗人，查清楚这个"杜牧"是谁并不困难："这孙子来头不小，其祖父是前相杜佑，他本人是太和二年中的进士，现任弘文馆校书郎，刚好负责编纂朝廷奏报中的《艺文志》，小子为人狷狂，不知天高地厚，利用职务之便把自己的妄言摘进去了，我查了，没有什么政治背景。乐天，你晓得你是怎么得罪这孙子的吗？有一年，咱们在你府上小聚，管家来报说新科进士杜牧求见，你还来不及说什么，'裴相'便说老友聚会陌生人不便参加，让他改日再来。人家一听，改日不再来，从此记恨上,听说他在长安各种诗聚上已经骂你骂'元相'十年了!他不知道,你是替'裴相'背了锅。""'裴相'的锅,我愿背,也该背。就让他冲我来吧!"白居易态度强硬地回答。

关于白居易到底是如何得罪杜牧的这个千古命题,还会有人带来更鲜活更生动的答案——白的诗徒李商隐专程前来洛阳探望白——这一定是李一生中做得最对的一件事,因为最错的一件事他已经做下了:他的另一恩师令狐楚去世后,他便投靠到泾原节度使王茂元门下,做其幕僚,娶其闺女,成其赘婿。王茂元属于"牛李党争"之李党一派,李商隐的行为在'牛党'——进士集团看来属于卖身求荣、认贼作父的背叛行径,这严重影响了他此后一生的仕途升迁……木已成舟,错已铸成,无法回头,现在他来做这一件最对的事,出自一种朴素的情感、一种真诚的牵挂,来看大病中的恩师,带来了两个恩师感兴趣的答案:"我是在秘书省做校书郎时与这杜牧认识的,后来又一起出席过几次诗聚,喝过几顿酒。据我所知,他对老师的不满主要是出于两件事:其一是他认为您的《不致仕》一文讽刺了他76岁还在宰相任上的祖父杜佑;其二是长庆年间,您做杭州刺史时,江南闻名的才子张祜到杭州求见您,希望您能贡举他参加进士考试。您经过一番考试之后,取了另一个举子徐凝。以至于张祜日后未能考中进士。他对元稹前辈的记恨也与张祜有关。我师傅令狐楚十分欣赏张祜的文才,曾经亲自起草奏章,大力举荐张祜,称赞其诗'辈流所推,风格罕及'。但是,当圣上征询元相意见时,他却说'张祜雕虫小巧,壮夫不为',并以录用张祜可能导致天下'风教'沦丧而加以阻挠。真实原因当然是元稹故意压制其政敌令狐楚赏识的人。张祜一无所获,黯然离开长安,过着寄人篱下的生活,至今还是白衣。杜牧如此青睐张祜，一方面是欣赏其才，一方面是同感其命……总之，这里面没有什么政治背景和目的，其实杜牧少时是很崇拜老师的，学您《紫薇花》写过同题诗，他的《张好好诗》《杜秋娘诗》等长诗，很大程度上是受了《琵琶行》的影响……总之此人并不是一个坏人，甚至是一个侠肝义胆、爱憎分明的好人，他在长安诗聚中抨击老师和元相的诗，我也是毫不退让、据理力争、寸土不让的，他也没有过激的反应，只要他没有更大的伤害老师的举动，这次就饶过他吧！"

徒弟李商隐的探望真正宽了师傅白居易的心：首先这不是出于政治阴谋，没有什么政治目的；其次这也不是出自诗歌内部严肃的艺术判断，只是无意之中得罪了一位后生而引来的弱者的小报复罢了。反过来，对于进士集团非议纷纷的徒弟的所谓"背叛行径"，师傅也是极其宽容的，甚至没有过问：元稹去世前，白居易已经开始后悔当年上奏皇上直斥其为"奸臣"的事——视之为自己终生的言过其实的耻辱。好在他们都太需要彼此了，友情方才得以幸存，甚至好过当初。在此之后，他对朋友的政治立场和所属集团更不会在意……也许，在这一点上，天底下没有比白居易活得更明白做得更好的人了！

在这个阳春三月，李商隐与师傅同室而居朝夕相伴了几日，眼看着师傅的身体状况一日好似一日完全活了过来便走了，临走，白居易还是含着老泪一瘸一拐地将之送到白府大门口……

被白居易名作命名过的人间四月到来了，白府中传出一条特大喜讯：白阿罗诞下一名男婴，外祖父白居易为之取名为阁童——谈阁童。得有多大的坏事发生才会酿造成这件好事？就在白阿罗怀胎十月期间，就在白居易因中风初发的昏迷中，阿罗的丈夫、居易的女婿谈弘谟因心病突发去世,可怜的小阁童,生下来就没了父亲;可怜的小引珠,未满3岁就没了父亲……从昏迷中醒过来,得知同样生病,年近古稀的他挺了过来,年富力强的女婿却一命呜呼,他甚至有些后悔,如果当年按照他的意思而不是一味迁就女儿,招李商隐为婿,也不至于让女儿24岁便成了寡妇……唯一的好处便是从此女儿便可以长住娘家,外孙、外孙女将由他亲手带着了,自然会与他没有的孙子、孙女一样亲……他将尽享天伦之乐!

世有天才,一生勤奋:他离开病榻能够下地便移向书斋开始干活儿了,头一年,病倒前,他编成《白氏文集》六十七卷,凡诗文三千八百八十七篇,差家仆送藏苏州南禅院。这一年,康复后,他又编成《白氏洛中集》,合为十卷,诗文八百首,藏于香山寺。

这段时间,他忙于与自己的病魔做斗争,已经顾不上关心朝廷大事——实际上,朝廷里发生了很大很大的事:正月里,甘露事变后被宦官软禁于大明宫中的当朝皇帝李昂,抑郁而终,享年31岁,庙号文宗,葬于章陵。宦官仇士良、鱼弘志等杀太子成美,迎立文宗弟李炎为新皇——对此,白居易已经漠不关心、十分麻木。

在酸甜苦辣咸五味杂陈中,最突出的感受还是对自身生命的幸存感,在一场九死一生的大病之后,一转眼,他已经比自己父亲在世的时间(66岁)多出了三年,眼瞅着将迎来人生的古稀之年,他的同龄人、同代人甚至比他晚生的许多人却没有这样的幸运,自幼体弱多病的他已经感到万分满足,对于信佛的他来说,他更认为是佛祖的保佑,放眼未来,每多活一年都是大赚!

# 第二十五章　人间事了人

## 119

会昌元年（辛酉，公元841年）。

刚过完年，元月二十日这天，白居易七十大寿，没有大肆庆祝，与家人简简单单吃了一顿饭，与时任东都留守的王起、加检校礼部尚书兼太子宾客分司东都的刘禹锡到东市的酒楼喝了一顿酒，就算过了。

到了四月，他的太子少傅分司东都一职，被理所当然地罢掉了，并被停俸。为什么说"理所当然"？其一，旧太子成美被宦官杀掉了，还要旧的太子少傅干什么？赶紧拿掉，不追究你与旧太子的干系就算好的；其二，依照唐律，在一任官职上最长的假期是百日，白居易在太子少傅任上，连休两个百日长假，可以视作违规。

罢官停俸的诏书下达之后，这位七十老翁做的第一件事便是将妻妾二人召到书斋问话，问的唯一一句话是："没有我这个进项，白家的日子还能过下去不？"

妻杨欣怡道："有啥过不下去的，积蓄花完，咱就卖地卖房——有钱多买地的主意还是玲珑出的，她生在江南见识多。"

妾商玲珑道："现在才算明白，老爷遣散歌舞伎班、减员家仆之举真是英明，现有这些人，养活起来并不困难。"

白老爷一听就放心了，指着书桌上高高摞起的书稿说："不光可以卖房卖地，我还可以继续卖书——我的书在坊间毕竟是好卖的！你俩忙自己的事去吧！"

妻妾行礼告退。

打发走妻妾，白老爷来到书桌前，酝酿片刻，挥毫题诗一首：

百日假满，少傅官停，自喜言怀
长告今朝满十旬，从兹萧洒便终身。
老嫌手重抛牙笏，病喜头轻换角巾。
疏傅不朝悬组绶，尚平无累毕婚姻。
人言世事何时了，我是人间事了人。

诗很豪迈，生存之忧，十分具体：他所面临的最好的，也就是正常的情况是：只有等朝廷正式批准致仕即退休之后，五品以上官员才可以享受半俸，现在他身无一官半职，只好等待重新任命，方才可以申请致仕（退休）。但是现在新皇刚刚登基，朝局不稳，一切变幻莫测，他对自己最终的结局毫无把握，所以必须做好最坏打算，即以没有退休金的"白衣居士"之身了此残生。

夏日三伏天，当堂弟白敏中自邠州除户部员外郎赴长安途中过洛阳来探望他时，他与之在书斋深夜密谈，将自己走后（这似乎是随时会发生的事）白家的大任全都托付给他，似乎暂时也没有别人可选，他认为白敏中仕途远大、前程无量，且是能够担负起家族责任的人。

## 120

白居易算得上大唐帝国高薪养廉制度下所产生的标准的"清官"，清廉到什么程度？其家庭积蓄到停俸次年便花光了，妻妾开始卖地，爱妾商玲珑对他发牢骚道："老爷两次被授的两块五百亩'永业田'不交回去就好了，现在可卖一大笔钱。""你懂什么？妇人之见！"白居易责其道。

为了渡过眼下的经济危机（是为母丁忧三十年来最大的一次经济危机），白家一方面开始卖地卖房，一方面开始节俭用度，白老爷身为大家长以身作则：由于打小就在江南一带游学之故，他长了一副江南人的肠胃，最爱吃的主食是白米饭，最爱吃的副食是鱼虾，原本餐餐可以保证，现在变成一顿白米一顿黄米，三天吃一次鱼；酒也不再天天喝，名贵好酒改成了杨家（杨欣怡娘家）私酿；作为一个十足的茶罐子，浮梁好茶也变成了坊间廉价粗茶……殊不知，这些改变，反倒暗合了一位古稀老人的健康之道。

从停俸开始，白家不再设家宴，不再下馆子，白老爷自己嘴馋了，便去蹭朋友——好在他有个敢于拉下脸去随便蹭的朋友同住在这履道里，那便是"诗豪"刘禹锡。所以，即便是在这清汤寡水的日子里，洛阳东市最热闹的那家酒楼，也时常出现这一对瘸腿老人的身影——不知其为谁者,只看见这一对嗜酒贪杯的老瘸子,目中无人,谁都不理,兀自豪饮,现场对诗,性情中人,喝至夜半,一瘸一拐,回家去也。知其为谁者,知道自己目睹的是老年真人版"刘白对诗",是大唐歌诗浩瀚星空中硕果仅存的双子星座——两颗最亮的巨星最后的燃烧。在旁记录其诗者有之,画写真者有之,每每老板欲免其酒饭钱,都被"诗豪"刘禹锡清高地拒绝,老板不明白:为何"诗王""诗魔"的白居易从不买单,这是一代"诗王"的特殊待遇吗?

总之,爱诗者有福了,他们在此见证了不少名作、佳作的诞生。

夏日里闷热难耐的一晚,酒酣之际,老白先来:

咏老赠梦得

与君俱老也,自问老何如。
眼涩夜先卧,头慵朝未梳。
有时扶杖出,尽日闭门居。
懒照新磨镜,休看小字书。
情于故人重,迹共少年疏。
唯是闲谈兴,相逢尚有余。

老刘听罢,沉吟片刻,这就来也——

酬乐天咏老见示

人谁不顾老,老去有谁怜。
身瘦带频减,发稀冠自偏。
废书缘惜眼,多炙为随年。

经事还谙事,阅人如阅川。

细思皆幸矣,下此便翛然。

莫道桑榆晚,为霞尚满天。

实事求是地说,不论早年的"元白唱和"还是后来的"刘白对诗",都是老白占上风的时候多。但是这一对显然是老刘胜出,都是诗中大家,当事人自是明了,老白当场认输,老刘喜不自禁,就多喝了几杯。日后漫长的时间证明:这最后的一对,老刘确实是赢了,"莫道桑榆晚,为霞尚满天"成了千古名句,与作者最有名之《陋室铭》《乌衣巷》广为流传……

这天深夜,两人喝完酒对完诗,一瘸一拐从东市回到履道里,先到刘府,两人在刘府门前随口道别:

"走了!"

"走了!"

竟成永诀!

天还未亮,老白睡得正香,便有人急吼吼来敲白府的大门——是刘府的下人捎来刘夫人的话:说老爷不行了,让白老爷赶紧过去……白居易衣服都未穿齐整,便一瘸一拐跟着刘家下人赶到刘府,来到睡房榻前,刘禹锡已经咽气了。白居易亲手试过好友的鼻息,连一丝气儿都没有了,手已经冰凉……刘夫人说,夜半归来时,她见老爷一身酒气便上了一杯茶,老爷喝了几口,兴致勃勃地说他今天晚上大胜而归,诗赢了老白,酒也比老白喝得多,然后便上床睡下了,睡着前还念叨了一句:莫道桑榆晚,为霞尚满天。天未亮,她便醒来了,感觉有点不对劲,有点太安静了,平时老爷睡觉鼾声是很大的,伸手一摸,已经没气了,于是便赶紧差人去喊白老爷……

"梦得与我同庚,今年71岁了,他病比我少,身体比我好,酒量也比我大呀!昨晚对诗赢了我,就赢在那两句上,他一高兴就自己多喝了几杯,我应该拦住他的——当时就有这个念头,但又怕他说我对诗输了输不起,故意扫他兴,便作罢了……"白居易念叨着,像是在对刘夫人交代,又像是自言自语,"不过这样走了也好啊,一点痛苦都没有,毫不折腾地走了,一走了之……这种福气,是一辈子修来的,佛祖一定是看梦得这一生的苦修够了,已经足够了,便不再给他加课了……"

"该交代的,老爷都给我交代过,从他过了七十大寿之后……"刘夫人说,"外人都把他当作洛阳人,其实他生在荥阳,死后归葬到荥阳的祖茔去。他说墓志铭一定要请白老爷写,不过我们刘家不像元老爷家家底厚,拿不出七十万,但也不能不给,尤其是现在白老爷被停了俸家里头正困难着,就给白老爷不多不少十万吧。还有一句交代,他死后要把白老爷领进他的书斋,他有件东西已经托付给白老爷……"

白居易随刘夫人来到刘禹锡书斋,他当然知道对士子来说"敞开书斋"是出自一种怎样的信任,刘夫人将他一人留在书斋,差下人送来茶点,便忙刘老爷的后事去了。

白居易先是在书桌上找到了一篇遗文《子刘子自传》,接着便发现了皇皇三十卷的《刘禹锡集》,封面上写有:转交乐天。梦得即日。白居易手捧此书,号啕大哭!人是知道自己大限将至的啊!刘禹锡不是一个爱说的人,不是一个什么事都要挂在嘴上的人(这一点与元稹形成鲜明对照),他就是一个闷头写闷头做的人,看来这部全集是他以秘书监分司东都这三年来的工作成果,人过七十,来日无多,是每个人该有的生命的觉悟,现在朋友将他一生全部的心血,将他死后的身家性命全部交到他的手上,该如何处理,权衡再三,他终将此书送到香山寺收藏。

与此同时,他拖着一条瘸了的左腿,亲自主持了刘禹锡在洛阳的吊唁活动,遵嘱为其写了墓志铭,即便举家身陷生活的窘困之中,刘夫人送上的十万润笔费,他还是分文不取。此次与刘夫人一起料理刘禹锡后事,他也是感触良多:经过这么些年,刘夫人已经不是白家歌舞伎班里的紫玉姑娘了,已经成长为落落大方的镇宅夫人,他与自己的爱妾商玲珑都属于这个班子的第一代,樊素、小蛮属于第三代,前后三代逾百人,真是各有各的命:裴度一死,小蛮成了遗孀中的末位,成了裴家的受气包,饱遭排挤;樊素去了长安,在大明宫梨园做主唱与领唱,在皇家歌舞团的舞台上大放异彩……

在此期间,他还为亡友写了两首悼诗:

### 哭刘尚书梦得二首

四海齐名白与刘,百年交分两绸缪。
同贫同病退闲日,一死一生临老头。
杯酒英雄君与操,文章微婉我知丘。
贤豪虽殁精灵在,应共微之地下游。


今日哭君吾道孤,寝门泪满白髭须。
不知箭折弓何用?兼恐唇亡齿亦枯!
窅窅穷泉埋宝玉,骎骎落景挂桑榆。
夜台暮齿期非远,但问前头相见无。

诗人在"杯酒英雄君与操"句下自注:"曹公曰,天下英雄唯使君与操耳",在一首提及元稹("应共微之地下游")的诗中这么写,他也真够实诚的。由此是否可以得出以下结论:论友谊,元稹高于刘禹锡("皮之不存,毛将焉附"与"唇亡齿寒"的对比);论诗歌,刘禹锡高于元稹——也就是说,在其一生所见过的诗人中,他对"诗豪"刘禹锡的评价为最高。

这是否也是后人称之为中唐的这个时代诗人成就的客观评价?

## 121

人死后更能看出谁是朋友,除了白居易,另外一位对刘禹锡后事热情参与的人物是曾经两度拜相、时任东都留守的"牛党领袖"牛僧孺。他俩一起办完刘在洛阳这边的后事之后,彼此之间也往来密切。

牛僧孺多次到访白府,对白家人在白居易罢官停俸之后的清贫生活看在眼中,急在心头,除了送些钱物来,便赶紧上奏新皇,说明其现状,催促其致仕(退休)之事——这份奏折一下子提醒了新皇李炎:大名鼎鼎的白居易还活着呢,他在东都洛阳活得好好的!前面已经说到中唐时期历任皇帝登基后都无法回避的一个问题是:如何任用白居易?因为对新皇帝来说,别的官员他们尚需一些时间来认识,但是白居易不用,是他们打儿时起便从太傅嘴里认识的老熟人。李炎也是如此,只是在其印象中,白居易已经太老了,牛僧孺的奏折提醒他:白居易还没那么老,七十刚出头——他便一下来了兴趣,欲立白居易为相。时年27岁,血性满满,血气方刚，准备大干一场，拿杀其父兄的宦官集团开刀，所以"牛李党争"两边的人他都要依靠，这时候已被他调到身边准备加以重用的两位是：李党的李德裕和牛党的李绅——他对这二人透露了自己的想法，早年间在苏杭与白居易有过成功合作的李德裕只弱弱地提出一点异议：就是其体弱多病告假多的问题；同党李绅则欣表赞同。皇帝命李绅给白居易去封信，征询其本人意见。

于是，在秋风将庭院刮得十分萧瑟的一个下午，坐在书斋的窗下，白居易捧着李绅的来信，做着一生中最难做出的一次抉择，向前跨一步即可拜相——拜相应该是华夏士子在仕途上的最高理想，他在不久前的一首诗中还自我调侃道："同时六学士，五相一渔翁。"——那一个"渔翁"就是在调侃自己。白府请客吃饭，每一回桌上都坐着至少一位宰相或前相，他活在宰相们的包围之中。他回想起自己的家族，作为白起的后人已经五代官不过五品，到他这一代，终于由他突破了，现在他不需要更高的官阶，只需要拜一次相，便可光宗耀祖。但是拜相之后呢？重返长安再入大明宫之后，他将面临怎样的局面？他现在的身体能撑几天？一日为相，鞠躬尽瘁，死而后已吗？他经过三天三夜的独自思考，最终理智在头脑中占据了上风，他写了一生中最重要的一封回信——直接写给当朝皇帝李炎（请李绅代为面呈），在无限感激之词后，他以年老体弱多病为由，婉拒宰相之职，请以闲职致仕（退休），然后，举贤不避亲，向皇帝郑重举荐自己的堂弟白敏中。

于是，在这一年冬天，接近年关的时候，皇帝下诏：加白敏中知制诰，召为翰林学士。到次年春末，又下诏曰：白居易以刑部尚书致仕（退休），发半俸。将近两年的罢官停俸宣告结束，白家的经济危机到此解除。到了年底，白敏中又加翰林学士承旨——

白氏家族未来的希望在他身上。

这一年,他还听到诗人贾岛去世的消息,这位早年科考不中、中年出家又还俗的诗人死在偏远之地低级官员的任所,享年64岁,一位一辈子活得苦写得苦的"苦吟诗人",人称"诗奴"。由于他属于韩愈一派的死党,与白居易终生没有私人交集,对于白居易来说,这只是朝廷奏报中的一条消息而已。

## 122

新皇的召唤,白居易虽未接受,但那颗"中隐"的士子之心却又被唤醒了,儒家的基因还在他老迈的身体上顽强地发挥着作用。

他虽已致仕,但还是可以读到朝廷奏报,每每仔细研读国事,大事小情都关心。心中如有好的建议,他便写信给新拜相的李绅——居易拒相,李绅拜相,仍是诗杰,便是大唐。难说是挚友只能算同党(牛党)、同仁(新乐府诗歌运动)的李绅大人的命也令其哭笑不得:一个骄奢淫逸的大贪官非但没有遭受到应有的惩罚,还在朝廷之中新皇面前混得风生水起,这也是乱世末世之相吧。

新皇李炎果然血性,对外十分强硬,任用猛将石雄,大破侵扰边关的回纥军,迎回太和公主,举国上下,一片欢腾,民心得以振奋。老白闻之喜欲狂,在刘禹锡去世后,第一次展露欢颜,其心其情,尽在诗中:

河阳石尚书破回鹘、迎贵主、过上党射鹭鸶

塞北虏郊随手破,山东贼垒掉鞭收。

乌孙公主归秦地，白马将军入潞州。

剑拔青鳞蛇尾活，弦抨赤羽火星流。

须知鸟目犹难漏，纵有天狼岂足忧。

画角三声刁斗晓，清商一部管弦秋。

他时麟阁图勋业，更合何人居上头。

  他不满足只做一个关心远方的看客，开始思忖：身为一个年过古稀的老翁，自己还可以力所能及地干点什么？刚巧这个时候，由现任河南尹卢贞和秘书监狄兼谟两位朝臣，向他第二次发出了邀请，邀请他加入他们组织的"六老会"，他和刘禹锡同时跨入70岁那年，他们就向他俩发出过邀请，两位诗翁自己玩得不亦乐乎，顾不上跟别人玩，现在老白落了单，他们再次邀请他加入这个官府组织的活动：吃吃饭、喝个酒、喝个茶、观个妓、写写诗、谈谈时局、议议朝政、献言献策，为国为民，发挥余热……这一次邀请，老白同意了，"六老会"即刻变成"七老会"，老白没想到的是：在此"七老"中他只能算是小字辈，"七老会"全名单如下：

  刑部尚书致仕白居易，年73岁；

  前永州刺史张浑，年76岁；

  前侍御史内供奉卢真，年81岁；

  前慈州刺史刘真，年81岁；

  前右龙武军长史郑据，年83岁；

  卫御卿致仕吉皎，年85岁；

  前怀州司马胡杲，年88岁。

在"六老"面前，老白成了小白，却备受尊重，更有甚者，在敬酒时竟然称其为"白相"——显而易见，他拒相之事已经在士子阶层传开了，令其虚荣心得到巨大满足。在"七老会"中，他也是曾任官阶最高（正二品）、目前退休金拿得最多的，这些人把他拉进来，当成了自己的主心骨，他也当仁不让，舍我其谁，首次在"七老会"上露面，便跟大伙讲了自己"干大事、干实事"的想法，得到另外"六老"的强烈共鸣和积极响应。

干点什么好呢？——他将这个问题提了出来。

其中一位说起了一条本埠新闻：八节滩又死人了——八节滩死人已经算不上大新闻，但是这一句话却打开了其他人的思路。洛阳这一带的老大难问题到底是什么？就是这龙门山下，伊河航道中的某一处险滩，人称"八节滩"，有九块巨大的峭石立于滩中，险情绵延十里，舟毁人亡的事故时有发生……"八节滩"三个字，就像写诗时遇到的灵感，一下子照亮了白居易的心。伊河岸边的香山寺是其平时常去之地，香山寺住持如满大师是其老友，不久前曾与他同望滚滚伊水吃人险滩发出同愿：力及则救之！

何谓"力及"？何谓"力所不及"？不就是缺钱嘛！老白茅塞顿开，所要做的第一件大事、实事已经很明确了——开凿八节滩，疏通伊河航道！

另外"六老"，均表赞同。

在场的两位地方官、召集人卢贞、狄兼谟表示：将动用有限的朝廷拨款，不足款项还望以"七老会"的名义在民间筹集。

于是筹款成了当务之急。

开完"七老会"，白居易就去了一趟香山寺，将此善举告知其老友如满大师，大师闻之颇为振奋，当即表示将在广大信众之中发起募捐活动；回到家中，白老爷号召全家人再过一年清淡生活，欲将其头一年退休金的一半捐献出去，在老白的带领之下，另外"六老"也踊跃捐出部分家财。

然后便开工了，由于事关船工的生命安危与安全生产，简直无须动员便解决了劳动力的问题，算上冬季伊河冰封停工的三个月，前后也只用了不到一年时间，整个工程即告完成。面对这样一个大工程，白居易忘记了自己的高龄与弱体，这位刚刚拒相的人在官府乐颠乐颠地领受了一个"监理"的职位，拖着一条瘸腿常常出现在施工现场，仿佛回到了自己的壮年时代，回到了杭州的西湖工程，回到了苏州的山塘工程，如今在他退休之后的古稀之年，又添上了洛阳的龙门工程。"白青天"的名字重又叫响，在他长住了17年的洛阳的市民口中，在伊河沿线船工们的口中，沿着欢畅的河流流向中原大地，流向更远的九州……白居易少时的理想便是得一郡而治之，他出生于中小吏家庭，就是按照一名地方官的标准模式来自我培养的，他把自己培养得很好，最终未能拜相，或许正是天意，到老还能造福一方，更在情理之中。

雁过留声，人过留踪，事过留文，这是老白一贯的做人行事风格，他为这项伟大工程留下了一篇《序言》和两首诗，其诗如下：

    开龙门八节石滩诗二首
      铁凿金锤殷若雷，八滩九石剑棱摧。
      竹篙桂楫飞如箭，百筏千艘鱼贯来。
      振锡导师凭众力，挥金退傅施家财。
      他时相逐四方去，莫虑尘沙路不开。

> 七十三翁旦暮身，誓开险路作通津。
> 夜舟过此无倾覆，朝胫从今免苦辛。
> 十里叱滩变河汉，八寒阴狱化阳春。
> 我身虽殁心长在，暗施慈悲与后人。

由于龙门工程的圆满完成，"七老会"也名声大噪，受到朝廷嘉奖，后又加入如满、李元爽，变成"九老会"，还绘了一张《九老图》。

## 123

诗人白居易对其一生的心满意足洋溢在晚年新作《狂吟七言十四韵》中，该诗最后四句是：

> 诗章人与传千首，寿命天教过七旬。
> 点检一生徼幸事，东都除我更无人。

由于先天不足底子薄，打小便体弱多病，他从来不敢奢望自己长寿，活到七十已经心满意足，转眼已经七十有四，还能跑来跑去（虽然瘸着一条腿），眼中还有光明（伴随他一生之隐忧）……他无法更满意了。

"诗章人与传千首"——他明明知道这是一个不争的强大的事实，但却丝毫不敢大意，该自己做的事丝毫不会马虎，开凿八节滩完工后歇了两个月，他人已重返宁静，一头扎进书斋，回到案头工作，为《白氏文集》续编五卷，总计七十五卷，合大小诗笔三千八百四十首，作《后记》，抄五套，一套藏庐山东林寺，一套藏苏州南禅寺,一套藏洛阳圣善寺,一套交付儿子白龟郎,一套交付外孙谈阁童,并有《元白唱和因继集》十七卷,《刘白唱和集》五卷,《洛下游赏宴集》十卷,寄给长安书肆出版。

当他瘸着一条腿,亲自送到洛阳圣善寺住持道光大师手中,眼瞅着大师将其藏于钵塔院律库楼,他特意叮嘱道:"不可外借,只许内抄。"这个时候,道光大师说了一句让他细思极恐的话:"当此乱世,佛家净地已经不是珍藏诗书的佳处了,名刹反不及无名小庙,白诗之幸与不幸,恐皆因它们出自白居易之手,佛祖保佑白诗在后世亦能享有当世的厚爱与殊荣!"

高僧有智慧,道光大师之言是预言——预言成真:夏秋过去,严冬到来,皇帝下诏灭佛,朝廷"命杀天下摩尼师,剃发令著袈裟作沙门而杀之",令僧尼中的犯罪者和违戒者还俗,并没收其全部财产,充入两税徭役,敕令拆毁天下凡房屋不满二百间,没有敕额的一切寺院、兰若、佛堂等,命其僧尼全部还俗。最终,毁天下佛寺四万余所,僧尼二十六万人还俗。在华夏史上,这是继北魏太武帝灭佛、北周武帝灭佛之后的第三次灭佛事件,由于新皇李炎崩后庙号被定为"武宗",史上便称"三武灭佛"。

对于虔诚的佛教徒,在家的"香山居士"白居易来说,这无异于天塌了——信仰的天空塌陷了!他在心中的第一反应是:这个皇帝活不长了!他该如何应对呢?

他在第一时间向管家下令关闭白府所有的门,禁止所有人出入,没菜吃就不吃菜,特别强调:谢绝所有僧尼的求助,不管认识还是不认识。

起初白府各门整日叩门声及官军的喊杀声不绝于耳,折磨着白居士及其全家人的神经,到后来没人叩门了,一片死寂,仿佛鬼府！

他开始听到从门外的地狱中传来的消息：他在本地的两位高僧朋友，香山寺住持如满大师被杀，圣善寺住持道光大师自焚，这二寺因其规模大而未被拆除，但已被查封……他不知道有多少怀着对"香山居士"美好期待的僧尼被杀被抓在白府门前，他不愿面对……

他的直觉很对——他觉得犯下这些罪恶的皇帝该死，那么面对这些暴行为了自身一己安危对佛家子弟见死不救的佛教徒，又该受到怎样的惩罚呢？闻听这些暴行，当他想到湘灵——妙探法师也必然会经此浩劫，他咯的一下便过去了……

## 124

等白居易从昏迷中苏醒过来时，已经是会昌六年（丙寅，公元 846 年）。

他醒过来后得知的第一条消息是皇帝李炎驾崩，享年 33 岁，庙号被定为"武宗"——他在听闻此讯的第一瞬间，嘴巴里蠕动了一下，他想说出"报应"两个字，但却没有发出声来。

岂能不是"报应"？这位皇帝，也是死于过量服用丹药中毒，瞧瞧这祖孙三代，不是死于丹药，就是死于宦官之手。

在病榻上与家人一起过完年，过了自己 75 岁生日的老白发现自己不但说不出"报应"两个字，还发不出所有他想要发出的音，继而发现他下不了床了，下半身毫无知觉——这是二次中风造成的半身不遂，"这也是报应啊！"他在心中悲叹道，并且毫无怨言地认了！

他不敢回首自己在"武宗灭佛"事件中的所思所想所作所为，他刚刚经历了自己一生中最大的一次心灵劫难，作为一名佛教徒，他是耻辱的，他看到生灵涂炭于家门口而见死不救拒绝伸出援手，这岂止是居士的耻辱、佛教徒的耻辱？也是士子的！诗人的！人的！

白居易醒来之后，第一位来到白府他病榻前的访客是牛僧孺，在此之后来的最多的也是他——不晓得后世学者是怎么做学问的：老白在其生命中最后一段时光里，交往最多的一个人明明是"牛党领袖"，老白怎么会是一个不问政治、立场不明的人的呢？牛僧孺告知他皇太叔李忱被立为新皇时，白居易面无表情，这是他这一生中经历的第九个皇帝，恐怕依然难有更高的期许。只是当牛僧孺说起他的同辈故人，只有李绅、王起二人尚在人世，他才有些动容地摇了摇头……

"九老会"的另外七老也组团跑来看他了，望着这些老寿星——其中没有一位是诗杰，他暗自思忖：如果自己这辈子不写这么多诗，或许会像他们这么长寿？唉，显而易见，只要不发生"武宗灭佛"这样的事，他就能够再多活几年。"九老会"失去了白居易这个迟到的主心骨，很快便名存实亡了。

其他上门求见的访客，他以病后须静养为由，一概婉言谢绝了。

不能说话，就不说话；提笔手抖，就少写诗；将近半年，他只写了两首诗，其中一首全文如下：

咏　身

自中风来三历闰，从悬车后几逢春。

周南留滞称遗老，汉上羸残号半人。

薄有文章传子弟，断无书札答交亲。

>　　馀年自问将何用，恐是人间剩长身。

　　整整四十年前，在那次已成江湖传说中辉煌经典的曲江诗会上，当时风华正茂、意气风发的他看到坐在木轮椅上被推上台去咏诗的老诗人孟郊，竟还心有微词：既已如此，何必登台？现在他也是那副样子了，有所不同的是：他不会以这副形象示人。他这一生，何其注重自己的形象，作为一个早早便被画上屏风的时代偶像。

　　春暖花开的午后，夏日凉爽的黄昏，他的妻妾会将他推到院子里去，让外孙、外孙女陪着他玩，那是他这段时光少有的快乐的时刻，脸上会绽放出怡人的表情。

　　他为什么会在送往各大名刹的全集抄本之外（是否保全已不能指望），专门送给儿子（实为侄子兼养子）白龟郎、外孙谈阁童各一套，另一个儿子（也为侄子兼养子）白景受和外孙女谈引珠怎么不送呢？这是因人而异，白龟郎爱诗、爱白诗、有诗才——江湖上已经有他曾在深山老林中遇到成仙的李白的传说，恐怕就是出自这一点。至于年方6岁的谈阁童，5岁开始识字，天资明显超群，颇似儿时的自己。自己的诗才明明就是外祖父、日后《全唐诗》的入选者陈润的遗传啊！他对外孙抱有极大的希望！

　　但是，一个远方来客的到访，却带走了小阁童这一套。这个人的来访，与其同室而居的三天三夜，却是这段沉闷的日子的最大告慰，这名远方的来客便是李商隐。他从长安来，带来诗坛的信息是老前辈愿意听的。尤其是说到杜牧，其言论摘于朝廷奏报把老白刺激得中风初发的事被李带给杜之后，杜表现得十分懊丧，后悔不迭……老白听罢，一笑置之，读着李的新作，他频频点头首肯。诗人不能缺少与诗人的交流，白居易这辈子，前半生有元稹，后半生有刘禹锡,最后时光有李商隐,这是别的快乐所无法取代的诗人之乐。三日之后,李商隐离开前夕,白居易差白龟郎取来原本留给谈阁童的那套全集抄本送给他,然后在纸上写了三个字"墓志铭",再用颤抖的手指了指李,李完全明白了师傅的意思(三天里师傅就是用这种方式与徒弟"笔谈"的),潸然泪下,使劲点头……

夏日里,牛僧孺又带来有关白家的特大喜讯:新皇登基,中止灭佛,为"武宗灭佛"事件中的冤屈蒙难者平反昭雪,新皇亲自点名白敏中以兵部侍郎拜相,罢"李党领袖"李德裕相,贬为荆南节度使(继贬潮州司马,再贬崖州司户),宣李德裕所贬五相牛僧孺、李宗闵、崔珙、李珏、杨嗣复同日还朝,"牛党"取得了全面的辉煌的胜利……牛僧孺这是来告别的,白居易请他给自己的堂弟"白相"敏中带去一封家信,信中只有他拼劲全力写下的一行歪歪扭扭的字:

用晦:欣闻苦尽甘来荣登相位,特此祝贺!我将白家交给你了!乐天

送走牛僧孺,七月里,白居易得到李绅病逝于淮南节度使任所的消息,享年75岁,他把他同辈中的最后一位诗杰送走了,心中既为这位大贪官的平安入土而高兴,又发现自己在他面前已经没有优越感。

八月三伏天,对于长期卧床的瘫痪病人异常难熬,尽管妻妾对他照料得非常尽心,还是不可避免地生了褥疮,当他第一次闻见从自己已经变得瘦小枯干的身体上所散发出的腐尸般的恶臭,

真的是不想活了！他觉得自己已经死了！某夜，他浑身燥热睡不着，一直挨到天蒙蒙亮时方才睡着了一会儿，就那么一盹之中他做了一个梦，梦见了久违的湘灵，梦回符离的竹屋，梦回他平生最初的让自己一生难忘的男欢女爱……他这一生中，曾经多次问过自己：如果他放弃一切追求，安于在淮北过着男耕女织田园牧歌的生活，是否会比现在来得幸福？此刻在他这一生行将结束之时，梦中美好的感觉告诉他：只要与他相伴的那个人是湘灵，回答一定是的！梦醒之后，他发现妻妾就在两侧陪伴着他，一个在打盹，一个还醒着……他突然觉得他对她们竟是如此残忍，不是他，是他的心，是人的感情！他请醒着的妻取来笔墨，说要写诗，等笔墨取来，便哆哆嗦嗦地写下了这样一首诗：

### 花非花

花非花，雾非雾。夜半来，天明去。

来如春梦几多时？去似朝云无觅处。

呜呼！白居易写了一首很不白居易的诗，白居易写了一首李商隐的诗，其诗感超群，读了几首徒弟新作，便可以反过来偷师了，这个师傅平易如斯，他当年"来世想做李商隐之子"的酒话或许就是真言……

为写此诗，他用尽了身体中最后一丝气力；写罢此诗，他表现得十分亢奋，示意妻将自己扶上木轮椅，推到院子里等着看日出，此时妾也醒了，妻妾一起将他推了出去……他一边享受着她们的爱，一边在暗想：商隐的朦胧诗风，确实该算是一路，至少在抒发感情时，不会误伤无辜……他还在回味刚才做的梦，并且想到他对另一人的残忍,那便是自己的母亲,她去世后的这 35 年间,他从未梦见过她,也从未在诗中写到过她,因为湘灵的事他对她记恨终生。唉,他这一辈子,最终过不了的还是感情关,得不到的初恋令其一生心苦……如此六根未尽之人,竟然冒充佛教徒,能不露馅儿吗?最终暴露得彻彻底底,一丝不挂……

"太阳出来了!太阳出来了!"商玲珑喊道。

"老爷快看!老爷快看!"杨欣怡拍拍他。

他望着院墙上喷薄而出的朝阳,忽然心生一念:杨欣怡比自己小 10 岁,今年 65;商玲珑比自己小 34 岁,今年 41 岁。湘灵比自己小 4 岁,今年 71,她还在人世吗?她逃过这场浩劫了吗?如果还在的话,他不愿意让她看见自己这副行尸走肉的样子,尽管她对他的爱从一开始就超越了样子……这么一想,其心如灯灭。

妻妾以为他睡着了,说外边儿凉快,就让老爷在外边儿多睡会儿补补觉,一个时辰之后,才发现他是永远地睡着了,他表情平静、遗容安详,身体像是没有经受任何痛苦,似佛祖开恩,知其心中太苦,作为一名苦行僧,此生已经修够了!


## 125

这一年,一头一尾,大唐帝国举行了两次国葬,一次是在年初,为唐武宗,一次是在初冬,为白居易。

为诗人举行国葬,不仅在华夏史上,在人类史中,也是空前绝后的。

出殡当日,洛阳街头,人头攒动,据官方统计,有二十万人,走上街头,为"白青天"送行……在其生前,曾经三度享受到这份待遇,在忠州、在杭州、在苏州,在其但凡出任刺史的地方,连他自己都曾感慨过:华夏百姓太容易满足了,你为他们做了一点事,他们便将你捧上天!在其死后,又应验了!18年前,他从长安退到洛阳来,为其"中隐"之理想,18年来,他当了一路闲官,只是在退休以后,为当地百姓办了这一件实事——龙门工程,他们便对他这样!或许并不尽然,老百姓并不仅仅是在送"白青天",还是在送大唐"诗王"白居易,感谢其诗对于他们以及他们孩子的哺育,他的人生道路对于他们以及他们孩子的启示,甚至于只是来送一位老邻居,感谢这18年对于这座城市的陪伴——白居易居洛阳,是东都的荣光!

"大丈夫死当如是哉!"在长长的送葬的队伍中,有一个人发出如此感叹,周围士子当然知道此话典出何处,有人点头赞许……

白翁八月仙逝,朝廷迅速派人来介入他的葬礼,白景受以长子身份出面接待,向其出示白翁遗命:一、不归下邽故里,如获许可,葬于香山如满师塔之侧;二、墓志铭由当世诗杰李商隐撰写,已经当面获其应允。

白居易死前获得的最大安慰是:他送或寄往各大名刹的全集都在"武宗灭佛"中幸存了,而他佛心未泯,还是想归葬佛家净地,但自己是有罪的,便只能请求获准,结果官方出面,哪里有不准的?于是归葬之地便随其心。

这天下午,下葬仪式隆重举行,由死者堂弟、当朝宰相白敏中主持,他比白居易小了整整20岁,该年正值55岁,年轻时的美男子已经变成大唐官员相貌堂堂的标准形象,很能镇得住场。堂兄少年时代以他家为落脚点在江南一带游学的四年,他还没有出生,并不理解堂兄回报他家的心有多重,他在仕途上一路走来,堂兄似乎也没有特别做什么,他只是借助了堂兄的威望与人脉,但是到近年,堂兄突然发力,直接向皇帝举荐,他自己也是争气,又得新皇的赏识,没有堂兄,他是无论如何也坐不上宰相之位的,所以,他的心中充满对堂兄的感恩之情,准备将此大恩回报到白家人身上,他准备办完堂兄的丧事后,去白府小住两日,找两位堂侄训话,他俩多年苦读,该向长安进军了!此时,他受新皇之命来主持堂兄的葬礼,公私合一,甚合其心,他首先吟诵了新皇李忱的悼诗:

吊白居易

缀玉联珠六十年,谁教冥路作诗仙。
浮云不系名居易,造化无为字乐天。
童子解吟长恨曲,胡儿能唱琵琶篇。
文章已满行人耳,一度思卿一怆然。

此诗吟罢,在送葬者黑压压的人群中引来纷纷议论——如果听得仔细,主要是为此诗之好而莫名惊诧,甚至压过了皇帝开先例悼诗人……这便是大唐诗歌帝国士子的关注点和趣味。

第二项是"白相"请秘书省校书郎李商隐宣读他执笔的墓志铭。时年33岁,眉清目秀的李商隐登坛宣读,读罢又引起送葬者纷纷议论——仔细听,主要是嫌李商隐官阶太低,名望不足,不配给白居易撰写墓志铭云云……

第三项是下葬,最后的四位抬棺者是白敏中、李商隐、白景受、白龟郎,停放三月的棺木入土,送葬者一一上前,一锹一土将其埋葬,一座坟茔堆了起来……李商隐注意到一个细节:洛阳城来的送葬者似乎人人都带了酒,绕其坟茔悼念时,将酒撒在坟上,那座土坟很快变成一座泥坟,在初冬的气候下被冻住了,变成了一座冰茔,他知道师傅平生最好者,绝不是酒,与传说中的李白相比,他也并不善饮,但是他的诗中常写酒,大家便误以为是其最爱之物,这便是诗歌的力量……

按照华夏人的风俗,正午之前,下葬完毕,方为顺利——一切顺利,送葬者的车马返回洛阳城……

这是文学史上、诗歌王国中特有的现象:在上一个时代的大师的葬礼上将会见到下一个时代的大师,此处不光有李商隐,他与一位风流倜傥的中年男子同坐一辆马车回城——哦,便是在送葬的队伍中嚷嚷"大丈夫死当如是哉!"的家伙,时任监察御史的杜牧……

哦,史称"晚唐"的下一个时代的两大诗人,被合称作"小李杜"的两个家伙在车中对话道——

"义山,我注意到你在墓志铭中并未提'白起后人'这档子事……"

"这主要是基于两点考虑:一则师傅从未跟我亲口讲过,我不知道该如何写;二则你说——白居易还需要白起衬托吗?"

"此言有理!唉,你师傅待你不薄啊!点你写墓志铭,在他葬礼上宣读,就等于是在告诉大家:下一个'诗王'是谁!今天之前,他们可以装作不知道李商隐,今天之后,不知道李商隐可就是装瓜喽!"

"牧之,师傅的深情厚谊我当然能够体会,只是今日之我怎能当得起?你没听到我宣读墓志铭时,人群中的议论纷纷吗?有兄在此,我哪里可做下一个诗王!"

"唉，如果当年我把白府的门敲开了，那么今天宣读墓志铭的人就可能是我了，人有时候真的需要一点运气。"

"……"

"我真的很后悔，对于一个我喜欢并敬重的大诗人说了那些不该说的话，这绝非我的本意。"

"你能主动来参加他的葬礼便是最好的忏悔，师傅在天之灵看得见，我了解师傅的心胸格局，他会原谅你的。"

"不管怎么说，白居易对于我们后辈诗人的启示是巨大的：在王李之后，还能称王；在李杜之后，还能争雄；那么对于你我来说，就是在李杜王白之后，还可另辟蹊径有所作为……"

"说得好！恐怕不仅在作诗上，在为官、做人、待人、处事等方面，师傅也是我等的榜样。"

"义山，此生愿与君结'元白''刘白'之谊。"

"牧之，这也正是我想要说的。"

归途中，马车不知何故停住了，"小李杜"便从车中出来探看，放眼望去：长长的路上，长长的车流停了下来，来时一路上抛洒的纸钱，纷纷扬扬飞上了天，落成漫天的雪花……这个冬天东都洛阳的第一场雪如约而至。

2022.8.1-2023.2.9 一二稿
2023.2.11-2023.3.8 三稿于长安少陵塬兰屋